«PANDORA»

Della stessa autrice
(anche in ebook)

ALL YOUR PERFECTS - UN RICORDO TI PARLERÀ DI NOI
IT STARTS WITH US - SIAMO NOI L'INIZIO DI TUTTO
NEVER NEVER - NON DIMENTICARE MAI
DI RICORDARTI DI ME
IT ENDS WITH US - SIAMO NOI A DIRE BASTA
(EDIZIONE SPECIALE)
UGLY LOVE - IL LATO OSCURO DELL'AMORE
VERITY
REMINDERS OF HIM - LA PARTE MIGLIORE DI TE
HEART BONES
FINDING CINDERELLA

Per mio padre, che ha fatto del suo meglio
per non dare il peggio di sé.
E per mia madre, che si è assicurata
che non lo vedessimo mai quando lo dava.

PARTE PRIMA

1

MENTRE me ne sto seduta qui, a cavalcioni sul parapetto, e guardo giù da dodici piani sopra le strade di Boston, non posso fare a meno di pensare al suicidio.

Non al *mio*, beninteso. La mia vita mi piace abbastanza da voler arrivare fino in fondo.

Sono più interessata alle altre persone e a come, in sostanza, prendano la decisione di farla finita. *Se ne pentono mai?* Devono pur provare un briciolo di rimpianto durante la breve caduta libera tra il momento in cui si buttano e quello in cui si schiantano. Fissano forse il suolo che si avvicina a tutta velocità, dicendosi: Cazzo, è stata una pessima idea?

Per qualche motivo, credo di no.

Rifletto spesso sulla morte. Specialmente oggi, perché dodici ore fa ho tenuto uno degli elogi funebri più leggendari che gli abitanti della mia città natale – Plethora, nel Maine – abbiano mai sentito. Okay, forse non è stato il più leggendario. Si potrebbe benissimo considerare il più disastroso. Dipende se lo chiedete a mia madre o a me. *Mia madre, che dopo oggi probabilmente non mi rivolgerà la parola per un anno intero.*

Non fraintendetemi: il mio discorso non era abbastanza profondo da passare alla storia come quello di Brooke Shields al funerale di Michael Jackson. O quello della sorella di Steve Jobs. O del fratello di Pat Tillman. Ma, a modo suo, è stato leggendario.

All'inizio ero nervosa. Dopotutto, era il funerale dello straordinario Andrew Bloom. Adorato sindaco di Plethora. Proprietario della più famosa agenzia immobiliare della città. Marito dell'adoratissima Jenny Bloom, la maestra più amata di tutta Plethora. E padre di Lily Bloom, la stramba ragazza dagli indomiti capelli rossi che una volta si innamorò di un senzatetto, coprendo di vergogna l'intera famiglia. E che alla fine, sarei io. Sono Lily Bloom, e Andrew era mio padre.

Oggi, non appena ho concluso l'elogio funebre, ho preso subito un volo per Boston e mi sono impossessata del primo tetto che sono riuscita a trovare. *Ancora una volta, non perché stia meditando di suicidarmi.* Non ho intenzione di lanciarmi nel vuoto. Avevo solo bisogno d'aria fresca e di silenzio, impossibili da trovare nel mio appartamento al secondo piano senza accesso al tetto, con una coinquilina che ama cantare a squarciagola.

Però non ho considerato quanto avrebbe fatto freddo quassù. Non è insopportabile, ma nemmeno piacevole. Se non altro riesco a vedere le stelle. I padri morti, le coinquiline esasperanti e gli elogi funebri discutibili non sembrano così terribili quando il cielo buio è abbastanza limpido da percepire letteralmente la grandiosità dell'universo.

Amo quando il cielo mi fa sentire insignificante.

Mi godo la serata.

Be'... riformulerei la frase al passato perché esprime meglio i miei sentimenti.

Mi *godevo* la serata.

Purtroppo per me, la porta si è appena spalancata così violentemente che mi aspetto di vedere un essere umano catapultato sul tetto dalla tromba delle scale. Il forte colpo dell'anta che si richiude è seguito da un rumore di passi rapidi. Non mi scomodo ad alzare lo sguardo. Chiunque sia, con molta probabilità non mi vedrà nemmeno, seduta qui a sinistra della porta. È uscito talmente di fretta che non è colpa mia se dà per scontato di essere solo.

Sospirando, chiudo gli occhi e appoggio la testa al muro di stucco dietro di me, maledicendo l'universo per avermi rovinato questo tranquillo momento di introspezione. Il minimo che l'universo possa fare per me oggi è assicurarsi che l'intruso sia una donna e non un uomo. Se proprio devo avere compagnia, preferirei che fosse una donna. Sono robusta per la mia corporatura, e probabilmente saprei difendermi nella maggior parte dei casi, ma in questo istante sono troppo vulnerabile per starmene su un tetto nel cuore della notte da sola con un perfetto sconosciuto. Potrei temere per la mia incolumità e sentire il bisogno di andarmene, e non ne ho nessuna voglia. Come dicevo... sono vulnerabile.

Alla fine, sposto gli occhi sulla figura che si china sul parapetto. Neanche a farlo apposta, è sicuramente un uomo. Alto, si direbbe. Le spalle larghe creano un netto contrasto con la fragilità che si coglie quando si prende la testa tra le mani. A malapena distinguo il faticoso alzarsi e abbassarsi della sua schiena mentre inspira ed espira a fondo.

Sembra sull'orlo di una crisi di nervi. Medito di dire qualcosa o di schiarirmi la voce per avvisarlo che ha compagnia, ma in quel momento si volta di scatto e sferra un calcio a una sedia.

Lo stridore del metallo contro il pavimento mi fa sussultare ma, sempre inconsapevole di avere una spettatrice, l'uomo non si ferma. Prende ripetutamente a calci la sedia che, anziché cedere sotto la forza bruta del suo piede, slitta sempre più lontano.

Dev'essere fatta di polimero anticorrosione.

Una volta, per sbaglio, mio padre ha fatto retromarcia contro un tavolo di polimero anticorrosione, che gli ha praticamente riso in faccia. Il paraurti si è ammaccato, ma il tavolo non si è fatto nemmeno un graffio.

L'uomo deve essersi reso conto di non poter reggere il confronto con un materiale così resistente, perché smette di accanirsi contro la sedia. Ora la sovrasta con i pugni sui fianchi. A essere sincera, sono un po' invidiosa. Ecco qui un tizio che dà libero corso all'aggressività prendendosela con i mobili come se non ci fosse un domani. Evidentemente ha avuto una giornata di merda pari alla mia ma, mentre io trattengo la rabbia finché non si manifesta sotto forma di comportamento passivo-aggressivo, lui le fornisce una valvola di sfogo.

La mia era il giardinaggio. Ogni volta che ero stressata, uscivo nel giardino dietro casa ed estirpavo tutte le erbacce che riuscivo a trovare ma, dal giorno in cui mi sono trasferita a Boston due anni fa, non ho più un giardino. Né un cortile. Né tantomeno le erbacce.

Forse farei bene a comprarmi una sedia di polimero anti-corrosione.

Lo guardo ancora per un momento, domandandomi se mai si deciderà a muoversi. Rimane lì con lo sguardo fisso sulla sedia e le mani sui fianchi. La camicia, che per il resto gli calza a pennello, è troppo stretta intorno ai bicipiti enormi. L'uomo si fruga nelle tasche finché non trova ciò che cerca e – in quello che, ne sono sicura, è un altro tentativo di sfogare l'aggressività – si accende uno spinello.

Ho ventitré anni. Sono andata al college e anch'io ho fumato erba in una o due occasioni. Non lo giudicherò perché si fa un paio di tiri in privato. Ma è proprio questo il problema. *Non* lo sta facendo in privato. Però lui non lo sa ancora.

Dando una lunga boccata, si gira verso il parapetto. Mi nota mentre soffia fuori il fumo e si blocca non appena i nostri sguardi si incrociano. Non lascia trasparire il minimo sgomento, né sembra imbarazzato quando si accorge della mia presenza. È lontano tre metri circa, ma le stelle sono abbastanza luminose per permettermi di vedere i suoi occhi che scivolano lenti lungo il mio corpo senza tradire alcun pensiero. Sa nascondere bene i suoi sentimenti. Strizzando le palpebre, stringe le labbra come una versione maschile della *Monna Lisa*.

«Come ti chiami?» chiede.

La sua voce mi vibra nello stomaco. Brutto segno. Le voci dovrebbero fermarsi alle orecchie, ma alcune – non molte, a dire il vero – mi attraversano i timpani, echeggiandomi in tutto il corpo. La sua è una di queste. Profonda, sicura di sé e vagamente simile al burro.

Quando non gli rispondo, si riporta lo spinello alle labbra e dà un altro tiro.

«Lily», dico alla fine. *Odio la mia voce.* È troppo fioca per arrivare alle sue orecchie da qui, figurarsi per echeggiare nel *suo* corpo.

Accenna a me con il mento. «Ti dispiace scendere da lì, Lily?»

È solo allora che noto la sua postura. Si è raddrizzato, o meglio, irrigidito. Quasi temesse di vedermi precipitare. *Non succederà.* Il parapetto è largo almeno trenta centimetri, e sono più vicina al tetto che al baratro. Potrei aggrapparmi facilmente prima di cadere, e inoltre ho il vento a favore.

Lancio un'occhiata prima alle mie gambe e poi di nuovo a lui. «No, grazie. Sto molto comoda.»

Si gira leggermente, come se non riuscisse a guardarmi negli occhi. «Per favore, scendi.» Usa un tono più imperioso, nonostante il *per favore*. «Ci sono sette sedie vuote quassù.»

«Appena sei», lo correggo, ricordandogli che ha da poco cercato di assassinarne una. Non la giudica una risposta spiritosa. Poiché non obbedisco ai suoi ordini, fa qualche passo avanti.

«Sei a otto centimetri dalla morte. Ne ho viste abbastanza per oggi.» Mi fa di nuovo cenno di scendere. «Mi rendi nervoso. Oltre a rovinarmi lo sballo.»

Spazientita, lo accontento. «Non sia mai che una canna venga sprecata.» Salto giù, pulendomi le mani sui jeans. «Meglio?» Vado verso di lui.

Soffia fuori uno sbuffo d'aria, come se prima avesse trattenuto il respiro. Lo supero, diretta verso il lato del tetto con la vista migliore, e mio malgrado non posso fare a meno di notare quanto sia carino.

No. Carino è un insulto.

È *bellissimo*. Mani curate, aria danarosa, di diversi anni più grande di me. Increspa gli angoli degli occhi mentre mi segue con lo sguardo e sembra arricciare le labbra senza volerlo. Quando raggiungo il lato dell'edificio che dà sulla strada, mi sporgo e fisso le auto, ostentando indifferenza. Basta un'occhiata al suo taglio di capelli per dedurre che è il tipo di uomo a cui piace far colpo sulle persone, e mi rifiuto di alimentare il suo ego. In realtà, non ha fatto nulla perché pensi che sia vanitoso, ma indossa una camicia Burberry, e non credo di aver mai attirato l'attenzione di qualcuno che potesse permettersene una.

Si avvicina, appoggiandosi al parapetto. Lo sbircio con la coda dell'occhio mentre dà un'altra boccata allo spinello. Poi me lo offre, ma faccio segno di no. L'ultima cosa di cui ho bisogno è perdere la lucidità vicino a questo tizio. La sua voce è una droga già di per sé. Ho voglia di riascoltarla, perciò gli faccio una domanda.

«Che cos'ha combinato quella sedia per farti arrabbiare così tanto?»

Mi guarda. Mi guarda *davvero*, intendo. I suoi occhi incontrano i miei e mi scrutano con intensità, neanche avessi tutti i segreti della mia vita scritti in faccia. Non ho mai visto due iridi così scure. O forse sì, ma sembrano più scure se unite a una presenza tanto intimidatoria. Non risponde, ma la mia curiosità non si placa facilmente. Se mi ha costretta a scendere da un parapetto comodo e tranquillo, esigo delle risposte ai miei quesiti indiscreti.

«È colpa di una donna?» insisto. «Ti ha spezzato il cuore?»

Ride sommessamente. «Magari i miei guai fossero sciocchi problemi sentimentali.» Si gira verso di me. «A che piano vivi?» Si lecca i polpastrelli e spegne la canna, quindi la rimette in tasca. «Non ti avevo mai notata prima.»

«È perché non vivo qui.» Indico nella direzione del mio appartamento. «Vedi quel palazzo delle assicurazioni?»

«Sì.»

«Vivo nell'edificio lì accanto. È troppo basso per vederlo da qui. Ha solo tre piani.»

Si volta verso di me e appoggia il gomito sul parapetto. «Se vivi laggiù, perché sei qui? Il tuo ragazzo ha un appartamento in questo stabile, o qualcosa del genere?»

Per qualche ragione, il suo commento mi fa sentire poco apprezzata. È troppo insulso, una battuta da rimorchio per dilettanti. A giudicare dal suo aspetto, sono certa che sa fare di meglio. Forse risparmia le frasi più raffinate per le donne che reputa alla sua altezza.

«Avete un bel tetto», dico.

Inarca un sopracciglio, aspettando una spiegazione più convincente.

«Avevo voglia di una boccata d'aria fresca. Di un posto per riflettere. Ho aperto Google Earth e trovato il palazzo più vicino con una terrazza sul tetto decente.»

Sorride. «Se non altro sei parsimoniosa. È un grosso pregio.»

Se non altro?

Annuisco, perché *sono* parsimoniosa. Ed *è* un grosso pregio.

«Perché avevi bisogno di una boccata d'aria fresca?» chiede.

Perché oggi ho seppellito mio padre e pronunciato un elogio funebre così disastroso da diventare leggendario, e ora ho la sensazione di non riuscire a respirare.

Guardo davanti, espirando lentamente. «Possiamo evitare di parlare per un po'?»

Pare sollevato dalla mia richiesta. Chinandosi sul parapetto, lascia penzolare un braccio mentre fissa la strada. Rimane così per qualche attimo, e l'osservo per tutto il tempo. Probabilmente se ne accorge, ma fa finta di nulla.

«Un uomo è caduto da quassù il mese scorso», dice.

Dovrei irritarmi perché non ha rispettato il mio desiderio di silenzio, ma ammetto di essere incuriosita.

«È stato un incidente?»

«Non si sa. È successo a tarda sera. Mentre la moglie preparava la cena, le ha detto che sarebbe salito a scattare qualche foto del tramonto. Era fotografo. Si pensa che sia scivolato sporgendosi per ottenere qualche scatto dell'orizzonte.»

Sbircio oltre il bordo, domandandomi come sia possibile cacciarsi in una situazione in cui si potrebbe precipitare per sbaglio, ma poi ricordo che fino a qualche minuto fa ero a cavalcioni sul parapetto.

«Quando mia sorella me l'ha raccontato, l'unica cosa che mi sono chiesto è se avesse avuto il tempo di scattare la foto oppure no. Speravo che la macchina fotografica non fosse caduta con lui, perché sarebbe stato un vero spreco, no? Morire per amore della fotografia, senza neppure realizzare lo scatto che ti è costato la vita.»

Scoppio in una risata, anche se non sono sicura che ci sia qualcosa da ridere. «Dici sempre quello che ti passa per la mente?»

«Non a tutti.»

Sorrido. Mi piace l'idea che, pur non conoscendomi, non mi consideri *tutti*.

Appoggia la schiena al parapetto, incrociando le braccia. «Sei nata qui?»

«No. Mi sono trasferita dal Maine dopo la laurea.»

Arriccia il naso, ed è irresistibile. Un uomo che fa smorfie buffe nonostante la camicia di Burberry e il taglio di capelli da duecento dollari.

«Così sei nel purgatorio di Boston, eh? Dev'essere uno schifo.»

«Che cosa intendi?» domando.

Storce la bocca. «I turisti ti trattano come una del posto, quelli del posto ti trattano come una turista.»

Rido. «Wow. Questa sì che è una descrizione azzeccata.»

«Io sono qui da due mesi. Non sono ancora arrivato nemmeno in purgatorio, perciò sei messa meglio di me.»

«Cosa ti ha portato a Boston?»

«L'internato. E mia sorella vive qui.» Battendo il piede sul pavimento, aggiunge: «Proprio sotto di noi, a dire il vero. Ha sposato uno smanettone bostoniano e hanno comprato tutto il piano attico».

Guardo giù. «*Tutto* il piano attico?»

«Sì. Lui ha la fortuna di lavorare da casa. Guadagna milioni su milioni l'anno senza neppure doversi togliere il pigiama la mattina.»

Davvero una bella fortuna.

«Che tipo di internato? Fai il medico?»

Annuisce. «Neurochirurgo. Meno di un anno e poi sarà ufficiale.»

Elegante, garbato *e* intelligente. *E si fa le canne*. Se fosse la domanda di un test di valutazione scolastica, chiederei qual è la risposta che non c'entra. «I medici possono fumare erba?»

Fa un sorrisetto compiaciuto. «Probabilmente no. Ma se ogni tanto non ci concedessimo qualche vizio, sarebbero molti di più quelli di noi pronti a saltare giù da questi parapetti. Stanne certa.» Guarda davanti, con il mento posato sulle braccia. Ora ha gli occhi chiusi, quasi si stesse godendo il vento sul viso. Non sembra più minaccioso come prima.

«Vuoi sapere una cosa che sanno solo quelli del posto?»

«Certo.» Riporta l'attenzione su di me.

Indico verso est. «Vedi quell'edificio? Quello con il tetto verde?»

Fa sì con la testa.

«Dietro, in Melcher Street, c'è un palazzo con una casa in cima. Sembra un teatro di prosa, costruito direttamente sul tetto. Non si vede dalla strada, e il palazzo è così alto che non molti sanno della casa.»

Pare colpito. «Sul serio?»

«Sì. L'ho vista mentre consultavo Google Earth, così l'ho cercata. A quanto pare, hanno ottenuto il permesso di costruirla nel 1982. Non sarebbe una figata vivere in una casa in cima a un palazzo?»

«Avresti l'intero tetto per te.»

Non ci avevo pensato. Se fossi la proprietaria, pianterei dei giardini lassù. Avrei una valvola di sfogo.

«Chi ci vive?» chiede.

«Non si sa. È uno dei grandi misteri di Boston.»

Scoppia in una risata, poi mi lancia un'occhiata penetrante. «Qual è un altro grande mistero di Boston?»

«Il tuo nome.» Non appena queste parole mi escono dalle labbra, mi do una manata alla fronte. Suonano simili a una squallida battuta da rimorchio, e l'unica cosa che posso fare è ridere di me stessa.

«Ryle», dice sorridendo. «Ryle Kincaid.»

Sospiro, rabbuiandomi. «È un nome magnifico.»

«Perché sembri triste?»

«Perché darei qualunque cosa per avere un nome magnifico.»

«Lily non ti piace?»

Inclino la testa con aria di sfida. «Di cognome faccio... Bloom. Per farla breve, mi chiamo Fior di Giglio.»

Tace, sforzandosi di nascondere la compassione.

«Lo so. È terribile. È il nome di una bambina di due anni, non di una donna di ventitré.»

«Una bambina di due anni avrà lo stesso nome a qualunque età. I nomi non sono simili ai vestiti. Non diventano mai troppo piccoli, Lily Bloom.»

«Purtroppo per me, no. Ma a peggiorare le cose c'è il mio amore per il giardinaggio. Adoro i fiori. Le piante. Coltivare le cose. È la mia passione. Da sempre il mio sogno è aprire un negozio di fiori, ma temo che se lo facessi, gli altri penserebbero che il mio desiderio non sia sincero. Crederebbero che cerchi di sfruttare il mio nome e che la fiorista non sia davvero il lavoro dei miei sogni.»

«Può darsi. Ma che importa?»

«Niente, suppongo. Il *Lily Bloom's*», sussurro. «È il nome perfetto per un negozio di fiori, ma ho una laurea in Economia.

Equivarrebbe a scendere di livello, non trovi? Lavoro per la più grande società di marketing di Boston.»

«Avere un'azienda completamente tua non significa scendere di livello.»

«A meno che non fallisca.»

«A meno che non fallisca, certo. Qual è il tuo secondo nome, Lily Bloom?»

Mando un gemito che stuzzica la sua curiosità.

«Vuoi dire che le tue disgrazie non finiscono qui?»

Mi prendo la testa tra le mani, annuendo.

«Rose?»

«No, peggio.»

«Violet?»

«Magari.» Mi faccio coraggio, poi borbotto: «*Blossom*».

Un momento di silenzio. «Blossom, come 'bocciolo'? Cazzo», mormora.

«Già. Blossom è il cognome da nubile di mia madre, e i miei genitori consideravano un segno del destino che i loro cognomi fossero sinonimi. Per questo quando mi hanno avuta, naturalmente hanno scelto subito il nome di un fiore.»

«Devono essere proprio due stronzi.»

Uno di loro lo è. Lo *era*. «Mio padre è morto questa settimana.»

«Bel tentativo, ma non ci casco.»

«Non sto scherzando. È la ragione per cui sono salita quassù stasera. Avevo bisogno di farmi un bel pianto, credo.»

Mi fissa sospettoso per assicurarsi che non lo stia prendendo in giro. Non si scusa per la gaffe, anzi fa un'espressione ancora più inquisitoria, quasi che il suo interesse fosse autentico. «Eravate molto legati?»

Questa sì che è una domanda difficile. Appoggio il mento sulle braccia, guardando la strada. «Non saprei», rispondo con una scrollata di spalle. «Come figlia, gli volevo bene. Ma come essere umano, lo odiavo.»

Mi osserva per un istante. «Mi piace la tua sincerità.»

Gli piace la mia sincerità. Temo di essere arrossita.

Restiamo in silenzio per un po', quindi Ryle riprende: «Desideri mai che gli altri siano più trasparenti?»

«In che senso?»

Con il pollice giocherella con un pezzettino di stucco scheggiato fino a staccarlo, poi lo getta oltre il parapetto. «Ho la sensazione che le persone nascondano la loro vera natura, quando in fondo siamo tutti incasinati allo stesso modo. Alcuni sono soltanto più bravi a mascherarlo.»

O lo spinello comincia a fare effetto o lui è molto introspettivo. In ogni caso, nessun problema. Le mie conversazioni preferite sono quelle senza vere risposte.

«Secondo me, essere un po' cauti non è negativo», replico. «La verità nuda e cruda non è sempre piacevole.»

Mi osserva per un attimo. «*La verità nuda e cruda*», ripete. «Mi piace.» Voltandosi, si dirige verso il centro del tetto. Regola lo schienale di un lettino e si sdraia, mettendosi le mani dietro la testa e contemplando il cielo. Prendo posto accanto a lui, imitando la sua posizione.

«Dimmi una verità nuda e cruda, Lily.»

«Riguardo a che cosa?»

«Non lo so. Qualcosa di cui non vai fiera. Qualcosa che mi faccia sentire un po' meno incasinato dentro.»

Scruta la notte, in attesa che io risponda. Con gli occhi seguo il profilo della sua mandibola, la curva delle guance, la linea delle labbra. Non capisco il perché, ma ho l'impressione che abbia bisogno di parlare. Rifletto sulla domanda, cercando una risposta sincera. Quando la trovo, torno a guardare il cielo.

«Mio padre era violento. Non con me. Con mia madre. Quando litigavano, si infuriava talmente tanto che certe volte la picchiava. Poi provava a rimediare per una o due settimane, facendo cose come portarle dei fiori o invitarci al ristorante. Ogni tanto mi faceva dei regali perché sapeva che odiavo le loro discussioni. Da bambina aspettavo con impazienza le sere in cui litigavano, perché sapevo che se l'avesse picchiata, le due settimane successive sarebbero state fantastiche.» Faccio una pausa. Non sono sicura di averlo mai confessato neppure a me stessa. «Naturalmente se avessi potuto, sarei andata in un posto dove non potesse toccarla. Ma le violenze erano parte integrante del loro matrimonio, e sono diventate la norma. Crescendo, mi sono resa conto che non intervenire mi rendeva altrettanto colpevole. Ho trascorso quasi tutta la vita a odiare mio padre perché era una persona molto cattiva, ma non sono sicura di essere migliore. Forse siamo entrambi persone cattive.»

Mi guarda pensieroso. «Lily», dice in tono deciso. «Le *persone cattive* non esistono. Siamo semplicemente persone che a volte fanno cose cattive.»

Apro la bocca per rispondere, ma le sue parole mi zittiscono. *Siamo semplicemente persone che a volte fanno cose cattive.* Suppongo sia vero, in un certo senso. Nessuno è esclusivamente buono o cattivo. Alcuni sono soltanto costretti a impegnarsi di più per soffocare la cattiveria.

«Tocca a te», lo esorto.

A giudicare dalla sua reazione, concludo che non ha voglia di giocare al suo stesso gioco. Sospira, mentre si passa la mano tra i capelli. Fa per parlare, ma poi si ferma. Riflette per un momento, quindi dichiara in tono abbattuto: «Stasera ho visto morire un bambino. Aveva appena cinque anni. Lui e il suo fratellino hanno trovato una pistola nella camera dei genitori. Il più piccolo l'ha presa e ha sparato un colpo per sbaglio».

Sento un nodo allo stomaco. È una verità un po' troppo cruda per i miei gusti.

«Quando è arrivato in sala operatoria, ormai non c'era più niente da fare. Tutti i presenti – le infermiere, gli altri medici – erano addolorati per la famiglia. 'Poveri genitori', hanno detto. Ma quando sono entrato nella sala d'attesa per comunicare al padre e alla madre che il bambino non ce l'aveva fatta, non ho provato la minima compassione per loro. Volevo che soffrissero.

Volevo che sentissero il peso della loro ignoranza per aver tenuto una pistola carica a portata di mano di due bambini innocenti. Volevo sapessero che non solo avevano perso un figlio, ma che avevano anche rovinato la vita di quello che aveva premuto il grilletto per errore.»

Santo cielo. Non mi aspettavo una rivelazione così scioccante.

Fatico a immaginare come una famiglia superi un'esperienza del genere. «Il fratello di quel povero bambino. Chissà che trauma.»

Con uno scatto dell'indice, Ryle rimuove qualcosa dai jeans, all'altezza del ginocchio. «Gli distruggerà la vita, né più né meno.»

Mi giro sul fianco, sostenendomi la testa con la mano. «È dura? Vedere cose simili tutti i giorni, intendo.»

«Dovrebbe esserlo molto di più, ma a lungo andare la morte diventa parte della vita. Non so che cosa pensare.» Mi guarda negli occhi. «Raccontami un'altra verità. Credo che la mia fosse un po' più malsana della tua.»

Non sono d'accordo, ma gli confido la cosa malsana che ho fatto giusto dodici ore fa.

«Oggi c'è stato il funerale di mio padre, e due giorni fa mia madre mi ha chiesto di pronunciare l'elogio funebre. Le ho detto che mi sarei impappinata, che probabilmente avrei pianto talmente forte da non riuscire a parlare in pubblico, ma era una bugia. Non volevo farlo perché penso che gli elogi funebri debbano essere detti dalle persone che rispettavano il defunto, e io non rispettavo molto mio padre.»

«Alla fine l'hai tenuto?»

«Sì. Questa mattina.» Alzandomi a sedere, rannicchio le gambe. «Vuoi ascoltarlo?»

Sorride. «Certo.»

Unisco le mani e faccio un bel respiro. «Non avevo idea di cosa dire. Circa un'ora prima del funerale ho ripetuto a mia madre che non volevo recitare nessun discorso. Ha risposto che non era difficile e che mio padre sarebbe stato contento. Bastava salire sul podio, ha aggiunto, ed elencare cinque cose belle di lui. Così... ho fatto esattamente questo.»

Ryle si puntella sul gomito, sempre più incuriosito. Dalla mia espressione deduce che il peggio deve ancora arrivare. «Oh no, Lily. Che cos'hai combinato?»

«Un attimo. Lascia che te lo mostri.» Tirandomi su, mi sposto sull'altro lato del lettino. Mi alzo in tutta la mia statura e fingo di rivolgermi alla medesima sala affollata di questa mattina e mi schiarisco la voce.

«Buongiorno. Mi chiamo Lily Bloom e sono la figlia del compianto Andrew Bloom. Grazie per essere venuti oggi a dolervi per la sua scomparsa insieme a noi. Vi rubo un momento per onorare la sua vita elencandovi cinque cose belle di mio padre. La prima...» Abbasso gli occhi su Ryle. «Non c'è altro.»

Si raddrizza. «Come sarebbe a dire?»

Mi sdraio di nuovo. «Ho fatto scena muta per due minuti di fila. Non avevo nessuna cosa bella da dire, perciò ho fissato i presenti in silenzio finché mia madre non ha capito che cosa stesse succedendo e ha chiesto a mio zio di portarmi via dal podio.»

«Vuoi scherzare? Hai pronunciato un anti-elogio funebre per tuo padre?»

Annuisco. «Non ne vado orgogliosa. O almeno non *credo*. Insomma, se le cose fossero andate come volevo, lui sarebbe stato una persona molto migliore e io sarei rimasta lassù a parlare per un'ora.»

Si stende. «Wow», dice incredulo. «Sei la mia eroina. Hai stroncato un morto.»

«È di cattivo gusto.»

«Sì. Be', la verità fa male.»

Rido. «Tocca a te.»

«Non posso batterti.»

«Sono sicura che non sei da meno.»

«Io no.»

«Sì, invece. Non farmi sentire la persona peggiore tra i due. Svelami il pensiero più recente che hai avuto e che la maggior parte degli esseri umani non direbbe mai ad alta voce.»

Infilandosi le mani sotto la testa, mi guarda dritto negli occhi. «Ho voglia di scoparti.»

Spalanco la bocca. Poi la richiudo.

Sono senza parole.

Fa un'espressione candida. «Mi hai chiesto il pensiero più recente, così te l'ho detto. Sei bellissima. Io sono un uomo. Se tu fossi una ragazza da avventure di una notte, ti porterei di sotto nella mia camera da letto e ti scoperei.»

Sono in preda a un vortice di emozioni talmente violente da non riuscire nemmeno a guardarlo.

«Be', non sono una ragazza da avventure di una notte.»

«Ci avrei scommesso. Tocca a te.»

Ha un atteggiamento indifferente, come se non avesse detto nulla di scandaloso.

Scoppio a ridere. «Dopo questa mi serve un minuto per riordinare le idee.» Ce la metto tutta per trovare una rivelazione di forte impatto, ma non ce la faccio a dimenticare cosa ha appena detto. *Ad alta voce.* Forse è perché fa il neurochirurgo, e non credevo che una persona così istruita usasse il verbo *scopare* con tanta disinvoltura.

Quando mi sono ripresa almeno in parte, dico: «Okay. Dato che siamo in tema… il primo ragazzo con cui ho fatto sesso era un senzatetto».

Interessato, si gira verso di me. «Voglio altri dettagli.»

Allungo il braccio, appoggiandovi sopra la testa. «Sono cresciuta nel Maine. Vivevamo in un quartiere abbastanza decoroso, ma la strada dietro di noi non era nelle condizioni migliori. Il nostro giardino confinava con una casa inagibile, adiacente a due terreni abbandonati. Ho conosciuto un certo Atlas, che alloggiava nella casa inagibile. Ero l'unica a sapere che vivesse lì. Gli portavo cibo, vestiti eccetera. Finché mio padre non l'ha scoperto.»

«Che cos'ha fatto?»

Contraggo la mandibola. Non so perché abbia toccato l'argomento quando mi costa ancora fatica non pensarci ogni giorno. «L'ha picchiato.» Mi rifiuto di spingermi oltre. «Tocca a te.»

Mi studia in silenzio per un momento, neanche avesse intuito che c'è dell'altro. Ma poi abbassa gli occhi. «Il pensiero del matrimonio mi ripugna. Ho quasi trent'anni e non ho nessuna voglia di cercare moglie. E *soprattutto* non voglio figli. L'unica cosa che desidero dalla vita è il successo. Tanto successo. Ma se lo confesso a qualcuno, sembro arrogante.»

«Successo professionale? O status sociale?»

«Entrambi. Chiunque può avere figli. Chiunque può sposarsi. Ma non tutti sanno fare il neurochirurgo. È una cosa che mi rende molto orgoglioso. E non voglio soltanto essere un bravo neurochirurgo. Voglio diventare il migliore nel mio campo.»

«Hai ragione. Sembri arrogante.»

«Mia madre ha paura che sprechi la mia vita, perché non faccio altro che lavorare.»

«Sei un neurochirurgo, e tua madre è *scontenta*?» Rido. «Santo cielo, è pazzesco. I genitori sono mai davvero soddisfatti dei figli? E i figli sono mai all'altezza delle loro aspettative?»

«I miei non lo sarebbero. Non molti hanno la mia determinazione, dunque li condannerei a crescere frustrati. È per questo che non ne voglio.»

«Se devo essere sincera, questa schiettezza ti fa onore. Molti si rifiutano di ammettere d'essere troppo egoisti per avere figli.»

«Non io. Sono *troppo* egoista per avere figli. E sicuramente anche per avere una relazione.»

«Come la eviti? Non esci con nessuno?»

Sorride con malizia. «Quando ho tempo, ci sono ragazze che soddisfano certi bisogni. Non mi manca nulla da quel punto di vista, se è questo che vuoi sapere. Ma l'amore non mi ha mai attirato. È sempre stato più un peso che altro.»

Vorrei pensarla nello stesso modo. La mia vita sarebbe molto più semplice. «Ti invidio. Io sono convinta che là fuori ci sia l'uomo perfetto per me. Mi stanco facilmente, perché nessuno rientra mai nei miei canoni. Mi sembra di essere all'eterna ricerca del Sacro Graal.»

«Dovresti provare il mio metodo.»

«Cioè?»

«Le avventure di una notte.» Inarca un sopracciglio con fare allusivo.

Meno male che è buio, perché ho il viso in fiamme. «Non andrei mai a letto con qualcuno senza la speranza di una relazione duratura», dichiaro, ma suono poco convinta.

Emettendo un lungo respiro, si gira sulla schiena. «Non sei quel tipo di ragazza, eh?» chiede con una punta di delusione nella voce.

Anch'io sono delusa. Non sono sicura che lo respingerei se ci provasse, ma forse mi sono appena preclusa questa possibilità.

«Se non sei disposta a fare *sesso* con uno sconosciuto...» Incrocia di nuovo il mio sguardo. «Esattamente fino a che punto ti spingeresti?»

Non so che cosa rispondere. Mi stendo sulla schiena perché il suo sguardo mi fa venire voglia di riconsiderare le avventure di una notte. Non sono da scartare a priori, suppongo. Forse non ho mai ricevuto una proposta del genere da qualcuno a cui potrei dire di sì.

Finora. O almeno *credo*. Ci prova con me? Sono sempre stata imbranata con le avances maschili.

Allungando il braccio, afferra il bordo del mio lettino. Con un unico movimento fulmineo e uno sforzo minimo, lo tira verso di sé finché non urta il suo.

Mi irrigidisco da capo a piedi. È talmente vicino che sento il suo alito caldo nell'aria fredda. Se girassi la testa, il suo viso sarebbe a pochissimi centimetri dal mio. Mi rifiuto di guardarlo, perché probabilmente mi bacerebbe e non so assolutamente nulla di lui, a parte un paio di verità nude e crude. Ma questo non mi pesa sulla coscienza quando Ryle mi posa una mano sulla pancia.

«Fino a che punto ti spingeresti, Lily?» La sua voce, suadente e vellutata, si insinua in ogni fibra del mio corpo.

«Non lo so», sussurro.

Avvicina le dita all'orlo della mia maglietta, sollevandola lentamente fino a scoprire una striscia di addome. «*Santo cielo*», bisbiglio, avvertendo il calore della sua mano che mi esplora la pancia.

A malincuore, mi volto, perdendomi completamente nel suo sguardo. Ryle pare eccitato, spavaldo e pieno di speranza. Affonda i denti nel labbro inferiore mentre mi infila la mano sotto la maglietta. Sono certa che sente il cuore che mi martella nel petto. Cavolo, probabilmente gli rimbomba nelle *orecchie*.

«Esagero?» chiede.

Non so da dove arrivi questo lato di me, ma scuoto la testa. «Neanche un po'.»

Sorridendo, mi sfiora il bordo del reggiseno, con le dita che mi scorrono leggere sulla pelle, procurandomi un brivido.

Nel momento in cui abbasso le palpebre, uno squillo lacera l'aria. La sua mano si irrigidisce quando ci rendiamo conto che è un telefono. Il *suo* telefono.

Mi appoggia la testa sulla spalla. «Cazzo.»

Ci rimango male non appena stacca le dita. Si fruga nella tasca, alzandosi e allontanandosi di qualche metro per rispondere alla chiamata.

«Dottor Kincaid.» Ascolta attentamente, con la mano stretta intorno alla nuca. «Che fine ha fatto Roberts? Io non dovrei neppure essere reperibile in questo momento.» Altro silenzio, poi: «Sì, dammi dieci minuti. Arrivo».

Riaggancia, mettendo via il telefono. Quando si volta verso

di me, ha un'aria un po' contrariata. Indica la porta che conduce alle scale. «Devo...»

«Nessun problema.»

Mi studia per un istante, quindi alza un dito. «Non muoverti.» Tira fuori il cellulare e, avvicinandosi, lo solleva neanche volesse farmi una foto. Sto per obiettare, anche se non so il perché. Sono completamente vestita ma, per qualche ragione, mi sento nuda.

Mi immortala mentre sono distesa sul lettino, con le braccia rilassate sopra la testa. Non ho idea di come userà la fotografia, ma sono felice che l'abbia fatta. Mi piace che abbia un mio ricordo, pur sapendo che non ci rivedremo.

Fissa lo schermo per qualche secondo, con un sorriso. Sono quasi tentata di fotografarlo a mia volta, ma non voglio conservare l'immagine di qualcuno che non rincontrerò mai più. Il pensiero è un po' deprimente.

«È stato bello conoscerti, Lily Bloom. Spero che sfiderai la sorte e realizzerai il tuo sogno.»

Sorrido, insieme triste e confusa. Non credo di aver mai passato del tempo con una persona come lui prima d'ora, una persona con uno stile di vita e una fascia di reddito completamente diversi dai miei. Con molta probabilità non mi succederà più. Ma scoprire che, in fondo, non siamo tanto diversi è stata una piacevole sorpresa.

Pregiudizio smentito.

Esitando, Ryle si guarda i piedi per un momento. Sembra in bilico tra il desiderio di aggiungere qualcosa e la fretta di andarsene. Mi lancia un'ultima occhiata, questa volta con espressione meno impassibile. Leggo la delusione nella piega delle sue labbra prima che si giri per andare nella direzione opposta. Apre la porta e sento i suoi passi affievolirsi mentre corre lungo le scale. Sono di nuovo sola sul tetto ma, con mio stupore, ora la cosa mi rattrista un po'.

2

LUCY, *la coinquilina che ama cantare a squarciagola*, sfreccia qua e là in salotto, raccogliendo chiavi, scarpe, un paio di occhiali da sole. Io, seduta sul divano, sono impegnata ad aprire delle scatole piene di vecchie cose del periodo in cui vivevo dai miei. Le ho prese quando sono tornata nel Maine per il funerale di mio padre questa settimana.

«Lavori oggi?» chiede Lucy.

«No. Sono in congedo per lutto fino a lunedì.»

Si ferma di colpo. «Lunedì?» Sbuffa. «Che fortuna.»

«Sì, sono *così* fortunata che mio padre è morto.» Lo dico in tono sarcastico, ma tremo di orrore quando mi rendo conto che, in realtà, non è molto sarcastico.

«Sai che cosa intendo», borbotta. Afferra la borsetta mentre si tiene in equilibrio su un piede, infilando la scarpa sull'altro. «Stasera non torno. Resto da Alex.» Ed esce sbattendo la porta.

Apparentemente abbiamo molto in comune, oltre ad avere la stessa taglia di vestiti, la stessa età e nomi di quattro lettere che iniziano entrambi con la L e finiscono con la Y, ma non possiamo definirci amiche. Però non mi lamento. A parte il canto incessante, Lucy è abbastanza sopportabile. È pulita ed è spesso fuori casa. Due pregi fondamentali in una coinquilina.

Sollevo il coperchio di una scatola quando mi squilla il cellulare. Lo recupero dall'altra parte del divano. Vedendo che è mia madre, premo la faccia contro un cuscino, fingendo di piangere.

Mi porto il telefono all'orecchio. «Pronto?»

Tre secondi di silenzio, poi: «Ciao, Lily».

Sospirando, mi raddrizzo. «Ciao, mamma.» Mi sorprende che mi rivolga ancora la parola. È passato appena un giorno dal funerale. Trecentosessantaquattro giorni di anticipo rispetto a quando mi sarei aspettata di sentirla.

«Come stai?» domando.

Fa un sospiro teatrale. «Bene. La zia e lo zio sono tornati nel Nebraska questa mattina. Sarà la mia prima notte da sola dopo…»

«Te la caverai, mamma.» Cerco di sembrare fiduciosa.

Dopo una pausa troppo lunga ricomincia: «Volevo soltanto dirti di non sentirti in imbarazzo per quanto è successo ieri».

Non rispondo. *Non mi sentivo in imbarazzo. Nemmeno un pochino.*

«Ogni tanto capita a chiunque di bloccarsi. Non dovevo insistere in quel modo, sapendo che stavi già passando una giornata difficile. Dovevo chiedere allo zio di tenere il discorso.»

Chiudo gli occhi. *Siamo alle solite.* Nasconde ciò che non vuole vedere. Si assume colpe che non sono neppure sue. *Ovviamente* si è convinta che ieri abbia avuto un momento di *défaillance* e che sia questa la ragione per cui ho fatto scena muta. *Non mi sorprende affatto.* Sono tentata di dirle che non è stato un errore. Non mi sono bloccata. Semplicemente non avevo nulla di bello da dire sull'uomo insulso con cui mi ha concepita.

Ma una parte di me prova rimorso per quanto ho fatto, in particolare perché non avrei dovuto agire così in presenza di mia madre; perciò, mi limito ad accettare il suo atteggiamento e lo assecondo.

«Grazie, mamma. Scusa se non ce l'ho fatta.»

«Non preoccuparti. Ora devo scappare. Ho un appuntamento

con la compagnia di assicurazioni per discutere delle polizze di tuo padre. Chiamami domani, okay?»

«Promesso. Ti voglio bene, mamma.»

Riagganciando, lancio il cellulare dall'altra parte del divano. Apro la scatola sulle mie ginocchia ed esamino il contenuto. In cima c'è un cuoricino vuoto di legno. Accarezzandolo, ripenso automaticamente alla sera in cui l'ho ricevuto, ma lo metto da parte non appena riaffiora il ricordo. La nostalgia è una cosa buffa.

Sposto alcune vecchie lettere e ritagli di giornale. Sotto, noto quello che speravo di trovare e che, allo stesso tempo, mi auguravo di *no*.

I miei diari a Ellen.

Vi passo sopra le mani. Ce ne sono tre in questa scatola, ma direi che probabilmente sono otto o nove in tutto. Non li leggo dall'ultima volta che ho scritto qualcosa.

Quando ero una ragazzina, mi rifiutavo di ammettere che tenevo un diario, perché era un cliché inaccettabile. Invece mi illudevo di fare una cosa strafiga, perché rivolgevo ogni riflessione a Ellen DeGeneres, di cui seguivo il programma fin dalla prima puntata nel 2003, quando ero solo una bambina. Lo guardavo ogni giorno dopo la scuola ed ero sicura che Ellen mi avrebbe voluto bene se solo mi avesse conosciuta. Finché non ho compiuto sedici anni, le ho indirizzato regolarmente delle lettere, ma nello stile con cui si compilerebbe un diario. Naturalmente sapevo che con molta probabilità le confessioni di una teenager stramba erano l'ultima cosa a cui Ellen DeGeneres sarebbe stata interessata. Per fortuna non gliele ho mai spedite. Però mi piaceva confidarmi con lei, per questo ho continuato fino a perdere del tutto l'abitudine.

Nella seconda scatola ci sono altri diari. Frugando qua e là, trovo quello di quando avevo quindici anni. Lo apro, cercando il giorno in cui ho conosciuto Atlas. Prima del suo arrivo, nella mia vita non c'era nulla che valesse la pena raccontare ma, in qualche modo, a quel punto avevo già riempito sei quaderni.

Avevo giurato di non leggerli più, ma la morte di mio padre mi ha fatto riflettere sulla mia infanzia. Forse queste pagine mi daranno la forza di perdonarlo, anche se temo di accumulare ancora più risentimento.

Mi stendo sul divano e inizio a leggere.

Cara Ellen,

prima di raccontarti che cos'è successo oggi, ho un'idea fantastica per una nuova rubrica del tuo programma. Si intitola «Ellen a casa».

Credo che molti vorrebbero vederti al di fuori del lavoro. Mi domando sempre come ti comporti tra le mura domestiche, quando ci siete solo tu e Portia, senza telecamere. I produttori potrebbero darne una a Portia, e ogni tanto lei potrebbe arrivarti alle spalle di nascosto e filmarti mentre fai cose normali, per esempio guardare la TV, cucinare o curare il giardino. Potrebbe riprenderti per qualche secondo senza che tu te ne accorga, e poi spaventarti urlando: «Ellen a casa!» È più che giusto, dato che ti piacciono gli scherzi.

Okay, ora che ti ho dato questo suggerimento (mi frullava in testa da un po' e continuavo a dimenticarmi di dirtelo), ti racconto la giornata di ieri. È stata interessante. Probabilmente la più interessante di cui abbia scritto finora, se non conti quella in cui Abigail Ivory ha dato uno schiaffo a Mr Carson per averle sbirciato nella scollatura.

Ricordi che qualche tempo fa ti ho parlato di Mrs Burleson, la nostra vicina, morta nella notte di quella forte nevicata? Secondo mio padre aveva così tanti debiti con il fisco che sua figlia non è riuscita a impossessarsi della casa. Sono certa che per lei non è un problema, perché la casa cadeva a pezzi. Probabilmente sarebbe stata più una scocciatura che altro.

È vuota da quando Mrs Burleson è morta circa due anni

fa. Lo so perché la finestra della mia camera dà sul retro e, da quando ricordo, non è entrata o uscita anima viva.

Fino a ieri sera.

Ero a letto che mescolavo le carte. So che suona strano, ma è una mia abitudine. Non sono nemmeno capace di giocare ma, quando i miei genitori litigano, a volte mi calma e mi dà qualcosa su cui concentrarmi.

Comunque, fuori era buio, perciò ho notato subito la luce. Non era intensa, ma veniva dalla vecchia casa. Sembrava la fiammella di una candela, così sono uscita sulla veranda e ho preso il binocolo di papà. Ho cercato di capire che cosa succedesse, ma non vedevo niente. Era troppo buio. Poi, dopo un po', la luce si è spenta.

Questa mattina, mentre mi preparavo per la scuola, ho visto qualcosa che si muoveva dietro la casa. Accovacciandomi accanto alla finestra, ho notato qualcuno che sgattaiolava fuori dalla porta di servizio. Era un ragazzo con uno zaino. Si è guardato intorno come per assicurarsi che non ci fosse nessuno, poi si è incamminato tra la nostra casa e quella del vicino e ha raggiunto la fermata dell'autobus.

Non lo conoscevo. Era la prima volta che prendeva il mio autobus. Lui si è seduto in fondo e io nel mezzo, dunque non gli ho parlato ma, quando è sceso, l'ho visto entrare a scuola, perciò dev'essere uno studente.

Non ho idea del perché abbia dormito nella casa di Mrs Burleson, dove è probabile che non ci siano elettricità né acqua corrente. Ho pensato che forse l'avesse fatto per sfida, ma oggi è sceso dall'autobus alla mia stessa fermata. Ha camminato lungo la strada quasi andasse altrove, ma sono corsa in camera mia per spiare dalla finestra e, come avevo immaginato, qualche minuto dopo l'ho visto intrufolarsi di nuovo nella casa vuota.

Non so se dirlo a mia madre. Odio fare la ficcanaso, perché non sono affari miei. Ma se quel tipo non avesse un posto dove andare, lei potrebbe aiutarlo, perché lavora in una scuola.

Non so. Potrei aspettare qualche giorno prima di informarla, per vedere se il ragazzo se ne va. Forse ha solo bisogno di una tregua dai suoi genitori. Come capita a me di tanto in tanto.

Per ora è tutto. Ti farò sapere che cosa succederà domani.

Lily

Cara Ellen,

quando guardo il tuo programma, mando avanti veloce mentre balli. Prima seguivo anche l'inizio, quando danzavi tra il pubblico, ma ora mi annoio un po' e preferirei sentirti solamente parlare. Spero che non ti arrabbi.

Okay, ho scoperto chi è il ragazzo e sì, vive ancora qui dietro. Ormai sono trascorsi due giorni e non l'ho detto a nessuno.

Si chiama Atlas Corrigan e frequenta l'ultimo anno, ma questo è quanto so. Ho chiesto informazioni a Katie quando si è seduta vicino a me sull'autobus. Alzando gli occhi al cielo, mi ha detto il suo nome, ma poi ha aggiunto: «Non so nient'altro, se non che puzza». Ha arricciato il naso, schifata. Avrei voluto urlarle che non può evitarlo, che non ha l'acqua corrente. Invece mi sono girata verso di lui. Forse l'ho fissato un po' troppo a lungo, perché mi ha sorpresa a spiarlo.

Quando sono tornata a casa, sono uscita a fare un po' di giardinaggio. I ravanelli erano pronti per la raccolta, così mi sono messa al lavoro. Sono l'unica verdura rimasta nell'orto. Comincia a fare freddo, perciò non c'è molto altro che si possa piantare in questo periodo. Forse potevo aspettare qualche giorno prima di raccoglierli, ma volevo curiosare.

Mi sono accorta che ne mancavano alcuni. Sembrava che fossero appena stati estirpati. Sono sicura di non essere stata io, e i miei genitori non trafficano mai nell'orto.

È stato allora che mi è venuto in mente Atlas. Era più che probabile che fosse stato lui. Non avevo pensato che, se non ha accesso a una doccia, forse non ha neppure da mangiare.

Sono rientrata e ho preparato qualche sandwich. Ho preso due bibite dal frigo e un sacchetto di patatine. Li ho infilati in una borsa termica e, dopo essere corsa fino alla casa abbandonata, li ho lasciati sulla veranda accanto alla porta. Non sapevo se Atlas mi avesse vista, così ho bussato forte e poi sono corsa via come un fulmine, andando svelta in camera mia. Quando ho guardato fuori dalla finestra per vedere se sarebbe uscito, la borsa non c'era già più.

Allora ho capito che mi teneva d'occhio. Sono un po' nervosa, ora che sa che so che vive lì. Non saprei che cosa dirgli se domani dovesse provare a parlarmi.

Lily

Cara Ellen,

oggi ho visto la tua intervista con il candidato presidente Barack Obama. Ti emoziona intervistare persone che potrebbero guidare il Paese? Non mi intendo molto di politica, ma credo che non sarei divertente in una situazione così stressante.

Cavolo, sono successe molte cose a entrambe. Tu hai appena intervistato un uomo che potrebbe essere il prossimo presidente, e io do da mangiare a un ragazzo senzatetto.

Questa mattina, quando sono arrivata alla fermata dell'autobus, Atlas era già lì. All'inizio c'eravamo appena noi due, e non ti nascondo che è stato imbarazzante. Ho visto l'autobus che girava l'angolo e ho desiderato che accelerasse un po'. Quando si è fermato, Atlas ha fatto un passo avanti e, senza alzare gli occhi, ha detto: «Grazie».

Le porte si sono aperte e mi ha fatta salire per prima. Non ho risposto: «Prego», perché ero scioccata dalla mia reazione. La sua voce mi ha dato i brividi, Ellen.

La voce di un ragazzo ti ha mai fatto questo effetto?

Aspetta. Scusa. La voce di una ragazza ti ha mai fatto questo effetto?

Non si è seduto accanto a me o cose simili, però quando siamo usciti da scuola è stato l'ultimo a salire. Non c'erano molti posti liberi ma, dal modo in cui si guardava intorno, ho dedotto che non ne cercava uno. Cercava me.

Quando i suoi occhi hanno incrociato i miei, mi sono affrettata ad abbassare lo sguardo. Odio la mia insicurezza con i ragazzi. Forse mi abituerò quando finalmente compirò sedici anni.

Si è seduto vicino a me, infilandosi lo zaino tra le gambe. Allora ho capito cosa intendesse Katie. Puzzava, ma non l'ho giudicato per questo.

In un primo momento non ha fiatato, preferendo giocherellare con un buco nei jeans, ma non uno di quelli fatti apposta per sembrare alla moda. Ho intuito che era un buco vero, dovuto al tessuto logoro. In realtà, i jeans parevano un po' troppo piccoli per lui, perché si vedevano le caviglie. Ma Atlas è così magro che per il resto gli vanno bene.

«L'hai detto a qualcuno?» ha chiesto.

L'ho guardato, e lui mi ha lanciato un'occhiata preoccupata. Era la prima volta che mi guardava davvero. I suoi capelli erano castano scuro, ma ho pensato che se li avesse lavati, forse si sarebbero schiariti. Gli occhi erano luminosi, a differenza del resto. Occhi azzurrissimi, come quelli di un husky. Non dovrei paragonare i suoi occhi a quelli di un cane, ma è la prima cosa che mi è venuta in mente quando li ho visti.

Scuotendo la testa, mi sono girata verso il finestrino. Ho pensato che a quel punto si sarebbe alzato e avrebbe cambiato posto, perché gli avevo assicurato di non aver raccontato a nessuno il suo segreto, ma mi sbagliavo. Dopo alcune fermate, il fatto che fosse ancora seduto lì mi ha dato un po' di coraggio, perciò ho sussurrato: «Perché non vivi con i tuoi genitori?»

Mi ha fissata per qualche secondo, quasi cercasse di decidere se fidarsi di me oppure no. Poi ha risposto: «Perché non vogliono».

In quell'istante si è alzato. Ho temuto che si fosse arrabbiato, ma poi mi sono accorta che eravamo arrivati. Recuperando la mia roba, l'ho seguito giù dall'autobus. A differenza del solito, oggi non ha tentato di nascondere dove fosse diretto. Normalmente cammina fino in fondo alla via e gira intorno all'isolato perché non lo veda tagliare nel mio giardino, ma oggi è venuto con me.

Quando abbiamo raggiunto il punto in cui solitamente io svolto per entrare e lui prosegue, ci siamo fermati entrambi. Ha dato un calcio al terriccio, guardando casa mia.

«A che ora tornano i tuoi?»

«Verso le cinque.» Erano le quattro meno un quarto.

Ha annuito e sembrava sul punto di aggiungere qualcosa, ma poi ha cambiato idea, avviandosi verso la casa senza cibo né elettricità né acqua.

Ebbene, Ellen, so di aver fatto una cosa stupida, perciò non è necessario che sia tu a farmelo notare. L'ho chiamato e, quando si è voltato, ho detto: «Se ti sbrighi, puoi fare una doccia prima che arrivino».

Il cuore mi batteva forte perché sapevo in che guaio mi sarei cacciata se i miei fossero tornati e avessero trovato un senzatetto nella doccia. Probabilmente mi avrebbero uccisa. Ma non potevo lasciarlo andare via senza offrirgli qualcosa.

Ha abbassato gli occhi, e ho percepito il suo imbarazzo simile a un pugno nello stomaco. Non ha fatto nemmeno un cenno. Si è limitato a seguirmi dentro senza dire una parola.

Per tutto il tempo che è rimasto sotto la doccia, ero tesa quanto una corda di violino. Continuavo a sbirciare fuori dalla finestra in cerca delle auto dei miei, pur sapendo che sarebbero rientrati solamente di lì a più di un'ora. Temevo che i vicini l'avessero visto entrare, ma non mi conoscono abbastanza bene per pensare quanto sia strano che abbia visite.

Avevo dato ad Atlas un cambio di vestiti e sapevo che non solo sarebbe dovuto uscire prima dell'arrivo dei miei, ma che avrebbe anche dovuto girare al largo da casa nostra. Ero certa che mio padre avrebbe riconosciuto i propri vestiti addosso a uno strambo adolescente del quartiere.

Mentre lanciavo occhiate fuori dalla finestra e controllavo l'orologio, ho riempito di roba un vecchio zaino. Cibo che non andava conservato in frigorifero, qualche vecchia T-shirt di mio padre, jeans che probabilmente erano di due taglie troppo grandi e un paio di calzini.

Chiudevo la cerniera quando è sbucato dal corridoio.

Non mi ero sbagliata. Pur essendo umidi, i capelli erano più chiari di quanto fossero sembrati prima. Persino gli occhi parevano più azzurri.

Doveva essersi rasato, perché aveva un'aria più giovane. Deglutendo, ho abbassato lo sguardo sullo zaino, perché ero scioccata da quel cambiamento. Avevo paura che mi leggesse nel pensiero.

Ho guardato per l'ennesima volta fuori dalla finestra, porgendogli lo zaino. «Ti conviene uscire dalla porta di servizio, così non ti vede nessuno.»

Mettendolo in spalla, mi ha fissata per un minuto. «Come ti chiami?»

«Lily.»

Ha sorriso. Era la prima volta che lo faceva e in quel momento ho avuto un pensiero terribile e inutile. Mi sono chiesta perché una persona con un sorriso così meraviglioso potesse avere genitori di merda come i suoi. Ho odiato immediatamente me stessa, perché i genitori dovrebbero amare i figli a prescindere da quanto siano carini, brutti, magri, grassi, intelligenti o stupidi. Ma certe volte non riesci a controllare la mente. Puoi unicamente allenarla a non viaggiare più in determinate direzioni.

Allungando la mano, si è presentato: «Io sono Atlas».

«Lo so», ho risposto senza stringerla. Non saprei spiegare la ragione. Non era per la paura di toccarlo. Insomma, avevo paura di toccarlo, ma non perché credessi di essere migliore di lui. È solo che mi rendeva nervosa.

Ritirando la mano, ha annuito. «È meglio che vada.»

Mi sono spostata per farlo passare. Ha indicato oltre la cucina, domandando in silenzio se la porta di servizio fosse da quella parte. Facendo sì con la testa, l'ho seguito lungo il corridoio. Davanti all'uscita, si è fermato per un secondo quando ha visto la mia camera.

D'un tratto mi sono sentita in imbarazzo. Di solito nessuno entra in camera mia, perciò non ho mai sentito il bisogno di darle un'aria più matura. Ho ancora lo stesso copriletto e le stesse tendine rosa di quando avevo dodici anni. Per la prima volta in vita mia avrei voluto staccare il poster di Adam Brody.

Atlas, però, non sembrava interessato all'arredamento. Ha guardato verso la finestra che dà sul giardino, quindi mi ha lanciato un'ultima occhiata. Prima di uscire, ha detto: «Grazie per non essere stata sprezzante».

Infine, è sparito.

Naturalmente conoscevo il termine «sprezzante», ma era strano sentirlo pronunciare da un teenager. Ancora più strano è che ogni cosa, in Atlas, sembri contraddittoria. Com'è possibile che un ragazzo umile, educato e capace di usare parole come «sprezzante» diventi un senzatetto? Anzi, com'è possibile che un adolescente diventi un senzatetto?

Devo scoprirlo, Ellen.

Scoprirò cosa gli è successo. Aspetta e vedrai.

Lily

Inizio a leggere un'altra annotazione quando mi suona il telefono. Recuperandolo, non mi stupisco affatto di vedere che è di nuovo mia madre. Ora che mio padre è morto ed è rimasta da sola, probabilmente mi chiamerà il doppio di prima.

«Pronto?»

«Cosa ne pensi di un mio eventuale trasferimento a Boston?» chiede di punto in bianco.

Afferrando il cuscino, vi affondo la faccia e soffoco un urlo. «Wow! Dici sul serio?»

Un silenzio, poi: «Era solo un'idea. Possiamo parlarne domani. Sono quasi arrivata all'appuntamento».

«Okay. Ciao.»

D'un tratto ho voglia di lasciare il Massachusetts. *Non può trasferirsi qui.* Non conosce nessuno da queste parti. Pretenderebbe che ci vedessimo ogni giorno. Voglio bene a mia madre, non fraintendetemi, ma sono venuta a Boston per camminare con le mie gambe, e averla nella stessa città mi farebbe sentire meno indipendente.

Mio padre ha ricevuto la diagnosi di cancro tre anni fa, quando ancora andavo al college. Se Ryle Kincaid fosse qui, gli direi la verità nuda e cruda e gli confesserei di aver provato un certo sollievo quando è diventato troppo debole per picchiare mia madre. La malattia ha cambiato radicalmente le dinamiche del loro rapporto, e non mi sono più sentita in dovere di restare a Plethora per assicurarmi che la mamma stesse bene.

Ora che mio padre è morto e che non devo più preoccuparmi per lei, non vedevo l'ora di spiccare il volo, per così dire.

E invece vuole venire a Boston?

Ho la sensazione che mi abbiano appena tarpato le ali.

Dove sono le sedie di polimero anticorrosione quando me ne serve una?!

Sopraffatta dall'ansia, non ho idea di che cosa farei se mia madre si trasferisse in città. Non ho un giardino né un orto né un cortile né erbacce da estirpare.

Devo trovare un'altra valvola di sfogo.

Decido di fare le pulizie. Ripongo le vecchie scatole nell'armadio della mia camera. Poi lo riordino da cima a fondo. Gioielli, scarpe, vestiti…

Non può venire a Boston.

3

Sei mesi dopo.

«Oh.»

Non ha altro da dire.

Mia madre si volta e studia il locale, passando un dito sul davanzale della finestra e sfregando i polpastrelli per liberarsi della polvere. «È...»

«Serve molto lavoro, lo so», la interrompo. Indico le vetrine alle sue spalle. «Ma guarda la facciata. Non è niente male.»

Annuisce. Certe volte fa un suono aspro, dandomi ragione con un leggero mormorio, ma senza aprire le labbra. Significa che non mi dà *veramente* ragione. E ora emette quel verso. *Ben due volte.*

Abbasso le braccia, rassegnata. «Pensi che sia stata un'idea stupida?»

«Dipende da come vanno le cose.» Il locale, che prima ospitava un ristorante, è ancora zeppo di vecchi tavoli e sedie. Mia madre si avvicina a un tavolo e prende una sedia, accomodandosi. «Se va tutto bene e il tuo negozio ha successo, le persone diranno che è stata una decisione imprenditoriale coraggiosa, audace, *intelligente*. Ma se va male e perdi tutta l'eredità...»

«Diranno che è stata una decisione imprenditoriale *stupida*.»

«È così che funziona. Hai una specializzazione in Economia,

lo sai meglio di me.» Si guarda intorno lentamente, quasi immaginasse come sarà il negozio tra un mese. «Fa' in modo che sia coraggioso e audace.»

Sorrido. *Questo posso accettarlo.* «Non riesco a credere di averlo comprato senza prima interpellarti.» Mi siedo anch'io.

«Sei adulta. È tuo diritto», dice, ma avverto un pizzico di delusione. Penso che si senta ancora più sola ora che ho sempre meno bisogno del suo aiuto. Sono passati sei mesi da quando è morto mio padre e, anche se non era una buona compagnia, per lei la solitudine dev'essere dolorosa. Ha trovato lavoro in una scuola elementare, perciò ha deciso di trasferirsi qui. Ha scelto un piccolo sobborgo alla periferia di Boston, dove, in una strada senza uscita, ha acquistato una graziosa casetta con due camere da letto e un giardino enorme. Sogno di piantare un orto, ma richiederebbe cure quotidiane. Il mio limite è una visita la settimana. Due, se è davvero necessario.

«Che cosa farai di tutta questa robaccia?» domanda.

Ha ragione. Ce n'è moltissima. Ci vorrà un'eternità per eliminarla. «Non ne ho idea. Dovrò farmi un culo così prima di pensare all'arredamento.»

«Quand'è il tuo ultimo giorno alla società di marketing?»

Sorrido. «Ieri.»

Sospira. «Oh, Lily. Spero proprio che fili tutto liscio.»

Stiamo per alzarci quando la porta si apre. Ho la visuale ostruita dagli scaffali, perciò allungo il collo e vedo entrare una donna, che si guarda intorno finché non si accorge di me.

«Ciao.» Fa un cenno di saluto. È carina e ben vestita, ma indossa pantaloni a pinocchietto bianchi. Un disastro garantito in questo ammasso di polvere.

«Posso aiutarti?»

Infilandosi la borsetta sotto il braccio, si avvicina con la mano tesa. «Io sono Allysa.»

Gliela stringo. «Lily.»

Indica con il pollice sopra la spalla. «Ho visto il cartello CERCASI PERSONALE.»

Sorpresa, seguo la direzione del suo dito. «Davvero?» *Non ho appeso nessun cartello.*

«Sembra vecchio, però. Probabilmente è lì da un po'. Facevo una passeggiata e l'ho notato. Ero curiosa, ecco tutto.»

Provo una simpatia immediata. La sconosciuta ha una voce gradevole e un sorriso sincero.

Mia madre mi mette la mano sulla spalla e mi dà un bacio sulla guancia. «Devo andare. Serata *open house*.» Salutandola, la guardo uscire, quindi torno a concentrarmi su Allysa.

«Non ho ancora iniziato le assunzioni.» Abbraccio la stanza con un gesto. «Voglio aprire un negozio di fiori, ma mi serviranno almeno due mesi.» So che non dovrei avere preconcetti, ma non ha l'aria di una tipa che si accontenterebbe del salario minimo. Probabilmente la sua borsetta di Hermès costa più del locale.

Si illumina. «Davvero? Vado matta per i fiori!» Gira su se stessa. «Questo posto ha un enorme potenziale. Di che colore vuoi tinteggiarlo?»

Portandomi il braccio al petto, mi stringo il gomito e mi dondolo sui talloni. «Non lo so. Mi hanno dato le chiavi un'ora fa, per questo non ho ancora fatto progetti.»

«Lily, giusto?»

Confermo.

«Non mi spaccerò per un architetto d'interni, ma il design è la mia passione più grande. Se ti serve aiuto, lo faccio gratis.»

«Lavoreresti senza compenso?»

«Sì. In realtà non ho bisogno di un lavoro. Ho visto il cartello e ho pensato: Di cosa diavolo si tratta? Ma ogni tanto mi annoio. Sarei felice di aiutarti con qualunque cosa. Pulire, arredare, scegliere i colori delle vernici. Sono una fanatica di Pinterest.» Qualcosa dietro di me attira la sua attenzione. «Potrei prendere quella porta rotta e renderla magnifica. Anzi, potrei fare lo stesso con tutta questa roba. Si può riciclare quasi ogni cosa, sai.»

Mi guardo intorno, consapevole che non ce la farò da sola. Forse non sono neppure in grado di sollevare metà di questo ciarpame. Prima o poi dovrò assumere qualcuno in ogni caso. «Non ti faccio lavorare gratis. Ma potrei darti dieci dollari l'ora, se ti interessa davvero.»

Batte le mani e, se non avesse i tacchi alti, forse si metterebbe a saltellare. «Quando comincio?»

Abbasso gli occhi sui suoi pantaloni bianchi. «Va bene domani? Ti conviene indossare dei vestiti vecchi.»

Agita la mano e posa la preziosa borsetta su un tavolo impolverato. «Sciocchezze. Mio marito sta guardando la partita dei Bruins nel bar in fondo alla strada. Se non hai nulla in contrario, inizio subito.»

Due ore dopo sono convinta di aver conosciuto la mia nuova migliore amica. Ed è veramente una fanatica di Pinterest.

Scriviamo TENERE e BUTTARE su vari bigliettini adesivi e li attacchiamo a ogni oggetto nella stanza. Anche Allysa crede nel riutilizzo creativo, dunque sappiamo come riciclare almeno il settantacinque per cento del materiale. Il resto, dice, può buttarlo suo marito quando avrà tempo. Una volta deciso il da farsi, prendo carta e penna e ci sediamo a un tavolo per appuntare qualche idea.

«Okay.» Allysa si appoggia allo schienale. Mi viene da ridere, perché ormai ha i pantaloni sudici, ma se ne infischia. «Hai un obiettivo per questo posto?» Gira lo sguardo sul negozio.

«Certo. Sfondare.»

Scoppia in una risata. «Non ho dubbi che sfonderai. Ma ti serve un progetto.»

Ricordo cosa ha detto mia madre. *Fa' in modo che sia coraggioso e audace.* Sorridendo, raddrizzo la schiena. «Coraggioso e audace. Voglio che questo posto sia diverso. Voglio correre dei rischi.»

Stringe gli occhi, mordicchiando la punta della penna. «Ma venderai fiori. Come si fa a essere coraggiosi e audaci con i fiori?»

Guardandomi intorno, immagino quello che ho in mente, ma non sono nemmeno sicura di che cosa ho in mente. Mi sento soltanto smaniosa e irrequieta, come se stessi per avere un lampo di genio. «Quali parole ti viene automatico associare ai fiori?»

«Non saprei. 'Profumo', credo. Sono vivi, perciò mi fanno pensare alla vita. E forse al colore rosa. E alla primavera.»

«Profumo, vita, rosa, primavera», ripeto. E poi: «Allysa, sei imbattibile!» Alzandomi, inizio a camminare avanti e indietro. «Prenderemo tutto ciò che le persone amano dei fiori e faremo l'esatto contrario!»

Dalla sua smorfia deduco che non ha capito.

«Okay», continuo. «E se, invece di presentare il lato *romantico* dei fiori, accentuassimo quello *sinistro*? Invece del rosa, scegliamo tinte più scure, come il viola o addirittura il nero. E invece della primavera e della vita, celebriamo anche l'inverno e la morte.»

Sgrana gli occhi. «Ma... e se qualcuno volesse dei fiori *rosa*?»

«Glieli daremo, naturalmente. Ma gli daremo anche ciò che non *sa* di volere.»

Si gratta la guancia. «Fiori *neri*, dunque?» Sembra preoccupata, e non posso rimproverarla. Vede appena il lato più cupo del mio progetto. Risiedendomi, provo a convincerla.

«Una volta, qualcuno mi ha detto che le persone cattive non esistono. Siamo semplicemente persone che a volte fanno cose cattive. Mi è rimasto impresso perché è vero. Ciascuno di noi ha una parte buona e una cattiva. Voglio che sia questo il nostro tema. Anziché dipingere le pareti di uno schifoso colore tenue, le dipingiamo di viola con accenti neri. E invece di mostrare le solite vivaci composizioni floreali dalle tinte pastello in noiosi vasi di cristallo, scegliamo qualcosa di originale. Coraggioso e audace. Esponiamo mazzi di fiori scuri, avvolti in strisce di cuoio o catenine d'argento. E anziché sistemarli in vasi di cristallo, li infiliamo in recipienti di onice nera o... non so... di velluto viola tempestato di borchie d'argento. Le idee sono inesauribili.» Mi rialzo. «Ci sono negozi in ogni angolo per persone che amano i fiori. Ma quale negozio soddisfa le esigenze di chi li *odia*?»

«Nessuno», sussurra.

«Esatto. Nessuno.»

Ci fissiamo per un momento, poi non riesco più a trattenermi. Sono così entusiasta che rido come una bambina sciocca. Imitandomi, Allysa salta su e mi abbraccia. «È un'idea talmente contorta da essere geniale!»

«Lo so!» Sprizzo energia da tutti i pori. «Mi serve una scrivania per sedermi e stendere un piano economico-finanziario! Ma il mio futuro ufficio è zeppo di vecchie cassette per la verdura!»

Si dirige verso il retro. «Eliminiamole e andiamo a comprare una scrivania!»

Cominciamo a spostare le cassette dall'ufficio al ripostiglio. Salgo sulla sedia per costruire pile più alte e avere più spazio per muoverci.

«Queste sono perfette per allestire le vetrine.» Allungandomi altre due cassette, Allysa si allontana. Mentre mi alzo in punta di piedi per sistemarle in cima, la torre crolla. Cerco qualcosa a cui aggrapparmi, ma invano. Quando atterro sul pavimento, sento il piede che si piega nella direzione sbagliata, accompagnato da una fitta che si propaga dalle dita lungo tutta la gamba.

Allysa torna di corsa e mi toglie di dosso due cassette. «Lily! Oddio, stai bene?»

Mi alzo a sedere, ma non provo nemmeno a caricare il peso sul piede. Scuoto la testa. «La caviglia.»

Mi sfila la scarpa, poi tira fuori il telefono dalla tasca. Compone un numero, quindi mi guarda. «So che è una domanda stupida, ma per caso hai un frigorifero con dentro un po' di ghiaccio?»

Scrollo il capo.

«Lo immaginavo.» Attivando il vivavoce, appoggia il cellulare sul pavimento e mi arrotola la gamba dei pantaloni. Sussulto, ma non tanto per il dolore. Stento a credere di aver fatto una cosa tanto stupida. Se mi sono rotta la caviglia, sono fregata. Ho appena speso l'intera eredità per un locale che non potrò ristrutturare per mesi.

«Ciaaao, Issa», risponde una voce strascicata. «Dove sei? La partita è finita.»

Raccogliendo il telefono, Allysa lo avvicina alla bocca. «Sono al lavoro. Ascolta, mi serve...»

L'uomo la interrompe. «Al *lavoro*? Tesoro, tu non ce l'hai un lavoro.»

«Marshall, ascolta», insiste lei, esasperata. «È un'emergenza. Temo che la mia titolare si sia fratturata la caviglia. Ho bisogno che porti un po' di ghiaccio al...»

Lui ride. «La tua *titolare*? Tesoro, tu non ce l'hai un lavoro», ripete.

Allysa alza gli occhi al cielo. «Sei ubriaco?»

«È la giornata delle *tutine*», biascica Marshall. «Lo sapevi quando ci hai portati qui, Issa. Birra gratis fino...»

Lei geme. «Passami mio fratello.»

«D'accordo, d'accordo», bofonchia l'uomo. Un fruscio, poi: «Sì?»

Allysa scandisce l'indirizzo. «Venite subito. Per favore. E portate un sacchetto di ghiaccio.»

«Sissignora.» Anche il fratello sembra un po' brillo. Una risata, quindi uno dei due dice: «È di cattivo umore». Infine, cade la linea.

Lei si rimette il telefono in tasca. «Vado ad aspettarli fuori. Sono in fondo alla strada. Posso lasciarti sola?»

Prendo la sedia. «Sì. Forse dovrei solo provare a fare qualche passo.»

Mi spinge contro la parete. «No, non muoverti. Aspetta che arrivino, okay?»

Non riesco a immaginare come due ubriachi possano aiutarmi, ma annuisco. In questo momento, la mia nuova dipendente sembra essersi calata nel ruolo della titolare e mi fa un po' paura.

Dopo una decina di minuti sento la porta che si apre. «Cosa *diavolo* succede?» chiede una voce maschile. «Perché te ne stai tutta sola in questo posto spaventoso?»

«È nel retro», risponde Allysa. Entra, seguita da un tipo fasciato in una tutina. È alto, un po' mingherlino, ma ha un viso dalla bellezza adolescenziale, con grandi occhi sinceri e una testa di capelli scuri e arruffati che avrebbero bisogno di un bel taglio. Tiene in mano un sacchetto di ghiaccio.

Ho già detto che indossa una tutina?

Parlo di un adulto, infilato in una tutina di SpongeBob.

«Questo è tuo marito?» domando, sbalordita.

«Purtroppo sì.» Allysa gli lancia un'occhiata. Un altro tipo (anche lui con una tutina) varca la soglia dietro di loro, ma la mia attenzione è puntata sulla mia dipendente, che mi spiega perché siano usciti in pigiama in un mercoledì pomeriggio qualunque. «In fondo alla via c'è un bar che offre birra gratis a chiunque si presenti con una tutina durante le partite dei Bruins.» Si avvicina, facendo segno ai due di seguirla. «È caduta da una sedia e si è fatta male alla caviglia», dice al secondo uomo. Lui supera Marshall e la prima cosa che noto sono i suoi bicipiti.

Porca vacca. Conosco quelle braccia.

Sono le braccia di un neurochirurgo.

Allysa è sua sorella? Quella che possiede l'intero piano attico, con il marito che lavora in pigiama e guadagna milioni su milioni l'anno?

Non appena i miei occhi incrociano i suoi, Ryle sorride. Non lo vedo da... *Dio, quanto tempo è passato?* Sei mesi? Non posso dire di non aver pensato a lui negli ultimi sei mesi, perché sarebbe una bugia. Ma non credevo che l'avrei rivisto.

Allysa lo indica. «Ryle, questa è Lily. Lily, mio fratello, Ryle. E quello è mio marito, Marshall.»

Avvicinandosi, Ryle si inginocchia. «Piacere di conoscerti.»

È evidente che si ricorda di me. Lo capisco dal suo sorriso

furbo. Ma, come me, finge che questo sia il nostro primo incontro. Non sono in vena di spiegare il modo in cui ci siamo conosciuti.

Mi tasta la caviglia, esaminandola. «Riesci a muoverla?»

Ci provo, ma un dolore intenso mi aggredisce la gamba. Inspiro a denti stretti. «Non ancora. Fa male.»

«Trova qualcosa per metterci il ghiaccio», ordina a Marshall. Allysa segue il marito fuori dalla stanza. «Non ti farò pagare la parcella, ma unicamente perché sono un po' alticcio», scherza Ryle quando restiamo soli, facendomi l'occhiolino.

«La prima volta che ti ho incontrato eri fatto. Ora sei ubriaco. Temo che tu non abbia i requisiti di un bravo neurochirurgo.»

Scoppia in una risata. «Non hai tutti i torti, ma ti assicuro che fumo raramente le canne, e questo è il mio primo giorno libero dopo più di un mese, perciò avevo proprio bisogno di una birra. O di cinque.»

Marshall ricompare con un vecchio straccio avvolto intorno a qualche cubetto di ghiaccio. Lo porge a Ryle, che me lo preme contro la caviglia. «Mi serve il kit del pronto soccorso nel baule della tua macchina», dice ad Allysa, che afferra Marshall per mano, trascinandolo di nuovo fuori.

Ryle mi appoggia il palmo contro la pianta del piede. «Spingi contro la mia mano.»

Obbedisco. Fa male, ma riesco a opporre resistenza. «È rotta?»

Mi muove l'articolazione da una parte all'altra. «Non credo. Aspettiamo qualche minuto e vediamo se regge il peso.»

Si siede a gambe incrociate, posandosi il mio piede sulle ginocchia e guardandosi intorno. «Che cos'è questo posto?»

Faccio un sorriso esagerato. «Il *Lily Bloom's*. Sarà un negozio di fiori tra due mesi circa.»

Si illumina d'orgoglio. «Non ci credo. L'hai fatto davvero? Stai per aprire un'attività tutta tua?»

«Sì. Ho pensato che tanto valesse tentare finché sono ancora abbastanza giovane per riprendermi da un eventuale fallimento.»

Regge il ghiaccio con una mano, ma con l'altra mi stringe

il piede nudo, solleticandolo con il pollice, come se toccarmi fosse normale. La sensazione delle sue dita sulla pelle mi fa dimenticare il dolore.

«Sono ridicolo, eh?» Abbassa lo sguardo sulla tutina rossa a tinta unita.

«Per lo meno non hai scelto un personaggio particolare. È segno di maggiore maturità rispetto all'alternativa di SpongeBob.»

Ride, poi torna serio mentre appoggia la testa allo stipite della porta, fissandomi soddisfatto. «Sei ancora più carina alla luce del giorno.»

I momenti come questo sono la ragione per cui odio avere i capelli rossi e la pelle chiara. L'imbarazzo non è visibile solo sulle mie guance, perché arrossisco su tutto il viso, sulle braccia e sul collo.

Poso il capo contro la parete, studiando Ryle. «Vuoi sentire una verità nuda e cruda?»

Annuisce.

«Dopo quella sera ho avuto la tentazione di risalire sul vostro tetto in più di un'occasione, ma avevo troppa paura che ci fossi anche tu. Mi rendi un po' nervosa.»

Smette di accarezzarmi. «Tocca a me?»

Faccio sì con la testa.

Sposta la mano sulla pianta del piede, facendo scivolare lentamente i polpastrelli dalle dita al tallone. «Ho ancora una voglia matta di scoparti.»

Qualcuno sussulta, e non sono io.

Girandoci verso il vano della porta, vediamo Allysa sulla soglia, che indica Ryle a bocca aperta. «Ho capito bene?» Poi, a me: «Mi dispiace moltissimo». Infine, scocca un'occhiataccia al fratello. «Hai appena detto alla mia titolare che hai voglia di *scoparla*?»

Santo cielo.

Ryle si mordicchia il labbro per un secondo. Marshall compare dietro sua moglie, domandando: «Cosa succede?»

Allysa si volta, puntando l'indice contro Ryle. «Ha appena detto a Lily che ha voglia di *scoparla*!»

Marshall sposta lo sguardo da suo cognato a me. Non so se ridere o se nascondermi sotto il tavolo. «Davvero?» dice.

«Sembra proprio di sì», conferma Ryle.

Allysa si afferra la testa tra le mani, guardandomi. «Gesù. È sbronzo. Sono entrambi sbronzi. Per favore, non giudicarmi perché mio fratello è un cafone.»

Agito la mano. «Tranquilla. Moltissime persone hanno voglia di scoparmi.» Sbircio Ryle, che mi massaggia tranquillamente il piede. «Se non altro lui dice quello che pensa. Non molti hanno questo coraggio.»

Ryle mi fa l'occhiolino, quindi mi appoggia delicatamente la caviglia sul pavimento. «Vediamo se regge il peso.»

Lui e Marshall mi aiutano ad alzarmi. Ryle indica un tavolo addossato alla parete. «Proviamo ad arrivare fin lì, così te la fascio.»

Mi cinge la vita, stringendomi forte il braccio per essere sicuro che non cada. Marshall si limita a starmi accanto, pronto a sostenermi. Provo a camminare e sento una fitta, ma è sopportabile. Saltello fino al tavolo e Ryle mi aiuta a sedermi sul ripiano, con la schiena contro la parete e la gamba tesa davanti a me.

«Be', la bella notizia è che non è rotta.»

«Qual è quella brutta?» domando.

Prende il kit del pronto soccorso. «Dovrai stare a riposo per qualche giorno. Forse anche una settimana o più, a seconda di come guarisce.»

Chiudo gli occhi, abbandonandomi contro la parete. «Ma ho moltissime cose da fare», piagnucolo.

Mi fascia cautamente la caviglia. Allysa, alle sue spalle, lo osserva.

«Ho sete», dice Marshall. «Qualcuno vuole da bere? C'è un minimarket qui di fronte.»

«Io sono a posto», dichiara Ryle.

«Per me una bottiglietta d'acqua», rispondo.

«Una Sprite», afferma Allysa.

Marshall le afferra la mano. «Tu vieni con me.»

Lei la ritira, incrociando le braccia. «Io non vado da nessuna parte. Non ci si può fidare di mio fratello.»

«Va tutto bene», le assicuro. «Era solo una battuta.»

Mi fissa in silenzio per un istante. «Okay, ma ti proibisco di licenziarmi se dice altre stupidaggini.»

«Promesso.»

Riprende Marshall per mano e lascia la stanza. Ryle mi sta ancora fasciando la caviglia. «Mia sorella lavora per te?»

«Sì. L'ho assunta un paio d'ore fa.»

Tira fuori il nastro adesivo dal kit. «Sei al corrente che non ha mai lavorato in vita sua?»

«Mi ha già avvisata.»

Siccome non sembra più rilassato come prima, mi viene il sospetto che creda che abbia assunto Allysa per avvicinarmi a lui. «Non avevo idea che fosse tua sorella finché non sei arrivato. Te lo giuro.»

Mi lancia un'occhiata, poi si concentra di nuovo sul mio piede. «Non insinuavo il contrario.» Inizia a fissare la benda con il nastro.

«Ne sono sicura, ma non volevo pensassi che ti abbia teso una trappola. Vogliamo due cose diverse dalla vita, ricordi?»

Posa il mio piede sul tavolo. «Esatto. Io sono specializzato nelle avventure di una notte, e tu sei in cerca del Sacro Graal.»

Rido. «Hai buona memoria.»

«Sì.» Fa un sorriso languido. «Ma tu sei anche difficile da dimenticare.»

Gesù. Deve smettere di dire cose del genere. Premo i palmi contro il tavolo, mettendo giù la gamba. «Verità nuda e cruda in arrivo.»

Si appoggia al tavolo. «Sono tutto orecchi.»

Decido di essere sincera fino in fondo. «Sono molto attratta da te. Non ci sono molti lati di te che non mi piacciono. E dato che abbiamo obiettivi diversi, se mai ci rincontrassimo, ti sarei grata se la smettessi di dire cose che mi fanno girare la testa. Non è giusto nei miei confronti.»

«D'accordo. Ora tocca a me.» Appoggia la mano sul tavolo, chinandosi leggermente. «Anch'io sono molto attratto da te. Non ci sono molti lati di *te* che non mi piacciono, ma spero di non rincontrarti mai più, perché odio pensarti così tanto. Non succede spesso, ma più di quanto vorrei. Così se sei ancora contraria alle avventure di una notte, penso sia meglio fare il possibile per evitarci. Perché non gioverebbe a nessuno dei due.»

Non so come abbia fatto, ma è appena a una trentina di centimetri da me. La sua vicinanza mi impedisce di concentrarmi sulle parole che gli escono dalle labbra. Indugia per qualche secondo con lo sguardo sulla mia bocca ma, non appena sentiamo aprirsi la porta, si precipita quasi dall'altra parte della stanza. Quando Allysa e Marshall ci raggiungono, è occupato a impilare le casse cadute. Lei mi guarda la caviglia.

«Qual è il verdetto?»

Faccio un'espressione imbronciata. «Tuo fratello dice che devo stare a riposo per qualche giorno.»

Mi porge l'acqua. «Meno male che ci sono io. Nel frattempo, posso lavorare e ripulire.»

Bevo un sorso e mi asciugo la bocca. «Ti dichiaro dipendente del mese.»

Sorridendo, si rivolge a Marshall. «Hai sentito? Sono la sua migliore dipendente!»

Lui le mette il braccio intorno alle spalle, baciandole i capelli. «Sono fiero di te, Issa.»

Mi piace che la chiami *Issa*. Suppongo sia l'abbreviazione di Allysa. Penso al mio nome, chiedendomi se mai troverò un uomo capace di trasformarlo in un nomignolo così sdolcinato da essere nauseante. *Illy*.

No. Non fa lo stesso effetto.

«Vuoi che ti accompagniamo a casa?» domanda Allysa.

Salto giù, provando a camminare. «Magari solo fino alla macchina. È il piede sinistro, perciò è probabile che riesca a guidare normalmente.»

Avvicinandosi, mi circonda con il braccio. «Se vuoi lasciarmi le chiavi, chiudo il negozio e torno domani a pulire.»

Mi scortano tutti e tre fino all'auto, ma Ryle lascia che sia sua sorella a compiere la maggior parte della fatica. Ora, per qualche ragione, ha quasi paura di toccarmi. Quando sono seduta al volante, Allysa mette la mia borsetta e altre cose sul pianale e prende posto sul sedile del passeggero. Tira fuori il mio cellulare e memorizza il suo numero.

Ryle infila la testa nel finestrino. «Nei prossimi giorni ricorda di fare molti impacchi di ghiaccio. Sono utili anche i pediluvi.»

«Grazie per il consiglio.»

Allysa si piega. «Ryle? Forse dovresti accompagnarla e tornare a casa in taxi, tanto per stare tranquilli.»

Lui mi fissa. «Non penso sia una buona idea. Se la caverà. Ho bevuto qualche birra, probabilmente è meglio che non guidi.»

«Potresti almeno aiutarla a entrare in casa.»

Scuotendo il capo, Ryle dà un colpetto al tetto della macchina prima di allontanarsi.

Lo sto ancora guardando quando Allysa mi restituisce il telefono. «Credimi, mi vergogno io per lui. Prima ci prova con te, poi fa lo stronzo egoista.» Scende e chiude la portiera, quindi si affaccia al finestrino. «È per questo che rimarrà single fino alla fine dei suoi giorni.» Indica il mio cellulare. «Mandami un messaggio quando arrivi a casa. E chiamami se ti serve qualcosa. Non conterò i favori come ore lavorative.»

«Grazie.»

Sorride. «No, grazie a *te*. Non mi sentivo così viva da quando sono andata al concerto di Paolo Nutini l'anno scorso.» Facendo ciao, si dirige verso il punto in cui Marshall e Ryle la stanno aspettando.

Quando si incamminano lungo la strada, li sbircio dallo specchietto retrovisore. Mentre girano l'angolo, Ryle si volta nella mia direzione.

Chiudendo gli occhi, espiro.

Ci siamo incontrati in due occasioni che probabilmente preferirei dimenticare. Il funerale di mio padre e la slogatura alla caviglia. Per qualche motivo, però, la sua presenza li ha resi meno disastrosi.

È una sfortuna che sia il fratello di Allysa. Qualcosa mi dice che lo rivedrò.

4

Ci impiego mezz'ora per andare dall'auto all'appartamento. Ho chiamato Lucy due volte per chiederle di aiutarmi, ma non ha risposto al telefono. Quando varco la soglia, mi irrito un po' vedendola stesa sul divano con il cellulare incollato all'orecchio.

Sentendomi sbattere la porta, alza lo sguardo. «Cosa ti è successo?»

Uso la parete a mo' di sostegno mentre saltello verso il corridoio. «Mi sono slogata la caviglia.»

Raggiunta la mia camera, Lucy urla: «Scusa se non ho risposto al telefono! Sto parlando con Alex! Ti avrei richiamata!»

«Non importa!» la rimbecco, chiudendo forte la porta. In bagno, trovo alcuni vecchi antidolorifici riposti in un armadietto. Ne ingoio due, quindi mi abbandono sul letto e fisso il soffitto.

Stento a credere che dovrò restare chiusa qui dentro per una settimana. Invio un messaggio a mia madre.

Mi sono slogata la caviglia, ma posso mandarti una lista di cose da comprarmi?

Lascio cadere il cellulare sul letto e, per la prima volta da quando mi sono trasferita qui, sono grata che la mamma viva in città. A dire il vero, non è così male. Credo di apprezzarla di più da quando mio padre è morto. Prima, infatti, nutrivo molto risentimento nei suoi confronti perché si è sempre rifiutata di piantarlo. Ora il rancore verso mia madre si è attenuato, ma i sentimenti per mio padre non sono cambiati.

Non può essere un bene provare così tanto astio per un genitore. Ma cazzo, era una persona orribile. Con la mamma, con me, con Atlas.

Atlas.

Tra il trasloco di mia madre e la ricerca segreta del locale nel tempo libero, non ho terminato di leggere i diari iniziati mesi fa.

Saltello pateticamente fino all'armadio, inciampando solamente due volte. Per fortuna, riesco ad aggrapparmi al comò. Una volta afferrato il diario, torno verso il letto e mi metto comoda.

Dato che non posso lavorare, non ho nulla di meglio da fare nei prossimi giorni. Tanto vale piangermi addosso per il passato mentre sono costretta a piangermi addosso per il presente.

Cara Ellen,

la tua conduzione degli Oscar è stato il più grande evento televisivo dell'anno scorso. Non mi sembra di avertelo mai detto. La scenetta dell'aspirapolvere mi ha fatto morire dal ridere.

Oggi ho scoperto che anche Atlas è un tuo fan. Prima di rimproverarmi per averlo fatto entrare di nuovo in casa, lascia che ti spieghi com'è andata.

Dopo avergli permesso di fare la doccia qui, ieri sera non l'ho più rivisto. Ma questa mattina si è riseduto accanto a me sull'autobus. Sembrava un po' più sereno, perché mi ha sorriso.

Mentirei se dicessi che non è stato un po' strano vederlo con addosso i vestiti di mio padre, ma i pantaloni gli stavano molto meglio di quanto immaginassi.

«Indovina cosa ti ho portato?» Si è abbandonato contro lo schienale, aprendo la cerniera dello zaino.

«Cosa?»

Ha tirato fuori un sacchetto e me l'ha consegnato. «Ho trovato questi in garage. Ho cercato di ripulirli, perché erano incrostati di terriccio, ma non posso fare molto senz'acqua.»

Fissandolo con diffidenza, ho preso il sacchetto. Era la frase più lunga che gli avessi sentito pronunciare fino a quel momento. Alla fine, ho guardato dentro. Pareva un set di vecchi attrezzi da giardinaggio.

«L'altro giorno ti ho vista scavare con una pala. Non ero sicuro che avessi dei veri attrezzi, e questi non li usa nessuno, così...»

«Grazie.» Ero scioccata. Avevo una paletta, ma la plastica si è staccata dal manico e mi sono venute le vesciche. L'anno scorso ho chiesto a mia madre degli attrezzi da giardinaggio per il mio compleanno e, quando mi ha comprato una pala e una zappa, non ho avuto il coraggio di dirle che aveva toppato in pieno.

Dopo essersi schiarito la voce, Atlas ha detto: «So che non è un vero regalo. Non li ho comprati o roba simile. Ma... volevo portarti qualcosa. Sai... per...»

Ha lasciato la frase a metà, così ho annuito e ho richiuso il sacchetto. «Potresti tenermeli fino a dopo la scuola? Non ho spazio nella borsa.»

Riprendendo il sacchetto, l'ha messo via, circondando con le braccia lo zaino appoggiato sulle sue ginocchia. «Quanti anni hai?»

«Quindici.»

Ha assunto un'espressione un po' delusa, ma non capisco il perché.

«Sei in seconda?»

Ho annuito ma, se devo essere sincera, non mi è venuto in mente nulla da dirgli. In realtà, non ho mai davvero interagito con i ragazzi, soprattutto con quelli dell'ultimo anno. Quando sono nervosa, mi chiudo a riccio.

«Non so per quanto tempo mi fermerò in quella casa», ha bisbigliato. «Ma se mai avessi bisogno di aiuto con il giardi-

naggio o qualunque altra cosa dopo la scuola, io sono libero. Anche perché non ho l'elettricità.»

Ho riso, ma poi mi sono chiesta se fosse la reazione giusta a quel commento autoironico.

Abbiamo passato il resto del viaggio a parlare di te, Ellen. Quando mi ha confessato che si annoia, gli ho domandato se avesse mai guardato il tuo programma. Ha risposto che gli piacerebbe seguirlo perché ti trova divertente, ma una TV richiederebbe la corrente elettrica. Un altro commento a cui ho reagito con una risata, pur temendo di essere nuovamente inopportuna.

Gli ho proposto di guardare la tua trasmissione con me dopo la scuola. La registro sempre sul DVR e la seguo mentre faccio i compiti. Ho pensato che avrei potuto sprangare la porta d'ingresso e che, se i miei fossero tornati prima, avrei fatto uscire Atlas dalla porta di servizio.

Non l'ho più rivisto fino a oggi, durante il viaggio di ritorno. Questa volta non si è seduto accanto a me, perché Katie l'ha battuto sul tempo. Volevo chiederle di spostarsi, ma avrebbe pensato che ho una cotta per Atlas. Ci sarebbe andata a nozze, così ho fatto finta di niente.

Lui era seduto davanti, perciò è sceso prima di me. Mi ha aspettata alla fermata, non senza un certo imbarazzo. Quando l'ho raggiunto, ha aperto lo zaino e mi ha dato il sacchetto. Non ha detto nulla del mio invito a guardare la TV, dunque mi sono comportata come se avesse accettato.

«Andiamo», ho detto. Mi ha seguita dentro e ho chiuso a chiave. «Se i miei tornano in anticipo, scappa dalla porta di servizio e non farti vedere.»

«Non preoccuparti», ha replicato con una specie di risata.

Gli ho chiesto se volesse qualcosa da bere e ha risposto di sì. Ho preparato uno spuntino e ho portato le bibite in salotto. Io mi sono seduta sul divano e lui sulla poltrona di mio padre. Ho acceso la TV sul tuo programma, dopodiché non è successo niente di interessante. Non abbiamo parlato molto, perché ho mandato avanti veloce ogni volta che c'era la pubblicità. Ma ho notato che rideva in tutti i momenti giusti. Penso che un buon tempismo comico sia una delle caratteristiche più importanti della personalità di un individuo. Quando rideva delle tue battute, mi sentivo meno in colpa per averlo fatto entrare in casa di nascosto. Non so il perché. Forse perché se diventiamo amici, proverò meno rimorso.

Se n'è andato subito dopo la fine del programma. Volevo chiedergli se avesse bisogno di usare di nuovo la doccia, ma sarebbe stato troppo rischioso perché non mancava molto al ritorno dei miei genitori. L'ultima cosa che volevo era che dovesse catapultarsi nudo dal bagno in giardino.

D'altra parte, però, sarebbe stato divertente e indimenticabile.

Lily

Cara Ellen,

dai, amica mia. Repliche? Per un'intera settimana? Capisco che tu abbia bisogno di staccare la spina, ma permettimi di darti un consiglio. Invece di registrare una puntata al giorno, registrane due. Così girerai il doppio in metà del tempo e noi non dovremo sorbirci le repliche.

Dico «noi» perché mi riferisco a me e ad Atlas. È diventato un ospite fisso mentre guardo il tuo programma. Credo che tu gli piaccia quanto piaci a me, ma non gli confesserò mai che ti scrivo tutti i giorni. Farei la figura della svitata.

Ormai vive qui dietro da due settimane. Ha fatto qualche altra doccia a casa mia e gli do da mangiare ogni volta che mi fa visita. Gli lavo persino i vestiti quando viene qui dopo la scuola. Continua a scusarsi per il disturbo, neanche fosse un peso. Ma sinceramente lo aiuto più che volentieri. Mi distrae e non vedo l'ora di passare del tempo con lui ogni pomeriggio.

Questa sera il papà è tornato tardi, segno che è andato al bar dopo il lavoro. Segno che probabilmente litigherà con mia madre e che farà di nuovo qualcosa di stupido.

Giuro che certe volte sono furiosa con lei perché non lo molla. È vero che ho solo quindici anni e che quasi sicuramente non capisco tutte le ragioni per cui sceglie di rimanere con lui, ma non le permetterò di usarmi come pretesto. Non mi importa se è troppo povera per piantarlo e se dovremo trasferirci in un appartamento squallido e mangiare pane e acqua finché non mi laureo. Sarebbe sempre meglio che restare qui.

Lo sento sbraitare in questo momento. Ogni tanto, quando dà in escandescenze, entro in salotto sperando che si calmi. Non gli piace picchiarla quando sono presente. Forse dovrei fare un tentativo anche oggi.

Lily

Cara Ellen,

se in questo momento avessi una pistola o un coltello, lo ucciderei.

Non appena sono entrata in salotto, l'ho visto spingerla sul pavimento. Erano in cucina e lei gli aveva afferrato il braccio, tentando di calmarlo, ma lui l'ha colpita con uno schiaffo, scaraventandola a terra. Sono abbastanza sicura che stesse per darle un calcio, ma mi ha vista e si è fermato. Ha borbottato qualcosa e poi è andato in camera da letto, sbattendo la porta.

Sono corsa in cucina per aiutarla, ma lei non vuole mai che la veda così. Mi ha mandata via, dicendo: «Sto bene, Lily. Sto bene, abbiamo soltanto avuto uno stupido litigio».

Piangeva e aveva già la guancia arrossata nel punto in cui lui l'aveva picchiata. Quando mi sono avvicinata per assicurarmi che fosse tutto a posto, mi ha voltato le spalle, aggrappandosi al piano della cucina. «Ho detto che sto bene. Torna in camera tua.»

Mi sono precipitata lungo il corridoio ma, invece di tornare in camera mia, sono uscita dalla porta di servizio, attraversando il giardino. Ero furibonda con lei per avermi liquidata in quel modo. Non avevo neppure voglia di restare sotto lo stesso tetto con loro e, anche se era già buio, mi sono diretta verso la casa abbandonata e ho bussato.

Ho sentito Atlas che si muoveva, come se avesse urtato accidentalmente qualcosa. «Sono io, Lily», ho sussurrato. Di lì a qualche secondo, la porta si è aperta e lui ha guardato prima dietro di me, poi a destra e a sinistra. Si è accorto che piangevo solamente quando mi ha guardata in faccia.

«Tutto bene?» ha chiesto, avvicinandosi. Mi sono asciugata le lacrime con la maglietta, notando che era uscito anziché invitarmi a entrare. Ci siamo seduti sul gradino della veranda.

«Sì», ho risposto. «Sono solo furiosa. Certe volte piango quando mi arrabbio.»

Mi ha infilato i capelli dietro l'orecchio. Ho apprezzato quel gesto e, d'un tratto, la collera è svanita. Quindi mi ha circondata con il braccio, tirandomi a sé perché gli posassi la testa sulla spalla. Non so come abbia fatto a calmarmi senza nemmeno parlare, ma ci è riuscito. Alcune persone hanno un che di rasserenante, e lui è una di queste. L'esatto contrario di mio padre.

Siamo rimasti così per un po', finché non ho visto accendersi la luce in camera mia.

«Faresti meglio ad andare», ha bisbigliato. Mia madre mi stava cercando. È stato in quel momento che mi sono resa conto di quanto, da lì, la visuale sulla mia camera fosse perfetta.

Mentre rientravo, ho ripensato alle ultime due settimane, sforzandomi di ricordare se mi fossi alzata di notte con la luce accesa, perché normalmente indosso appena una T-shirt e non il pigiama.

È questa la cosa assurda, Ellen. Spero quasi di averlo fatto.

Lily

* * *

Chiudo il diario quando gli antidolorifici cominciano a fare effetto. Continuerò domani. *Forse.* Leggere le cose che mio padre faceva a mia madre mi riempie di rabbia.

Leggere di Atlas mi riempie di *tristezza*.

Mentre cerco di dormire, penso a Ryle, ma la situazione che si è creata con lui mi riempie di rabbia *e* di tristezza.

Forse dovrei concentrarmi soltanto su Allysa e su quanto sia felice di averla conosciuta. Nei prossimi mesi avrò bisogno di un'amica, e soprattutto di aiuto. Ho la sensazione che sarà più stressante del previsto.

5

RYLE aveva ragione. Ci è voluto appena qualche giorno perché la caviglia migliorasse abbastanza per poter camminare di nuovo. Nonostante ciò, ho aspettato una settimana prima di uscire di casa. L'ultima cosa di cui ho bisogno è farmi di nuovo male.

Naturalmente il primo posto in cui sono andata è stato il negozio. Allysa era lì quando sono arrivata oggi e, non appena ho varcato la soglia, sono rimasta a dir poco incredula. Sembrava un locale completamente diverso da quello che avevo acquistato. C'è ancora un mucchio di lavoro da fare, ma lei e Marshall si sono sbarazzati di tutta la robaccia che avevamo deciso di buttare, mentre il resto era ordinatamente impilato. Le vetrine erano pulite, i pavimenti lustri. Allysa ha persino sgomberato la stanza in cui voglio creare il mio ufficio.

L'ho aiutata per qualche ora, ma non mi ha permesso di sbrigare lavori che mi costringessero a muovermi troppo, così ho perlopiù disegnato progetti per il negozio. Abbiamo scelto i colori delle vernici e fissato una data di inaugurazione a circa cinquantaquattro giorni da oggi. Dopo che Allysa se n'è andata, ho passato le ore successive a fare ciò che prima lei mi aveva proibito. È magnifico essere tornata. Ma *Gesù*, sono sfinita.

È per questo che, quando bussano alla porta dell'appartamento, esito prima di alzarmi dal divano. Questa sera Lucy dorme di nuovo da Alex, e ho parlato al telefono con mia madre da non più di cinque minuti, dunque sono sicura che non sia nessuna delle due.

Mi avvicino alla porta, sbirciando dallo spioncino prima di aprire. All'inizio non lo riconosco perché ha la testa abbassata, ma poi alza gli occhi, facendomi battere il cuore all'impazzata.

Cosa ci fa qui?

Ryle bussa di nuovo, e cerco di spostarmi i capelli dal viso e di lisciarli con le mani, ma è una causa persa. Oggi mi sono fatta un culo così al lavoro e ho un aspetto da schifo, perciò a meno che non mi conceda mezz'ora per fare una doccia, truccarmi e vestirmi, dovrà accontentarsi di vedermi in questo stato pietoso.

Apro, e la sua reazione immediata mi confonde.

«Santo cielo.» Appoggia la testa allo stipite, ansimando quasi avesse appena finito di fare jogging. Non sembra affatto più riposato o più pulito di me. A differenza delle altre volte, ha un velo di barba, i capelli spettinati e lo sguardo stralunato. «Sai a quante porte ho dovuto bussare per trovarti?»

Scrollo il capo, perché non ne ho idea. Ma ora che ci penso, *come fa a sapere dove vivo?*

«Ventinove.» Sollevando le mani, ripete i numeri con le dita, sussurrando: «*Due… nove*».

Solo allora noto che indossa una divisa chirurgica, e lo *odio* profondamente per questo. *Porca miseria. Ancora* meglio della tutina e *molto* meglio della camicia di Burberry.

«Perché hai bussato a ventinove porte?» domando, sbalordita.

«Non mi avevi detto quale fosse il tuo appartamento», spiega, sbrigativo. «Mi hai detto che vivevi in questo palazzo, ma non ricordavo se avessi precisato il piano. E per la cronaca, stavo per iniziare dal secondo. Se avessi dato retta all'istinto, sarei arrivato qui mezz'ora fa.»

«Perché *sei* qui?»

Si passa le mani sul viso e indica oltre la mia spalla. «Posso entrare?»

Apro un po' di più la porta. «Sì, se mi dici che cosa vuoi.»

Entra e si guarda intorno, con quella stupida divisa chirurgica supersexy e le mani sui fianchi. Sembra un po' deluso, ma non capisco se da me o da se stesso.

«È in arrivo un'enorme verità nuda e cruda, okay?» annuncia. «Tieniti forte.»

Incrociando le braccia, lo osservo mentre respira profondamente, preparandosi a parlare.

«I prossimi mesi saranno i più importanti della mia carriera. Devo essere concentrato. Ho quasi finito l'internato e poi dovrò sostenere gli esami.» Cammina avanti e indietro in salotto, agitando le mani con foga. «Ma nell'ultima settimana tu sei stata il mio chiodo fisso. Non so il perché. Al lavoro, a casa. Riesco unicamente a pensare a quanto sia fantastico starti vicino, e ho bisogno che tu metta fine a questa situazione.» Si ferma e mi guarda. «*Ti prego*. Appena una volta. Non ti chiederò altro. Te lo giuro.»

Lo osservo affondandomi le dita nella pelle delle braccia. Sta ancora ansimando e ha gli occhi fuori dalle orbite, ma mi guarda con espressione supplichevole.

«Quando è stata l'ultima volta che hai dormito?» chiedo.

«Ho appena smontato da un turno di quarantott'ore», dice, spazientito. «*Concentrati*, Lily.»

Annuisco, ripetendo mentalmente le sue parole. Se non fossi certa del contrario... sarei tentata di pensare che...

Inspiro ed espiro per calmarmi. «Ryle», inizio cautamente. «Hai davvero bussato a ventinove porte per dirmi che il pensiero di me ti rende la vita un inferno e che dovrei fare sesso con te perché tu smetta di pensarmi? Vuoi *scherzare*?»

Stringe le labbra e, dopo aver riflettuto per cinque secondi circa, annuisce lentamente. «Be'... sì, ma... detto così sembra molto peggio di quello che è.»

Rido, esasperata. «Perché è assurdo.»

Si mordicchia il labbro guardandosi intorno, come se all'improvviso volesse scappare. Socchiudo la porta e gli faccio cenno di uscire. Non si muove. Poi punta lo sguardo sul mio piede. «La caviglia pare guarita. Come va?»

«Meglio. Oggi sono riuscita per la prima volta ad aiutare Allysa in negozio.»

Si dirige verso l'uscita ma, non appena mi raggiunge, si gira di scatto e posa le mani sulla porta, ai lati della mia testa. Sussulto per la sua vicinanza e la sua ostinazione. «Ti prego», insiste.

Scuoto il capo, anche se il mio corpo comincia a tradirmi, implorando la mente di cedergli.

«Sono bravissimo sotto le lenzuola.» Sorride. «Non dovrai fare la minima fatica.»

Mi sforzo di restare seria, ma la sua determinazione è tanto tenera quanto irritante. «Buonanotte, Ryle.»

China la testa, muovendola da una parte all'altra. Si stacca dalla porta, raddrizzandosi. Fa mezzo giro su se stesso, avviandosi verso il corridoio, ma d'un tratto cade in ginocchio davanti a me, cingendomi la vita con le braccia. «Ti prego», ripete con una risata autoironica. «*Ti prego*, fa' sesso con me.» Mi guarda con occhioni da cucciolo e un tenero sorriso speranzoso. «Ti desidero da morire e giuro che dopo ti lascerò in pace. Promesso.»

Non me ne faccio un bel nulla di un neurochirurgo che *letteralmente* mi supplica in ginocchio di andare a letto con lui. *È piuttosto patetico.*

«Alzati.» Mi libero dalla sua stretta. «Ti rendi ridicolo.»

Si solleva lentamente, facendo scivolare le mani lungo la porta fino a imprigionarmi tra le sue braccia. «È un sì?» Il suo petto sfiora il mio, e odio ammettere che è bellissimo sentirmi così desiderata. Questo dovrebbe farmi passare la voglia ma, quando guardo Ryle, mi toglie il respiro, specialmente quando ha quel sorriso allusivo stampato in faccia.

«Non mi sento molto sexy in questo momento. Ho lavorato l'intera giornata, sono esausta, puzzo di sudore e probabilmente so di polvere. Se mi dai qualche minuto per una doccia, forse mi sentirò abbastanza sexy per venire a letto con te.»

Annuisce con foga prima ancora che io finisca di parlare. «Fa' pure. Prenditi tutto il tempo che ti serve. Ti aspetto.»

Spingendolo via, chiudo la porta d'ingresso. Mi segue in camera e gli dico di sedersi sul letto.

Meno male che ieri sera ho pulito la stanza. Di solito ci sono vestiti sparpagliati ovunque, libri impilati sul comodino, scarpe e reggiseni che non trovano la strada per l'armadio. Ma oggi ogni cosa è in ordine. Ho persino sistemato il letto, con tanto di orrendi cuscini trapuntati, eredità di nonna per ogni membro della famiglia.

Faccio un rapido controllo per assicurarmi che non ci sia nulla di imbarazzante. Seduto sul materasso, Ryle si guarda intorno. Dalla soglia del bagno, gli do un ultimo avvertimento.

«Ti illudi che questo risolverà il problema, ma ti avverto. Io sono come una droga. Se fai sesso con me stasera, le cose non possono che peggiorare. Tuttavia, dovrai accontentarti di una volta sola. Non diventerò una delle tante ragazze che usi per... Come hai detto quella sera? *Soddisfare* certi *bisogni*?»

Si appoggia sui gomiti. «Tu non sei quel tipo di ragazza. E io non sono il tipo di uomo che ha l'esigenza di stare con qualcuno più di una volta. Non abbiamo niente di cui preoccuparci.»

Mi chiudo in bagno, domandandomi come diavolo abbia fatto a convincermi.

È colpa della divisa chirurgica. È quella il mio punto debole. Ryle non c'entra niente.

Chissà se riesce a tenerla addosso mentre facciamo sesso.

Non ho mai impiegato più di mezz'ora per prepararmi, ma passa quasi un'ora prima che sia pronta. Ho depilato più parti del mio corpo di quanto probabilmente fosse necessario, e poi ho avuto venti minuti buoni di sclero, durante i quali ho dissuaso me stessa dal tornare di là e dirgli di andarsene. Ma ora che ho i capelli asciutti e sono più pulita che mai, posso farcela. Posso assolutamente concedermi l'avventura di una notte. Ho ventitré anni, dopotutto.

Uscendo, lo trovo ancora sul letto. Ci resto un po' male quando noto che la casacca della divisa chirurgica è sul pavimento. Però non vedo i pantaloni, dunque deve averli ancora addosso, anche se non posso esserne sicura perché si è infilato sotto le coperte.

Chiudo la porta del bagno e aspetto che si giri verso di me, ma inutilmente. Faccio qualche passo avanti, ed è allora che lo sento russare.

Non piano come chi si sia appena addormentato, ma molto forte, come fosse nel bel mezzo del sonno REM.

«Ryle?» sussurro. Non si muove nemmeno quando lo scrollo.

Non posso crederci.

Mi abbandono sul letto, senza preoccuparmi che possa svegliarsi. Ho appena trascorso un'ora a prepararmi dopo una dura giornata di lavoro, e questo è il ringraziamento?

Però non ce l'ho con lui, soprattutto vedendo la sua espressione serena. Non so cosa significhi fare un turno di quarantott'ore. In più, il mio letto è comodissimo, tanto che chiunque potrebbe riaddormentarsi persino dopo aver riposato tutta la notte. *Dovevo avvertirlo.*

Controllo l'ora sul cellulare. Quasi le 22.30. Disattivo la suoneria, poi mi sdraio accanto a Ryle. Il suo telefono è sul cuscino, così lo prendo e apro la fotocamera. Lo sollevo tra noi, accertandomi che il mio décolleté sia in bella vista, poi scatto una foto perché almeno veda che cosa si è perso.

Spengo la luce e mi viene da ridere, perché mi addormenterò al fianco di un uomo seminudo che non ho mai neanche baciato.

* * *

Sento le sue dita che mi scorrono lungo il braccio prima ancora di aprire gli occhi. Trattenendo un sorriso stanco, fingo di continuare a dormire. I suoi polpastrelli scavalcano la mia spalla e si fermano all'altezza della clavicola, appena prima di raggiungere il collo. In quel punto ho un piccolo tatuaggio fatto al college, il semplice profilo di un cuore leggermente spaccato in cima. Sento le sue dita che gli girano intorno, quindi Ryle si china per baciarlo. Stringo ancora di più le palpebre.

«Lily», sussurra, mettendomi il braccio intorno alla vita. Mando un gemito sommesso, mentre cerco di svegliarmi, poi mi rotolo sulla schiena. Quando apro gli occhi, mi fissa. Dal modo in cui i raggi del sole filtrano attraverso le finestre e gli illuminano il viso, intuisco che non sono ancora le sette.

«Sono l'uomo più spregevole che tu abbia mai conosciuto, vero?»

Rido. «Più o meno.»

Spostandomi i capelli dalla faccia, mi dà un bacio sulla fronte, e lo odio per questo. Ora sarò *io* a passare le notti in bianco, perché vorrò rivedere questa scena all'infinito.

«Devo andare», dice. «Sono in un ritardo mostruoso. Ma uno, mi dispiace. Due, non lo farò mai più. Questa è l'ultima volta che ti disturbo, promesso. E tre, mi dispiace *moltissimo*. Non immagini quanto.»

Mi costringo a sorridere anche se vorrei mettere il broncio, perché detesto il numero due. Non avrei nulla da obiettare se ci riprovasse, ma poi ricordo che vogliamo due cose diverse dalla vita. È una fortuna che si sia addormentato e che non ci siamo mai neppure baciati perché, se avessi fatto sesso con lui mentre indossava la divisa chirurgica, sarei stata io a presentarmi davanti alla sua porta in ginocchio implorandolo di venire ancora a letto con me.

Meglio così. Via il dente, via il dolore.

«Buona vita, Ryle. Ti auguro tutto il successo del mondo.»

Non risponde al mio addio. Mi fissa in silenzio con aria un po' risentita, poi: «Sì. Anche a te».

Rotolando via, si alza. In questo momento non riesco nemmeno a guardarlo, così gli do le spalle. Lo ascolto infilarsi le scarpe e recuperare il telefono. C'è una lunga pausa prima che si muova di nuovo, e sono sicura che è perché mi sta osservando. Tengo gli occhi chiusi finché non sento chiudersi la porta d'ingresso.

Con la faccia in fiamme, mi rifiuto di deprimermi. Devo alzarmi. Ho del lavoro da fare. Non mi tormenterò con il pensiero di non valere abbastanza per spingere un uomo a rivedere i suoi obiettivi di vita.

Inoltre, ora ho i *miei* obiettivi di cui preoccuparmi. E mi riempiono di entusiasmo, tanto che in ogni caso non avrei tempo per una relazione.

Niente tempo.

No.

Sono una ragazza impegnata.

Una donna d'affari coraggiosa e audace, che se ne sbatte degli uomini in divisa chirurgica.

6

SONO passati cinquantatré giorni da quando Ryle se n'è andato dal mio appartamento quel mattino. Cinquantatré giorni, dunque, dall'ultima volta che l'ho visto.

Ma va bene così, perché in questo periodo sono stata troppo indaffarata per pensare a lui mentre mi preparavo per questo momento.

«Pronta?» chiede Allysa.

Faccio sì con la testa, al che lei gira il cartello su APERTO e ci abbracciamo, strillando come bambine.

Corriamo dietro il bancone in attesa del primo cliente. È un'apertura di prova, perciò non abbiamo ancora fatto pubblicità, ma vogliamo assicurarci che non ci siano intoppi prima dell'inaugurazione ufficiale.

«È carinissimo qui.» Allysa ammira il risultato del nostro duro lavoro. Mi guardo intorno, scoppiando di orgoglio. Naturalmente voglio sfondare, ma ormai non sono neppure certa che questo importi. Avevo un sogno, e mi sono fatta il culo per realizzarlo. Qualunque cosa succeda d'ora in poi è solo la ciliegina sulla torta.

«Questo profumo è fantastico», dico. «Lo *adoro*.»

Chissà se oggi avremo qualche cliente, ma siamo entrambe al settimo cielo, ed è ciò che conta. Inoltre, Marshall farà un salto qui più tardi e mia madre arriverà dopo il lavoro. Due clienti sicuri. Sono già moltissimi.

Allysa mi stringe il braccio quando la porta si apre. D'un tratto rischio di cadere nel panico, perché qualcosa potrebbe andare storto.

Poi cado nel panico, perché qualcosa è appena andato storto. *Terribilmente* storto. Il mio primissimo cliente è niente po' po' di meno che Ryle Kincaid.

Si ferma di colpo e si guarda intorno stupito. «Come avete fatto?» Gira su se stesso. «Come diavolo...?» Si volta verso di noi. «È incredibile. Non sembra nemmeno lo stesso locale!»

Okay, forse sono contenta che sia lui il primo cliente.

Impiega qualche minuto per arrivare al bancone perché non smette di toccare e di guardare la merce. Quando finalmente ci raggiunge, Allysa gli butta le braccia al collo. «Non è bellissimo?» Mi indica. «È tutto merito suo. Io l'ho soltanto aiutata con il lavoro manuale.»

Ryle ride. «È difficile credere che quanto imparato su Pinterest non ti sia stato utile nemmeno un po'.»

«Fa la modesta, ma le sue competenze sono state indispensabili per realizzare il progetto», intervengo.

Il suo sorriso mi ferisce quanto un coltello piantato nel petto.

Appoggia le mani sul bancone. «Sono il primo cliente ufficiale?»

Allysa gli porge un volantino. «Devi comprare qualcosa, se vuoi essere considerato un cliente.»

Ryle gli dà una letta, poi lo mette giù e, avvicinandosi a un espositore, prende un vaso di gigli viola. «Voglio questi.» Li appoggia sul bancone.

Sorrido, chiedendomi se si sia reso conto di aver scelto proprio dei gigli. *Ironia della sorte.*

«Vuoi che li consegniamo da qualche parte?» domanda Allysa.

«Fate consegne a domicilio?»

«Non di persona», rispondo. «Abbiamo un fattorino a disposizione. Non sapevamo se ne avremmo avuto bisogno oggi.»

«Sono per una ragazza?» Allysa sta indagando sulla vita sentimentale del fratello come farebbe qualunque sorella, ma mi sorprendo ad aguzzare le orecchie per ascoltare meglio la risposta.

«Sì.» Ryle incrocia il mio sguardo. «Non la penso molto spesso, però. Anzi, mai.»

Afferrando un biglietto, Allysa lo fa scivolare nella sua direzione. «Povera ragazza. Sei un coglione.» Picchietta con il dito sul cartoncino. «Scrivi il messaggio davanti e l'indirizzo dietro.»

L'osservo mentre si china sopra il biglietto. Non ne ho il diritto, ma muoio di gelosia.

«Hai intenzione di portare questa ragazza alla mia festa di compleanno venerdì?» chiede Allysa.

Studio attentamente la reazione di Ryle, che scuote la testa senza alzare gli occhi. «No. Ci sarai anche tu, Lily?»

Dalla sua voce non capisco se speri di sì o di no. Considerando lo stress che gli provoco, suppongo la seconda.

«Non ho ancora deciso.»

«Certo che ci sarà.» Allysa mi guarda con espressione minacciosa. «Verrai alla mia festa che ti piaccia oppure no. Se non ti presenti, mi licenzio.»

Finito di scrivere, Ryle infila il biglietto nella busta allegata ai fiori mentre Allysa batte il totale. Lui paga in contanti, sbirciandomi mentre conta le banconote. «È usanza che le nuove aziende incornicino il primo dollaro guadagnato. Lo sapevi, Lily?»

Annuisco. *Certo* che lo so. E lui *sa* che lo so. Sta solamente gongolando al pensiero che il suo dollaro resterà per sempre appeso a una parete del mio negozio. Sono tentata di chiedere ad Allysa di restituirgli i soldi, ma gli affari sono affari. Metterò da parte il mio orgoglio ferito.

Dopo aver ritirato lo scontrino, Ryle picchietta il pugno sul ripiano per attirare la mia attenzione. «Congratulazioni, Lily», si complimenta con un sorriso sincero.

Voltandosi, esce dal negozio. Non appena la porta si chiude, Allysa si impossessa della busta. «A chi diavolo spedisce dei fiori?» Tira fuori il biglietto. «Mio fratello non è proprio il tipo.»

Legge il messaggio ad alta voce. «Metti fine a questa situazione.»

Cazzo.

Lo fissa per un momento, ripetendo la frase. «*Metti fine a questa situazione.* Cosa diavolo *significa*?»

Non resisto più. Le sfilo il biglietto dalle dita e lo capovolgo. Allysa si piega per leggere con me.

«Che scemo. Ha scritto l'indirizzo del nostro negozio.» Ride riprendendo il biglietto.

Wow.

Ryle mi ha appena comprato dei fiori. Non fiori *qualunque*, ma un mazzo di gigli.

Allysa recupera il telefono. «Gli invio un messaggio per dirgli che ha combinato un casino.» Dopo aver finito di scrivere, scoppia a ridere. «Come può un neurochirurgo essere così *scemo*?»

Non riesco a smettere di sorridere. È una fortuna che Allysa guardi i fiori e non me, altrimenti potrebbe fare due più due. «Li tengo nel mio ufficio finché non scopriamo a chi vuole spedirli.» Porto via il vaso.

7

«SMETTI di agitarti», dice Devin.

«Non mi sto agitando.»

Mi prende sottobraccio e mi accompagna verso l'ascensore. «Sì, invece. E se lo tiri su ancora un po', questo vestitino nero non avrà più senso.» Afferrandolo, lo abbassa, quindi infila le dita nella scollatura per sistemarmi il reggiseno.

«Devin!» Gli do uno schiaffetto alla mano.

Ride. «Rilassati. Ho palpeggiato tette molto più belle delle tue, e sono ancora gay.»

«Sì, ma scommetto che erano attaccate a persone con cui probabilmente esci più di una volta ogni sei mesi.»

«Vero, ma in parte è colpa tua. Sei stata tu a piantarci in asso per giocare con i fiori.»

Devin era uno dei miei colleghi preferiti alla società di marketing, ma non eravamo così affiatati da diventare amici al di fuori del lavoro. È venuto in negozio questo pomeriggio e Allysa l'ha preso quasi subito in simpatia. L'ha invitato alla festa di compleanno e, siccome non avevo nessuna voglia di venire da sola, ho insistito anch'io.

Mi liscio i capelli con le mani e controllo il mio riflesso nelle pareti dell'ascensore.

«Perché sei così nervosa?» chiede Devin.

«Non sono nervosa. Semplicemente odio andare dove non conosco nessuno.»

Fa un sorriso astuto. «Come si chiama?»

Sospiro. *Sono così trasparente?* «Ryle. È un neurochirurgo. E muore dalla voglia di fare sesso con me.»

«Da che cosa l'hai capito?»

«Si è letteralmente inginocchiato dicendo: 'Ti prego, Lily. Ti prego, fa' sesso con me'.»

«Ti ha supplicata?»

«Sì, ma non è stata una scena patetica come potrebbe sembrare. Di solito è più composto.»

L'ascensore fa dlin-dlon e le porte si aprono. Sento la musica che arriva dal fondo del pianerottolo. Devin mi prende le mani tra le sue. «Qual è il piano? Vuoi farlo ingelosire?»

«No. Non sarebbe giusto.» Ma... ogni volta che ci incontriamo, Ryle ne approfitta per dirmi che spera di non rivedermi più. «Magari appena un pochino?» Arriccio il naso. «Appena appena?»

Si sgranchisce la mandibola. «Consideralo fatto.» Mi posa la mano sulla schiena mentre usciamo dalla cabina. Sul pianerottolo si vede un'unica porta, così ci avviciniamo e suoniamo il campanello.

«Perché c'è soltanto una porta?» domanda Devin.

«Allysa è la proprietaria di tutto il piano attico.»

Ridacchia. «E lavora per *te*? Cazzo, la tua vita diventa sempre più interessante.»

La porta si apre e provo un enorme sollievo quando vedo Allysa. Dall'appartamento escono musica e risate. Tiene una coppa di champagne in una mano e un frustino nell'altra. Notando la mia espressione confusa, se lo mette in spalla e mi prende per mano. «È una lunga storia.» Ride. «Entrate, entrate!»

Mi tira dentro e io stringo le dita di Devin e lo trascino con me. Allysa ci guida tra la folla finché non raggiungiamo il lato opposto del salotto. «Ehi!» Strattona il braccio di Marshall, che si volta e mi sorride, per poi abbracciarmi forte. Mi guardo intorno, ma di Ryle neanche l'ombra. *Forse sono stata fortunata e l'hanno chiamato in ospedale.*

Marshall tende la mano a Devin. «Ciao! Piacere di conoscerti!»

Lui mi cinge la vita. «Sono Devin!» urla sopra la musica. «Vado a letto con Lily!»

Scoppiando a ridere, gli do una gomitata, poi gli sussurro all'orecchio: «Hai sbagliato persona, ma bella mossa».

I due uomini cominciano a chiacchierare e Allysa mi porta via.

Devin mi lascia il braccio, gridando: «Te la caverai!»

Seguo la festeggiata in cucina, dove mi allunga una coppa di champagne. «Bevi. Te lo meriti!»

Assaggio un sorso, ma non riesco nemmeno ad apprezzarlo mentre osservo questa stanza sconfinata, con due piani cottura completi e un frigorifero più grande del mio appartamento. «Cazzo», mormoro. «Davvero *vivi* qui?»

Fa una risatina. «Lo so. E pensare che non l'ho sposato per i soldi. Marshall aveva sette dollari nel portafoglio e guidava una Ford Pinto quando mi sono innamorata di lui.»

«Non guida ancora una Ford Pinto?»

Sospira. «Sì: è una macchina piena di bei ricordi.»

«Di ricordi sconci, intendi.»

Assume un'espressione allusiva. «Devin è carino.»

«E probabilmente più interessato a Marshall che a me.»

«Cavolo. Questo sì che è un peccato. Pensavo di fare da cupido quando l'ho invitato alla festa.»

La porta si apre ed entra Devin. «Tuo marito ti cerca», dice ad Allysa, che esce dalla cucina ridacchiando. «Mi piace molto», osserva lui.

«È fantastica, vero?»

Si appoggia all'isola. «Credo di aver appena conosciuto 'il Mendicante di sesso'.»

Ho un tuffo al cuore. A mio parere, «il Neurochirurgo» suona meglio. Sorseggio lo champagne. «Come fai a essere sicuro che fosse lui? Si è presentato?»

«No, ma ha sentito Marshall che mi presentava a qualcuno definendomi 'il ragazzo di Lily'. Sembrava che volesse fulminarmi con lo sguardo. È per questo che mi sono rifugiato qui. Mi piaci, ma non voglio morire per te.»

Rido. «Non preoccuparti, sono certa che, in realtà, l'occhiata d'odio fosse un sorriso. Nel suo caso sono intercambiabili.»

La porta si spalanca e mi irrigidisco di colpo, ma è solamente un addetto al catering. Sospiro di sollievo. «Lily», dice Devin come se il mio nome fosse riprovevole.

«Cosa c'è?»

«Sembri sul punto di vomitare», aggiunge in tono d'accusa. «Ti sei presa una bella cotta.»

Alzo gli occhi al cielo, ma poi curvo le spalle e fingo di piangere. «Hai ragione, ma vorrei che non fosse così.»

Si impossessa del mio bicchiere e lo svuota d'un fiato, infine mi prende sottobraccio. «Andiamo a socializzare.» Mi trascina in salotto contro la mia volontà.

La stanza è ancora più affollata. Devono esserci più di cento persone. Non sono nemmeno sicura di averne conosciute così tante in vita mia.

Ci spostiamo qua e là, conversando con gli ospiti. Resto in disparte mentre Devin chiacchiera. Ha un amico in comune con chiunque abbia incontrato finora, e dopo averlo seguito per un po', mi convinco che trovare conoscenti in comune con gli invitati sia diventato il suo gioco personale. Per tutto il tempo divido la mia attenzione tra lui e il resto della stanza, cercando Ryle. Non vedendolo da nessuna parte, mi chiedo se il tipo di cui mi ha parlato Devin fosse veramente lui.

«Be', è curioso», dice una donna. «Che cos'è, secondo te?»

Fissa un quadro che sembra una fotografia ingrandita su tela. Piego la testa per esaminarlo. Arricciando il naso, la sconosciuta prosegue: «È incredibile che qualcuno si sia preso il disturbo di incorniciare questa foto e appenderla. È orribile. È così sfocata che non si capisce che cosa sia». Si allontana stizzita e io mi sento sollevata. Insomma… è un'opera un po' bizzarra, ma chi sono io per giudicare i gusti di Allysa?

«Cosa ne pensi?»

La voce è bassa, profonda e *proprio* dietro di me. Chiudo gli occhi per un secondo, inspirando ed espirando lentamente per calmarmi, sperando che non si accorga dell'effetto che ha su di me. «Mi piace. Non capisco che cosa sia, ma è interessante. Tua sorella ha buon gusto.»

Mi affianca, voltandosi verso di me. Fa un passo avanti, arrivando così vicino da sfiorarmi il braccio. «Sei qui con un ragazzo?»

Usa un tono noncurante, ma intuisco che finge. Dato che non rispondo, mi sussurra all'orecchio. Ripete le stesse parole, ma questa volta non è una domanda. «Sei qui con un *ragazzo*.»

Trovo il coraggio di guardarlo, ma me ne pento subito. Indossa un completo nero che fa impallidire la divisa chirurgica. Dopo aver inghiottito un improvviso nodo alla gola, ribatto: «È un problema?» Mi concentro di nuovo sulla fotografia. «Ho cercato di semplificarti le cose. Sai, di *mettere fine a questa situazione*.»

Sorridendo, finisce il vino. «Molto *premuroso* da parte tua.» Lancia il bicchiere verso un cestino della spazzatura nell'angolo. Fa centro, ma il vetro si frantuma nel momento in cui atterra sul fondo del contenitore vuoto. Mi guardo intorno, ma nessuno se n'è accorto. Quando mi giro, Ryle cammina lungo un corridoio. Scompare in una stanza e io rimango qui a fissare il quadro.

È allora che capisco.

L'immagine è tutt'altro che nitida, perciò all'inizio ho faticato a interpretarla. Ma riconoscerei quei capelli ovunque. Sono i *miei* capelli. Impossibile scambiarli per qualcos'altro, insieme al lettino di polimero anticorrosione su cui sono sdraiata. *È la foto che mi ha scattato sul tetto la sera in cui ci siamo conosciuti.* L'ha fatta ingrandire e ritoccare perché diventasse indecifrabile.

Mi porto la mano al collo, perché ho la sensazione che il sangue mi stia ribollendo. *Si muore di caldo qui dentro.*

Allysa si materializza al mio fianco. «Originale, vero?» Guarda il quadro.

Mi gratto il collo. «Fa caldissimo. Non trovi?»

Si dà un'occhiata intorno. «Davvero? Non l'avevo notato, ma sono un po' brilla. Dico a Marshall di accendere l'aria condizionata.»

Si dilegua, e più fisso l'immagine, e più mi arrabbio. Ryle ha una foto di me appesa nell'appartamento. Mi ha comprato un mazzo di fiori. Mi fa la predica perché ho portato un ragazzo alla festa di sua sorella. Si comporta come se ci fosse qualcosa tra noi, e non ci siamo mai nemmeno baciati!

Mi sento sopraffare da un turbine di emozioni. La collera… l'irritazione… la mezza coppa di champagne che ho bevuto in cucina. Sono così furiosa da non riuscire a ragionare lucidamente. Se davvero vuole fare sesso con me… non doveva addormentarsi! Se non vuole che mi illuda, non dovrebbe regalarmi dei fiori! E neppure appendere foto criptiche di me a casa sua!

Ho voglia di una boccata d'aria. Ne ho bisogno. Per fortuna so dove trovarla.

Di lì a qualche istante esco sul tetto. Ci sono alcuni invitati alla festa. Tre in tutto, accomodati sulle sedie. Ignorandoli, mi dirigo verso il parapetto da cui si gode della vista migliore e mi sporgo. Respiro profondamente per cercare di calmarmi. Vorrei scendere a dirgli di prendere una decisione una volta per tutte, ma prima mi devo schiarire le idee.

L'aria è fredda e, per qualche ragione, incolpo Ryle. Questa sera ogni cosa è colpa sua. *Ogni cosa.* Guerre, carestie, sparatorie. È lui la causa di tutto.

«Potete lasciarci soli per qualche minuto?»

Girandomi, vedo Ryle vicino agli altri ospiti. Quelli annuiscono e si alzano per lasciarci un po' di privacy. Sollevo le mani.

«Aspettate», dico, ma non mi danno retta. «Non è necessario. Non dovete andarvene.»

Ryle resta stoicamente con le mani in tasca mentre uno dei tre borbotta: «Non preoccuparti, nessun problema». Spariscono lungo le scale. Esasperata, mi volto verso il parapetto.

«Gli altri obbediscono sempre ai tuoi ordini?» domando, irritata.

Non risponde. Si avvicina con passi lenti e precisi. Con il battito a mille, ricomincio a grattarmi il collo.

«Lily.»

Mi giro, afferrando il parapetto con entrambe le mani. Il suo sguardo si insinua nella mia scollatura, ma tiro su il vestito, poi mi puntello di nuovo sulla superficie di stucco. Ridendo, fa un altro passo avanti. Ormai ci sfioriamo e ho il cervello in tilt. Questa situazione è patetica. Io sono patetica.

«Ho l'impressione che tu abbia molto da dire», inizia. «Ti do l'opportunità di svelarmi la tua verità nuda e cruda.»

Prorompo in una risata beffarda. «Sei proprio sicuro?»

Annuisce, perciò lo assecondo. Spingendolo via, prendo il suo posto, così ora è lui ad appoggiarsi al parapetto.

«Non capisco cosa vuoi! E ogni volta che comincia a non fregarmene un cazzo, tu risbuchi fuori dal nulla! Ti presenti in negozio, ti presenti a casa mia, ti presenti alle feste, ti...»

«Vivo qui», osserva, smentendo l'ultima accusa. Incazzandomi ancora di più, stringo i pugni.

«Mi fai ammattire! Mi vuoi oppure *no*?»

Raddrizzandosi, si avvicina. «Certo che ti voglio. Non credere mai il contrario. È solo che vorrei *non* volerti.»

Sospiro, in parte per la frustrazione e in parte perché ogni sua parola mi dà i brividi, e odio permettergli di farmi sentire così.

«Non ti capisco, sai?» Abbasso la voce, troppo demoralizzata per urlargli ancora addosso. «Tu mi piaci, e sapere che mi vuoi solo per una notte mi riempie di *tristezza*. Forse fino a qualche mese fa avremmo potuto fare sesso e sarebbe filato tutto liscio.

Tu te ne saresti andato e io avrei continuato con la mia vita senza problemi. Ma non si può rimettere indietro l'orologio. Hai aspettato troppo e ormai sono troppo coinvolta. Perciò, ti prego, smetti di fare il cascamorto. Smetti di appendere foto di me nel tuo appartamento. E smetti di spedirmi fiori. Perché quando fai queste cose, non è divertente. Anzi, fa quasi male.»

Depressa ed esausta, non vedo l'ora di andarmene. Mi studia in silenzio, e gli concedo educatamente il tempo di replicare. Invece si volta e, affacciandosi alla balaustra, guarda la strada come se non avesse sentito una parola.

Attraverso il tetto e apro la porta, quasi aspettandomi che mi chiami o che mi inviti a restare. Perdo ogni speranza solo quando rientro nell'appartamento. Facendomi largo tra la folla, devo ispezionare tre stanze prima di individuare Devin. Vedendo la mia espressione, fa un cenno e mi raggiunge.

«Pronta per andare?» Mi prende sottobraccio.

«Sì, *prontissima*.»

Troviamo Allysa in salotto. Auguro una buona notte a lei e a Marshall, usando la scusa che sono sfinita dopo la settimana dell'inaugurazione e che domani dovrò alzarmi di nuovo presto. Allysa mi abbraccia e ci accompagna all'uscita.

«Ci vediamo lunedì.» Mi dà un bacio sulla guancia.

«Buon compleanno», dico. Devin apre la porta, ma prima di uscire sul pianerottolo, sento qualcuno che urla il mio nome.

Mi volto e vedo Ryle che avanza tra gli ospiti dall'altra parte della stanza. «Lily, aspetta!» grida. Il cuore mi galoppa nel petto. Ryle cammina rapido, schivando le persone, spazientendosi con chi lo intralcia. Alla fine, raggiunge uno spazio vuoto e mi guarda negli occhi, sostenendo il mio sguardo mentre avanza senza rallentare. Allysa è costretta a spostarsi, perché viene dritto verso di me. All'inizio penso che voglia baciarmi, o almeno rispondere alla mia confessione di prima. Invece fa una cosa del tutto inaspettata: mi prende in braccio.

«Ryle!» esclamo, aggrappandomi al suo collo per paura di

cadere. «Mettimi giù!» Ha una mano sotto le mie gambe e una dietro la mia schiena.

«La tengo in prestito per una notte», dice a Devin. «È un problema?»

Guardo il mio ex collega e faccio no con la testa, sgranando gli occhi, ma lui fa un sorrisetto compiaciuto. «Fa' pure.»

Traditore.

Ryle torna verso il salotto. Lanciando un'occhiata ad Allysa mentre la superiamo, noto la sua espressione confusa. «Giuro che uccido tuo fratello!» grido.

Ormai ci fissano tutti. Sono così in imbarazzo che premo il viso contro il petto di Ryle mentre mi porta lungo il corridoio fino alla sua camera. Una volta chiusa la porta, mi appoggia delicatamente i piedi sul pavimento. Inizio a cantargliene quattro e cerco di uscire, ma mi gira e mi spinge contro la porta, afferrandomi i polsi e bloccandomeli sopra la testa. «Lily?»

Ha uno sguardo così intenso che smetto di dibattermi e trattengo il respiro. Sono schiacciata tra il suo petto e la porta. Poi la sua bocca copre la mia, esercitando una pressione calda.

Nonostante la prestanza fisica, Ryle ha le labbra come seta. Mi stupisco del mugolio che mi sale dalla gola, e ancora di più del mio desiderio irrefrenabile. Intrecciando la sua lingua con la mia, lui mi libera i polsi per stringermi la faccia. Quando approfondisce i baci, gli affondo le mani nei capelli, tirandolo a me e sentendo quel contatto da capo a piedi.

Ci baciamo tra gemiti e sussulti, sempre più eccitati, con i corpi che chiedono più di quanto le bocche possano dare. Sento le sue mani quando mi afferra le gambe, sollevandomi e agganciandosele intorno alla vita.

Santo cielo, Ryle sì che sa baciare. È come se prendesse i baci sul serio quanto la sua professione. Sta per staccarmi dalla porta quando mi rendo conto che sì, è bravo a fare molte cose con la bocca, ma non l'ha ancora usata per rispondere al mio discorso sul tetto.

A quanto ne so, ho ceduto. Gli sto dando ciò che vuole: l'avventura di una notte. Ed è l'ultima cosa che merita in questo momento.

Allontano le labbra dalle sue e lo respingo. «Mettimi giù.» Prosegue verso il letto, così ripeto: «Mettimi subito giù».

Fermandosi, obbedisce. Sono costretta a indietreggiare e a voltargli le spalle per raccogliere le idee. Sarebbe insopportabile guardarlo mentre avverto ancora la sua bocca sulla mia.

Mi passa le braccia intorno alla vita e mi posa la testa sulla spalla. «Mi dispiace», bisbiglia. Girandomi, mi appoggia il palmo sulla guancia e mi accarezza con il pollice. «Ora tocca a me, okay?»

Non reagisco al suo tocco. Tenendo le braccia incrociate, aspetto prima di sentire che cos'ha da dirmi.

«Ho fatto fare il quadro il giorno dopo aver scattato la fotografia. Ormai è in questo appartamento da mesi, perché eri la cosa più bella che avessi mai visto e volevo guardarti ogni singolo giorno.»

Oh.

«E quanto alla sera in cui ho bussato alla tua porta, ti ho cercata perché in vita mia nessuno mi era mai entrato dentro come hai fatto tu. Non sapevo in che modo gestire la situazione. E la ragione per cui ti ho spedito dei fiori questa settimana è che sono molto, molto orgoglioso di te per aver realizzato il tuo sogno. Ma se te ne inviassi un mazzo ogni volta che ne ho voglia, non ti muoveresti più nel tuo appartamento. Perché ti penso sempre. E sì, hai ragione. Ti faccio del male, ma soffro anch'io. E fino a stasera… non avevo capito il perché.»

Dopo questo, non so dove troverò la forza di parlare. «Perché soffri?»

Preme la fronte contro la mia. «Perché non ho idea di cosa combino. Mi fai desiderare di essere una persona diversa, ma cosa succederebbe se non diventassi come vuoi? Per me è una novità, e vorrei dimostrarti che ti voglio per molto più di una notte.»

In questo momento sembra molto vulnerabile. Mi piacerebbe credere al suo sguardo sincero ma, dal giorno che ci siamo conosciuti, è stato molto chiaro sul fatto di avere obiettivi che sono l'esatto contrario dei miei. Mi terrorizza l'idea di cedere per poi vederlo andare via.

«In che modo ti posso convincere della mia buona fede, Lily? Dimmelo, e ti accontento.»

Non lo so. Lo conosco a malapena, ma quanto basta per essere certa che andare a letto con lui non basterebbe. Ma come faccio a essere sicura che il sesso non sia l'unica cosa a cui mira?

Lo guardo dritto negli occhi. «Non fare sesso con me.»

Mi fissa per un attimo, imperscrutabile, ma poi annuisce come se avesse capito. «Okay. Non farò sesso con te, Lily Bloom.»

Va alla porta e la chiude a chiave. Spegne la luce e lascia acceso solo un abat-jour, poi si sbottona la camicia e viene verso di me.

«Che stai facendo?»

La getta su una sedia e si toglie le scarpe. «Dormiamo.»

Lancio un'occhiata prima al letto e poi a lui. «Subito?»

Annuisce, raggiungendomi. Con un movimento repentino, mi solleva il vestito e me lo sfila da sopra la testa, lasciandomi al centro della camera in reggiseno e mutandine. Mi copro, ma non indugia nemmeno con lo sguardo. Tirandomi verso il letto, alza le coperte per invitarmi a stendermi. Mentre si sposta sull'altro lato, dice: «Abbiamo già dormito insieme senza fare sesso. Facile come bere un bicchier d'acqua».

Rido. Prendendo il caricatore dal comò, attacca il cellulare. Ne approfitto per osservare la camera. Grande quanto l'intero mio appartamento, non è certo il tipo di ambiente spartano a cui sono abituata. Ci sono un divano addossato alla parete opposta, una poltrona davanti al televisore e uno studio con tanto di biblioteca. Cerco di registrare ogni dettaglio quando l'abat-jour si spegne.

«Tua sorella è *ricca sfondata*», commento mentre tira su le coperte. «Che cosa diavolo se ne fa dei dieci dollari all'ora che le do?»

Ridendo, mi prende la mano e intreccia le dita con le mie. «Probabilmente non incassa neppure gli assegni. Hai mai controllato?»

No. Ora sono curiosa.

«Buonanotte, Lily.»

Non riesco a smettere di sorridere, perché tutto questo è un po' surreale. E meraviglioso.

«Buonanotte, Ryle.»

Sono disorientata.

Ogni cosa è così bianca e pulita da essere accecante. Attraverso il salotto, in cerca della cucina. Non ho idea di dove sia finito il mio vestito, così indosso una camicia di Ryle. Mi arriva sotto le ginocchia, e mi domando se sia costretto a comprare qualche taglia in più solo per infilare le braccia.

Ci sono troppe finestre e troppo sole, perciò mi schermo gli occhi.

Quando entro in cucina, vedo la macchina del caffè.

Grazie al cielo.

La accendo e sto cercando una tazza quando la porta si apre. Girandomi, mi accorgo con sollievo che Allysa non è sempre un mix perfetto di make-up e gioielli. Ha i capelli raccolti in uno chignon arruffato e le guance striate di mascara. Indica il caffè. «Se non ne bevo un po', non mi reggo in piedi.» Si siede sull'isola, curvandosi in avanti.

«Posso chiederti una cosa?»

A malapena ha l'energia per annuire.

Faccio un gesto che abbraccia la cucina. «Com'è successo? Come diavolo ha fatto questa casa a diventare impeccabile tra la festa di ieri sera e il mio risveglio di pochi minuti fa? Sei stata in piedi a pulire?»

Ride. «Abbiamo delle persone.»

«Delle persone?»

«Sì. Ci sono persone per *ogni cosa.* Rimarresti stupita. Pensa a una cosa. Una qualunque. Probabilmente abbiamo delle persone che se ne occupano.»

«La spesa?»

«Persone.»

«Addobbi natalizi?»

«Persone anche per quello.»

«E i regali di compleanno? Per i parenti, per esempio?»

«*Persone.* Tutti i famigliari ricevono un regalo e un biglietto per ogni occasione, senza che io debba mai alzare un dito.»

Sono incredula. «Wow. Da quanto tempo sei così ricca?»

«Da tre anni. Marshall ha venduto alla Apple alcune app di sua creazione per un mucchio di soldi. Ogni sei mesi prepara gli aggiornamenti e vende anche quelli.»

Il caffè è pronto, così prendo una tazza e la riempio. «Zucchero? O hai delle persone anche per questo?»

Ride. «Ho te. Un cucchiaino, per favore.»

Mescolo il caffè e glielo porto, quindi mi riempio una tazza. Cala il silenzio mentre aggiungo il latte liofilizzato e aspetto che Allysa dica qualcosa di me e Ryle. L'argomento è inevitabile.

«Mettiamo da parte l'imbarazzo?» domanda.

Faccio un sospiro di sollievo. «Sì, per favore. Odio questa situazione.» La guardo sorseggiando il caffè.

Appoggia la tazza, quindi afferra il bordo del ripiano. «Com'è successo?»

Scrollo il capo, mentre mi sforzo di non sorridere come se fossi innamorata cotta. Non voglio che mi giudichi debole o stupida per aver ceduto alle avances di suo fratello. «Ci eravamo incontrati prima che io e te ci conoscessimo.»

«Aspetta. Prima che ci conoscessimo *meglio* o prima che ci conoscessimo *in assoluto*?»

«In assoluto. Abbiamo passato un momento insieme una sera, circa sei mesi prima che tu entrassi nel mio negozio.»

«Un momento? Un rapporto occasionale, intendi?»

«No. Fino a ieri sera non ci eravamo neppure baciati. Non so, non riesco a spiegarlo. Ci siamo rincorsi per moltissimo tempo e ieri sera non siamo più riusciti a trattenerci.»

Riprendendo il caffè, beve un lungo sorso. Fissa il pavimento per un po' e non posso fare a meno di notare la sua aria triste.

«Non sei arrabbiata con me, vero?»

«No, figurati. È solo che...» Rimette giù la tazza. «Conosco mio fratello e gli voglio un bene dell'anima, ma...»

«Ma, cosa?»

Ci voltiamo entrambe verso la voce. Ryle è sulla soglia, con le braccia incrociate e i pantaloni di una tuta grigia che gli fasciano i fianchi. Niente maglietta. *Aggiungerò questo outfit a quelli che ho già catalogato nella mia testa.*

Entra in cucina. Avvicinandosi, mi toglie la tazza dalle mani. Dopo avermi dato un bacio sulla fronte, beve un sorso appoggiandosi al ripiano.

«Non volevo interromperti», dice ad Allysa. «Continua pure.»

«Piantala.»

Dopo avermi restituito la tazza, Ryle ne recupera una per sé e la riempie. «Ho avuto l'impressione che volessi mettere in guardia Lily. Sono solo curioso di sapere cos'hai da dire.»

«È mia amica, Ryle. E tu non sei un esempio da imitare, quando si tratta di relazioni.» Allysa salta giù per sciacquare la tazza, poi si appoggia con il fianco al lavello. «Come sua *amica* ho il diritto di dire la mia sugli uomini che frequenta. Anche a questo servono le *amiche*.»

Man mano che la tensione tra loro diventa palpabile, io comincio a sentirmi a disagio. Ryle non assaggia nemmeno il caffè. Va a rovesciarlo nel lavello, piazzandosi proprio davanti ad Allysa, che però non lo degna di un'occhiata. «Be', come tuo *fratello* vorrei che avessi un po' più di fiducia in me. Anche a questo servono le *sorelle*.»

Spalanca la porta ed esce. Quando restiamo sole, Allysa, turbata, fa un respiro profondo e si prende il viso tra le mani. «Mi dispiace.» Si sforza di sorridere. «Ho bisogno di una doccia.»

«Non hai delle persone che se ne occupino?»

Si allontana ridendo. Lavata la tazza, torno in camera e trovo Ryle sul divano, che controlla il telefono. Non alza gli occhi e, per un secondo, temo che ce l'abbia anche con me. Poi, però, getta via il cellulare e si appoggia allo schienale.

«Vieni qui», dice.

Mi afferra la mano e mi tira verso di sé finché non mi siedo a cavalcioni sulle sue gambe. Si impadronisce della mia bocca, baciandomi con così tanta passione che mi chiedo se stia cercando di smentire la sorella.

Staccandosi, mi fa scivolare lentamente lo sguardo lungo il corpo. «Mi piaci con addosso i miei vestiti.»

«Devo andare al lavoro, perciò purtroppo non posso tenerli.»

Mi sposta i capelli dal viso. «Devo prepararmi per un intervento molto importante. Dunque, probabilmente non ci vedremo per qualche giorno.»

Cerco di mascherare la delusione, ma dovrò abituarmi, se vuole provare a far funzionare le cose tra noi. Mi aveva già avvertita che lavora troppo. «Anch'io sono impegnata. L'inaugurazione ufficiale è venerdì.»

«Ci vediamo prima. Promesso.»

«Okay.»

Mi bacia di nuovo, per un minuto buono. Fa per stendermi sul divano, ma poi si tira indietro. «No. Mi piaci troppo per limonare con te.»

Lo guardo mentre si veste per andare in ospedale.

Per mia gioia si mette la divisa chirurgica.

8

«DOBBIAMO parlare», dice Lucy.

È seduta sul divano, con il mascara che le cola sulle guance.

Cazzo.

Mollando la borsetta, corro da lei. Non appena mi siedo, scoppia in lacrime.

«Che cos'è successo? Alex ti ha lasciata?»

Fa no con la testa, al che cado in preda al terrore. *Ti prego, fa' che non abbia il cancro.* Le prendo la mano, ed è allora che lo vedo. «Lucy! Ti sei fidanzata?»

«Sì. Mi dispiace. So che il contratto d'affitto scade solamente tra sei mesi, ma Alex vuole che mi trasferisca da lui.»

La fisso per un istante. *È per questo che piange? Perché vuole recedere dal contratto?* Si tampona gli occhi con un fazzolettino. «Mi sento in colpa. Resterai da sola. Io vado a convivere e tu non avrai *nessuno*.»

Cosa caz...

«Me la caverò. Promesso.»

Mi guarda fiduciosa. «Davvero?»

Perché mai ha questa opinione di me? «Sì, certo. Non sono arrabbiata. Anzi, sono felice per te.»

Mi butta le braccia al collo e mi stringe forte. «Grazie!» Ridacchia tra le lacrime. Quando mi lascia, salta su. «Vado a dirlo ad Alex! Temeva che non mi lasciassi rescindere il contratto!» Poi recupera borsetta e scarpe e si precipita fuori dalla porta.

Mi sdraio sul divano e fisso il soffitto. *Mi ha fregata?*

Rido, perché finora non avevo idea di quanto sperassi che tutto ciò succedesse. *L'appartamento tutto per me!*

Meglio ancora, quando deciderò di fare sesso con Ryle, potremo venire qui senza preoccuparci di non far rumore.

L'ultima volta che gli ho parlato è stato sabato, quando ho lasciato casa sua. Abbiamo concordato un periodo di prova. Niente promesse, per il momento. Solo una relazione senza impegno per capire se lo vogliamo entrambi. Siamo a lunedì sera e sono un po' delusa perché non si è ancora fatto vivo. Gli ho dato il mio numero sabato prima che ci separassimo, ma non conosco le regole sui messaggi, soprattutto per i *periodi di prova*.

Comunque, non intendo scrivergli per prima.

Invece, occupo il mio tempo con le angosce adolescenziali ed Ellen DeGeneres. Non starò certo senza fare nulla ad aspettare la chiamata di un uomo con cui non vado nemmeno a letto. Ma non capisco perché do per scontato che leggere del *primo* ragazzo con cui ho fatto sesso mi aiuti a distrarmi dall'uomo con cui *non* lo faccio.

Cara Ellen,

il mio bisnonno si chiamava Ellis. Ho sempre pensato che fosse un nome strafigo per un uomo così vecchio. Dopo che è morto, ho letto il necrologio. Ci crederesti? Ellis non era nemmeno il suo vero nome. In realtà, si chiamava Levi Sampson e io non ne avevo la minima idea.

Ho chiesto alla nonna da dove venisse il nome Ellis. Ha detto che le sue iniziali erano L.S. e che tutti le avevano usate per tantissimo tempo, semplicemente cominciando a fonderle nel corso degli anni.

Ecco perché era noto come Ellis.

Poco fa mi è caduto l'occhio sul tuo nome e mi ha fatto pensare a questa storia. Ellen. È il tuo vero nome? Potresti avere fatto come il mio bisnonno e deciso di usare le iniziali per camuffarti.

L.N.

Ti ho beccata, «Ellen».

A proposito, non trovi che Atlas sia un nome strambo?

Ieri, mentre guardavamo il tuo programma, gli ho chiesto da dove venisse. Non lo sa, ha risposto. Senza riflettere, ho detto che dovrebbe domandare a sua madre perché l'abbia chiamato così. Mi ha fissata per un secondo, dicendo: «È un po' troppo tardi».

Non so cosa significhi. Non so se sua madre sia morta o se l'abbia dato in adozione. Ormai siamo amici da qualche settimana e ancora non so nulla di lui e del perché non abbia un posto in cui vivere. Vorrei chiederglielo, ma non sono sicura che si fidi di me fino in fondo. Sembra avere problemi di fiducia e non gliene faccio una colpa.

Sono preoccupata per lui. Questa settimana ha fatto molto freddo e, secondo le previsioni, la prossima sarà ancora più gelida. Se non ha l'elettricità, non ha neppure una stufetta. Spero che abbia almeno delle coperte. Hai idea di quanto mi sentirei in colpa se morisse assiderato? Starei malissimo, Ellen.

Questa settimana recupererò qualche coperta da dargli.

Lily

Cara Ellen,

presto nevicherà, così oggi ho deciso di concimare l'orto. Avevo già raccolto i ravanelli, perciò volevo solo spargere un po' di fertilizzante e di compost. Non ci avrei messo molto tempo, ma Atlas ha insistito per aiutarmi.

Mi ha tempestata di domande sul giardinaggio e ho apprezzato il suo interesse per la mia passione. Gli ho insegnato a distribuire il compost e il fertilizzante per coprire il terreno in modo che la neve non faccia troppi danni. Il mio orto è piccolo rispetto a molti altri, forse tre metri per tre e mezzo. Ma papà non vuole concedermi altro spazio in giardino.

Atlas lavorava mentre io lo guardavo, seduta sull'erba a gambe incrociate. Non battevo la fiacca, ma si è proposto lui e lo ha voluto fare al posto mio. Ho intuito che è un gran lavoratore. Mi chiedo se forse tenersi occupato lo distragga dalle preoccupazioni e se sia questa la ragione per cui vuole sempre aiutarmi.

Quando ha finito, mi si è seduto accanto.

«Cosa ti spinge a coltivare le cose?» ha chiesto.

Mi fissava incuriosito. In quel momento mi sono resa conto che probabilmente è il migliore amico che abbia mai avuto e che non sappiamo quasi nulla l'una dell'altro. Ho qualche amica a scuola, ma non le invito a casa per ovvi motivi. Mia madre ha sempre paura che succeda qualcosa con mio padre e che si sparga la voce della sua irascibilità. I miei non mi danno nemmeno il permesso di andare a casa di altre persone, ma non so il perché. Forse papà non vuole che resti a dormire dalle mie amiche perché vedrei come un bravo marito dovrebbe trattare la moglie. Quasi sicuramente vuole farmi credere che il modo in cui tratta la mamma sia normale.

Atlas è il primo amico che abbia mai messo piede in casa mia. È anche il primo a sapere quanto io ami il giardinaggio e a chiedermi perché.

Ho strappato un'erbaccia e la riduco in pezzettini mentre rifletto sulla domanda.

«Quando avevo dieci anni, mia madre mi ha regalato un abbonamento al sito Seeds Anonymous», ho spiegato. «Ogni mese mi spedivano un sacchettino di semi anonimi, con le istruzioni per piantarli e prendermi cura di loro. Scoprivo cosa fossero nel momento in cui le piantine spuntavano dal terreno. Ogni giorno, dopo la scuola, correvo dritta in giardino per vedere come crescessero. Mi dava qualcosa da aspettare con impazienza. Coltivare era come ricevere una ricompensa.»

Ho sentito il suo sguardo su di me. «Una ricompensa per cosa?»

«Per aver amato le piantine nel modo giusto. Le piante ti ricompensano in base alla quantità di amore che dimostri. Se sei crudele o le trascuri, non ti danno niente. Ma se le curi e le ami nel modo giusto, ti ricompensano con fiori, frutta o ortaggi.» Ho guardato l'erbaccia che tenevo in mano. Ne erano rimasti pochi centimetri. L'ho arrotolata tra le dita e gettata via.

Ho preferito non girarmi verso Atlas perché mi sentivo ancora i suoi occhi addosso, così ho fissato l'orto.

«Siamo simili», ha detto.

«Noi due?»

«No. Le piante e gli esseri umani. Le piante devono essere amate nel modo giusto per sopravvivere, e anche gli esseri umani. Fin da quando nasciamo, confidiamo che i nostri genitori ci amino quanto basta per tenerci in vita. E se ci dimostrano il giusto tipo di amore, diventiamo persone migliori in generale. Ma se ci trascurano...»

La sua voce si è smorzata, diventando quasi triste. Si è pulito le mani sulle ginocchia per eliminare un po' di terriccio. «Se ci trascurano, diventiamo dei senzatetto incapaci di fare qualcosa di utile.»

Le sue parole mi hanno spezzato il cuore. Non sapevo cosa rispondere. È davvero questa l'opinione che ha di sé?

Ha fatto per alzarsi, ma ho pronunciato il suo nome.

Si è riseduto sull'erba. Ho indicato la fila di alberi che fiancheggia il recinto a sinistra del giardino. «Vedi quell'albero laggiù?» Al centro c'è una quercia che torreggia sugli altri alberi.

L'ha guardata, alzando lo sguardo fino alla cima.

«È cresciuta da sola», ho continuato. «Quasi tutte le piante hanno bisogno di molte cure per sopravvivere, ma alcune cose, come gli alberi, sono abbastanza forti per farcela contando soltanto su se stesse e su nessun altro.»

Temevo di non essere stata abbastanza chiara perché capisse ciò che cercavo di dire, ma volevo sapesse che lo considero abbastanza forte per sopravvivere a qualunque cosa accada nella sua vita. Non lo conosco bene, ma sono sicura che ha una buona capacità di recupero. Molta più di quanta ne avrei io se mai mi trovassi nella sua situazione.

Ha tenuto gli occhi incollati all'albero, senza neppure battere le palpebre per molto tempo. Poi ha annuito e ha abbassato lo sguardo sull'erba. Dato che ha contratto le labbra, pensavo che mettesse il broncio, invece ha accennato un sorriso che mi ha sollevata.

«Siamo simili», ha ripetuto.

«Le piante e gli esseri umani?»

«No. Noi due.»

Ho sobbalzato, Ellen. Spero che non se ne sia accorto, ma sicuramente sono trasalita. Come diavolo dovevo rispondere?

Imbarazzata, sono rimasta in silenzio finché non si è alzato e non si è diretto verso casa.

«Atlas, aspetta.»

Si è voltato. Ho indicato le sue mani. «Forse ti conviene fare una doccia rapida prima di rientrare. Il compost si ricava dal letame di vacca.»

Si è guardato prima le mani e poi i vestiti sporchi.

«Letame di vacca? Dici sul serio?»

Ho confermato. È scoppiato in una risata e poi, prima che me ne accorgessi, mi ha raggiunta e si è pulito le mani su di me. Ci stavamo sbellicando entrambi quando ha infilato la mano nel sacchetto e mi ha cosparso le braccia di compost.

Ellen, sono certa che la prossima frase non è mai stata scritta o detta da nessuno.

Quando mi ha spalmato addosso la merda di mucca, mi sono eccitata come non mi era mai successo prima.

Di lì a qualche minuto eravamo entrambi stesi a terra, con il respiro affannoso e una gran voglia di ridere. Alla fine, si è alzato e mi ha tirata su, sapendo di non avere tempo da perdere se voleva lavarsi prima del ritorno dei miei.

Mentre era sotto la doccia, mi sono lavata le mani e domandata cosa avesse voluto dire quando aveva detto che siamo simili.

È un complimento? Sembra proprio di sì. Intendeva che anche lui mi considera una persona forte? Perché sicuramente il più delle volte non mi sento così. In quel momento, pensare a lui mi ha fatto sentire debole. Mi sono chiesta come affrontare le emozioni che provo quando siamo insieme.

E anche per quanto tempo ancora riuscirò a nasconderlo ai miei genitori. E fin quando resterà in quella casa. Gli inverni nel Maine sono così freddi da essere insopportabili, e senza una stufetta non sopravvivrà.

O senza coperte.

Riscuotendomi, ho cercato tutte le coperte di riserva che sono riuscita a trovare. Stavo per dargliele quando è uscito dalla doccia, ma erano già le cinque ed è scappato via.

Gliele darò domani.

Lily

Cara Ellen,

Harry Connick junior mi fa morire dal ridere. Non ricordo se sia mai stato ospite del tuo programma, perché odio ammettere che forse mi sono persa una o due puntate, ma se non l'hai ancora invitato, ti suggerisco di farlo. Anzi, hai mai guardato Late Night with Conan O'Brien*? C'è un certo Andy, seduto sul divano in ogni episodio. Mi piacerebbe vederlo accomodarsi anche sul tuo. Fa battute uniche, e insieme sareste strepitosi.*

Vorrei ringraziarti. Sono certa che non conduci un programma televisivo con l'unico scopo di farmi divertire, ma a volte ho questa sensazione. Ogni tanto la vita mi fa sentire senza più la capacità di ridere o sorridere, ma poi guardo la tua trasmissione e, a prescindere dall'umore di quando ho acceso la TV, alla fine sto sempre meglio.

Perciò sì. Grazie.

So che probabilmente vuoi un aggiornamento su Atlas, e ti accontenterò a breve. Ma prima devo raccontarti cos'è successo ieri.

Mia madre è maestra alla Brimer Elementary. È piuttosto lontana, ed è per questo che non torna mai a casa prima delle cinque circa. Papà lavora a tre chilometri da qui, perciò rientra sempre poco dopo le cinque.

Abbiamo un garage ma, per via delle cianfrusaglie di mio padre, ci sta una sola auto. Lui lascia la sua lì dentro, mentre mia madre parcheggia sul vialetto.

Be', ieri lei è rientrata con leggero anticipo. Atlas era ancora da me e avevamo quasi finito di vedere il tuo programma quando ho sentito la porta del garage che si apriva. Lui si è precipitato fuori dalla porta di servizio e io mi sono affrettata a raccogliere lattine e cartacce.

Verso l'ora di pranzo aveva iniziato a nevicare forte e mia madre aveva molte cose da portare dentro, così ha posteggiato in garage per passare dalla porta di servizio. Era roba di lavoro e qualche sacchetto della spesa. L'aiutavo a portarli dentro quando mio padre ha imboccato il vialetto. Ha preso a strombazzare furioso con lei per aver occupato il garage. Immagino non avesse voglia di scendere dall'auto sotto la neve. Non trovo altre ragioni per cui volesse che mia madre spostasse subito la macchina anziché aspettare che la scaricasse. Ora che ci penso, perché è sempre lui a usare il garage? Sarebbe logico supporre che un uomo non voglia che la donna di cui è innamorato parcheggi nel posto più schifoso.

Comunque, la mamma ha fatto una faccia terrorizzata quando ha sentito il clacson, e mi ha detto di mettere tutto sul tavolo mentre lei tirava fuori l'auto.

Non so che cosa sia successo quando è uscita. Ho sentito uno schianto e poi un urlo, così sono corsa in garage con la paura che magari fosse scivolata sul ghiaccio.

Ellen… Non voglio nemmeno descrivere cos'è successo dopo. Sono ancora un po' scioccata.

Aprendo la porta del garage, non ho visto la mamma, ma solo il papà che faceva qualcosa dietro la macchina. Avanzando, ho capito perché non vedessi mia madre. Lui la teneva premuta contro il cofano, stringendole le mani intorno alla gola.

La stava strangolando, Ellen!

Il solo pensiero mi fa salire le lacrime agli occhi. Le urlava addosso, fissandola con profondo odio e accusandola di non avere rispetto per il suo duro lavoro. Non so il motivo della sua sfuriata, in realtà, dato che sentivo solo il silenzio mentre mia madre cercava di respirare. Ho un ricordo vago dei minuti successivi, ma sono sicura di aver cominciato a gridare. Gli sono saltata sulla schiena e l'ho colpito alla tempia.

Poi ho smesso.

Non so che cosa sia accaduto, ma immagino che mi abbia scaraventata a terra. Mi ricordo solo che un minuto ero sulla sua schiena e il successivo sul pavimento, con un dolore incredibile alla fronte. La mamma, seduta accanto a me, mi teneva la testa e mi chiedeva scusa. Mi sono guardata intorno alla ricerca del papà, ma non c'era. Dopo che avevo sbattuto la testa, era salito in macchina e se n'era andato.

Mia madre mi ha dato uno straccio, perché lo premessi contro la fronte che sanguinava, poi mi ha aiutata a raggiungere la sua auto e accompagnata in ospedale. Lungo la strada mi ha detto una cosa sola.

«Quando ti chiedono cos'è successo, di' che sei scivolata sul ghiaccio.»

A quel punto ho guardato fuori dal finestrino, scoppiando a piangere, perché mi ero illusa che quella sarebbe stata l'ultima goccia, che lei l'avrebbe piantato ora che mi aveva fatto del male. Invece ho capito che non lo lascerà mai. Ero demoralizzata, ma avevo troppa paura per affrontare l'argomento.

Mi hanno dato nove punti in fronte. Non so ancora dove

abbia sbattuto la testa, ma non ha importanza. È stata colpa di mio padre e lui non si è nemmeno fermato a controllare le mie condizioni. Ci ha mollate entrambe sul pavimento del garage e se n'è scappato via.

Ieri sera sono arrivata a casa molto tardi e mi sono addormentata subito, per via dell'antidolorifico che mi avevano dato.

Questa mattina, mentre aspettavo l'autobus, ho provato a non guardare direttamente Atlas perché non vedesse la ferita. Mi ero sistemata i capelli in modo da nasconderla e non l'ha notata subito. Quando ci siamo seduti l'uno accanto all'altra, le nostre mani si sono sfiorate mentre appoggiavamo gli zaini a terra.

Le sue dita sembravano di ghiaccio, Ellen. Di ghiaccio.

È stato allora che mi sono ricordata di non avergli consegnato le coperte. Non avevo pensato ad altro che all'episodio nel garage, dimenticandomi completamente di lui. Era stata una notte di neve e ghiaccio, e Atlas era rimasto tutto solo in quella casa buia. Era un miracolo che fosse ancora vivo.

Gli ho preso le mani. «Stai congelando.»

È rimasto in silenzio. Ho cominciato a strofinargli le dita per riscaldargliele. Gli ho appoggiato la testa sulla spalla, quindi ho fatto la cosa più imbarazzante. Ho iniziato a piangere. Non per molto, ma ero ancora sconvolta per l'accaduto e poi mi sentivo in colpa per le coperte, e le emozioni mi hanno investita tutte insieme lungo il tragitto verso la scuola. Non ha fiatato. Ha solo ritirato le dita, posandole sopra le mie. Siamo rimasti così per tutto il tempo, con le teste vicine e le mani unite.

L'avrei trovato dolce se non fosse stato così triste.

Durante il viaggio di ritorno si è accorto della ferita.

Sinceramente l'avevo dimenticata. A scuola, nessuno mi aveva chiesto come me la fossi procurata e, quando Atlas mi ha raggiunta sull'autobus, non ho neppure provato a nasconderla con i capelli. Guardandomi dritto negli occhi, ha domandato: «Cosa ti sei fatta alla testa?»

Non sapevo cosa dire. Mi sono sfiorata la fronte con i pol-

pastrelli, poi mi sono girata verso il finestrino. Stavo cercando di convincerlo a fidarsi di me, nella speranza che mi spiegasse perché non ha un posto in cui vivere, perciò non volevo mentirgli. Però non volevo neanche dirgli la verità.

Quando l'autobus si è messo in moto, Atlas ha detto: «Ieri, dopo essere uscito da casa tua, ho intuito che fosse successo qualcosa. Ci sono state delle urla. Ti ho sentita gridare, poi ho visto tuo padre che se ne andava. Stavo venendo a controllare che fosse tutto a posto, ma eri già salita in macchina con tua madre».

Deve aver sentito il litigio in garage e averci viste andare in ospedale. Stento a credere che sia venuto da noi. Hai idea di cosa gli avrebbe fatto mio padre se si fosse accorto che indossava i suoi vestiti? Mi sono preoccupata per lui perché non credo che immagini di cosa sia capace mio padre.

L'ho guardato. «Non puoi fare una cosa simile! Non puoi venire da me quando ci sono i miei!»

Silenzio. Poi: «Ti avevo sentita urlare». Ha parlato come se salvarmi da un eventuale pericolo fosse più importante di qualunque altra cosa.

Ho avvertito una punta di rimorso perché sapevo che aveva solamente cercato di aiutarmi, ma avrebbe peggiorato le cose.

«Sono caduta.» Mi sono subito sentita in colpa per avergli mentito. E a essere sincera, mi è parso un po' deluso, perché sapevamo entrambi che non si era trattato di una semplice caduta.

Quindi ha sollevato la manica della camicia, mostrandomi il braccio.

Ellen, mi si è chiuso lo stomaco. Era orribile. La pelle era costellata di piccole cicatrici, alcune delle quali assomigliavano a bruciature di sigaretta.

Ha girato il braccio perché vedessi che le aveva anche dall'altra parte. «Anch'io cadevo spesso.» Ha abbassato la manica senza aggiungere altro.

Per un secondo avrei voluto dire che non era così, che mio padre non mi fa mai del male e che aveva solamente cercato di scrollarsi di dosso il mio peso, ma poi mi sono resa conto che avrei usato le stesse giustificazioni di mia madre.

Mi sono imbarazzata pensando che sapesse che cosa succede a casa mia. Ho passato il resto del viaggio a guardare fuori dal finestrino perché non sapevo che cosa dire.

Quando siamo arrivati, abbiamo visto la macchina di mia madre. Nel vialetto, naturalmente. Non in garage.

Perciò Atlas non è venuto a guardare il tuo programma con me. Stavo per dirgli che più tardi gli avrei portato le coperte ma, scesi dall'autobus, non mi ha nemmeno salutata, perché si è incamminato lungo la strada quasi fosse arrabbiato.

Ora è buio e aspetto che i miei vadano a dormire. Così gli porto le coperte.

Lily

Cara Ellen,

sono preoccupatissima.

Ti capita mai di fare una cosa sapendo che è sbagliata ma, in qualche modo, anche giusta? Non saprei spiegarlo in termini più semplici.

Insomma, ho solo quindici anni e sicuramente non dovrei permettere a un ragazzo di passare la notte in camera mia ma, se una persona sa che un'altra ha bisogno di un posto in cui stare, aiutarla non è forse la sua responsabilità di essere umano?

Ieri sera, dopo che i miei si sono coricati, sono sgattaiolata fuori dalla porta di servizio per portare le coperte ad Atlas. Avevo con me una torcia perché era buio pesto. Nevicava ancora fitto, perciò quando sono arrivata alla vecchia casa, ero congelata. Ho bussato e, non appena ha aperto, sono entrata di corsa per riscaldarmi.

Solo che… non mi sono riscaldata affatto. Per qualche ragione, dentro faceva ancora più freddo. Con la torcia, ho illuminato il salotto e la cucina. Non c'era niente di niente, Ellen!

Niente divano, niente poltrona, niente materasso. Gli ho dato le coperte, continuando a guardarmi intorno. Il vento e la neve penetravano da un grosso buco nel tetto sopra la cucina. Quando ho puntato la luce sul salotto, ho visto la roba di Atlas in un angolo. Il suo zaino, più quello che gli ho dato io. Un mucchietto di altre cose che gli avevo regalato, come i vestiti di mio padre. E poi due asciugamani sul pavimento. Uno per sdraiarsi e uno per coprirsi, immagino.

Sono inorridita. Atlas vive lì da settimane!

Appoggiandomi la mano sulla schiena, ha cercato di spingermi fuori. «Non dovresti venire qui. Potresti cacciarti nei guai.»

Gli ho afferrato la mano. «Non dovresti essere qui nemmeno tu.» Ho fatto per trascinarlo fuori, ma ha ritirato il braccio. «Questa notte puoi dormire sul pavimento della mia camera. Chiuderò la porta a chiave. Non puoi restare qui. Fa troppo freddo. Potresti prendere la polmonite e morire.»

Aveva un'aria perplessa. Sono certa che il pensiero di essere pizzicato in camera mia fosse spaventoso quanto l'idea della morte per polmonite. Si è voltato verso il salotto, poi ha annuito. «Okay.»

Dimmi, Ellen. Ho sbagliato a farlo dormire da me? Non credo. Mi è sembrato di fare la cosa giusta. Ma di sicuro sarei finita in un mare di guai se mi avessero scoperto. Atlas ha dormito sul pavimento, dunque gli ho soltanto offerto un posto caldo in cui riposare.

Ieri sera ho scoperto qualcosa in più su di lui. Dopo averlo fatto entrare di nascosto, ho chiuso a chiave la porta della mia camera e gli ho preparato un giaciglio accanto al mio letto. Ho puntato la sveglia alle sei, precisando che avrebbe dovuto alzarsi e sparire prima del risveglio dei miei, perché certe mattine mia madre viene a chiamarmi.

Mi sono infilata sotto le coperte, scivolando verso il bordo del materasso per guardarlo mentre parlavamo. Gli ho chiesto per quanto tempo pensasse di restare nella vecchia casa, ma lui non lo sapeva. Allora gli ho domandato come fosse finito lì. L'abat-jour era ancora acceso e sussurravamo appena, ma in quel momento Atlas si è chiuso nel silenzio, fissandomi per un istante con le mani sotto la nuca. «Non so chi sia il mio vero padre», ha detto poi. «Non ha mai avuto a che fare con me. Siamo sempre stati io e mia madre, ma lei si è risposata circa cinque anni fa con un uomo che non mi ha mai voluto bene. Litigavamo spesso. Quando ho compiuto diciotto anni qualche mese fa, abbiamo avuto una violenta discussione e mi ha sbattuto fuori a calci.»

Ha fatto un profondo respiro come se non volesse raccontarmi altro. Però poi ha ricominciato. «Da allora sono stato ospite di un amico e della sua famiglia, finché suo padre non è stato trasferito in Colorado, così hanno traslocato. Non potevano portarmi con sé, naturalmente. Erano stati gentili ad accogliermi, e lo sapevo, così ho detto loro di aver parlato con mia madre e che sarei tornato a casa. Invece, quando sono partiti, non avevo un posto in cui stare. Così ho chiesto a mia madre di potermi fermare fino al diploma. Ma lei me l'ha proibito, dicendomi che il mio patrigno si sarebbe arrabbiato.»

Ha girato la testa verso la parete. «Da quel momento ho vagabondato qua e là per qualche giorno fin quando non ho visto quella vecchia casa. Ho pensato di restare finché non avessi trovato di meglio, o fino al diploma. Mi sono arruolato nei Marines, perciò devo solo resistere fino a maggio.»

Mancano sei mesi a maggio, Ellen. Sei mesi.

Quando ha finito, avevo le lacrime agli occhi. Gli ho domandato perché non avesse chiesto aiuto a qualcuno. Ci ha provato, ha risposto, ma per un adulto è più difficile che per un bambino, e lui ha già diciotto anni. Qualcuno gli ha dato il numero dei rifugi che avrebbero potuto ospitarlo. Ce ne sono tre nel raggio di trenta chilometri dalla città, ma due sono per donne maltrattate. L'altro è per i senzatetto, ma ha pochi posti ed è troppo lontano dalla scuola. In più, devi fare una fila chilometrica per vedere se ti assegnano un letto. Ha fatto un tentativo, ha aggiunto, ma si sente più al sicuro nella vecchia casa.

Da ragazza ingenua quale sono quando si tratta di situazioni come la sua, ho osservato: «Ma non ci sono altre possibilità? Non puoi dire allo psicologo della scuola che cosa ha fatto tua madre?»

È troppo grande per essere dato in affido, ha spiegato. Ha diciotto anni, dunque sua madre non avrà nessuna grana per non avergli permesso di tornare a casa. Ha detto che la settimana scorsa ha fatto richiesta per i buoni spesa, ma non è riuscito a trovare né un passaggio né i soldi per l'appuntamento. Per non parlare del fatto che non ha la macchina, perciò fa fatica a trovare lavoro, anche se continua a cercarlo. Il pomeriggio, dopo essersene andato da casa mia, va a consegnare i CV, ma non ha un indirizzo né un telefono da scrivere sui moduli, e questo è un ulteriore problema.

Giuro, Ellen, aveva una risposta per ogni mia domanda. È come se avesse fatto il possibile per non ritrovarsi nella situazione in cui è, ma là fuori non c'è abbastanza solidarietà per le persone come lui. Ero così in collera che gli ho dato del pazzo per essersi arruolato. «Perché diavolo dovresti servire un Paese che ti ha abbandonato al tuo destino?» ho detto a voce alta.

Sai cos'ha risposto, Ellen? «Non è colpa del Paese se a mia madre non frega un cazzo di me.» Quindi, con gli occhi pieni di tristezza, ha spento l'abat-jour. «Buonanotte, Lily», ha concluso.

Non ho dormito molto. Ero troppo furiosa. Non so nemmeno il perché. Rimuginavo sul nostro Paese e sul mondo intero, e su quanto sia assurdo che le persone non facciano di più l'una per l'altra. Non ho idea di quando gli esseri umani abbiano iniziato a pensare soltanto a se stessi. Forse è sempre stato così. Mi domando quante persone come Atlas ci siano là fuori e se nella nostra scuola ci siano altri ragazzi senzatetto.

Ci vado ogni giorno e, il più delle volte, la detesto, ma non mi è mai venuto in mente che per alcuni studenti potrebbe essere l'unica casa disponibile. È l'unico posto dove Atlas può andare con la certezza che gli diano da mangiare.

Non riuscirò mai più a rispettare i ricchi, sapendo che decidono intenzionalmente di spendere i loro soldi in beni di lusso anziché impiegarli per aiutare gli altri.

Senza offesa, Ellen. So che sei ricca, ma non mi riferisco alle persone come te. Ho visto quanto hai fatto per gli altri nel tuo programma e tutti gli enti benefici che sostieni. Ma so che ci sono molti ricchi egoisti. E molti borghesi egoisti. Guarda i miei genitori. Non siamo ricchi, ma di sicuro non siamo troppo poveri per non dare una mano agli altri. Eppure, credo che mio padre non abbia mai dato nemmeno un centesimo in beneficenza.

Ricordo che una volta siamo entrati in un minimarket dove un vecchio raccoglieva fondi per l'Esercito della salvezza. Ho chiesto a mio padre se potessimo fare un'offerta e ha risposto di no, dicendo che lavora sodo per guadagnarsi lo stipendio e che io non lo avrei sperperato. Non era colpa sua se gli altri non si davano da fare, mi ha detto. Per tutto il tempo in cui siamo rimasti al minimarket mi ha parlato di come le persone si approfittino del governo, osservando che il problema non si risolverà mai finché non riceveranno i sussidi statali.

Gli ho creduto. È stato tre anni fa, e per tutto questo tempo ho pensato che i senzatetto fossero tali perché pigri, tossici o sfaticati. Ma ora so che non è così. Certo, mio padre ha detto cose in parte vere, ma ha dipinto gli scenari più pessimistici. Non tutti sono senzatetto per scelta. Alcuni lo sono perché non hanno abbastanza aiuto.

Il problema sono le persone come lui. Invece di dare una mano agli altri, usano gli scenari peggiori per giustificare il proprio egoismo e la propria avidità.

Io non sarò mai così. Giuro che da grande farò il possibile per aiutare il prossimo. Sarò come te, Ellen, anche se probabilmente non così ricca.

Lily

9

Mi appoggio il diario sul petto. Mi stupisco delle lacrime che mi scorrono lungo le guance. Ogni volta che riprendo a leggere, penso che andrà tutto bene, perché ormai è trascorso così tanto tempo che non proverò più i sentimenti di allora.

Sono davvero stupida. Ho voglia di abbracciare moltissime persone del passato, specie mia madre perché, nell'ultimo anno, non mi sono soffermata troppo su quanto ha dovuto sopportare prima della morte di mio padre. So che probabilmente ancora ne soffre.

Prendendo il telefono per chiamarla, mi accorgo che ci sono quattro messaggi di Ryle. Il mio cuore perde un battito. *Non posso credere di aver tolto la suoneria!* Poi alzo gli occhi al cielo, arrabbiata con me stessa, perché *non* dovrei essere così entusiasta.

RYLE: Stai dormendo?
RYLE: Immagino di sì.
RYLE: Lily...
RYLE: :(

La faccina triste è arrivata dieci minuti fa. Premendo RISPONDI scrivo: «No. Non sto dormendo». Una decina di secondi dopo ricevo un altro messaggio.

RYLE: Bene. Sto salendo le scale del tuo palazzo in questo momento. Arrivo subito.

Sorridendo, salto giù dal letto. Vado in bagno e mi guardo allo specchio. *Niente male.* Corro nell'ingresso e apro la porta proprio nel momento in cui lui spunta dalle scale. Praticamente si trascina lungo l'ultimo gradino, per poi fermarsi a riposare quando raggiunge la soglia. Ha l'aria esausta, con borse scure sotto gli occhi arrossati. Mi stringe la vita con le braccia e mi tira a sé, affondandomi la faccia nel collo.

«Profumi di buono.»

Lo faccio entrare. «Hai fame? Ti preparo qualcosa da mangiare.»

Scuote la testa mentre si toglie il giubbotto, così evito la cucina e mi dirigo verso la camera. Mi segue, quindi getta il giubbotto sullo schienale della poltrona. Si sfila le scarpe e le spinge contro la parete.

Indossa la divisa chirurgica.

«Sembri stanco», dico.

Mi appoggia le mani sui fianchi. «Sì, ho partecipato a un intervento di diciotto ore.» Piegandosi, mi bacia il tatuaggio sulla clavicola.

Non mi stupisce che sia sfinito. «Com'è possibile? Diciotto *ore*?»

Annuisce, quindi mi porta accanto al letto, facendomi sedere vicina a lui. Ci sistemiamo l'uno di fronte all'altra e dividiamo un cuscino. «Sì, ma è stato straordinario. Innovativo. Ne scriveranno nelle riviste mediche, e io ero presente, perciò non mi lamento. Sono solo esausto.»

Gli do un leggero bacio sulla bocca. Mi mette la mano sulla

guancia, tirandosi indietro. «Forse non vedi l'ora di passare una notte di sesso infuocato, ma stasera non ho abbastanza energia. Mi dispiace. Però mi sei mancata e, per qualche ragione, riposo meglio quando dormo con te. Va bene se resto qui?»

«Altroché.»

Mi dà un bacio sulla fronte, prendendomi la mano e tenendola tra noi sul cuscino. Chiude gli occhi, ma io li tengo aperti e lo osservo. Ha il tipo di lineamenti da cui le persone rifuggono, perché ci si potrebbe smarrire. E pensare che io posso guardare questo viso per tutto il tempo. Non devo sentirmi in imbarazzo e distogliere lo sguardo, perché Ryle è mio.

Forse.

Questo è un periodo di prova. Non devo dimenticarlo.

Dopo un minuto, mi lascia la mano, cominciando a flettere le dita. Mi domando come debba essere... restare in piedi così a lungo e usare le proprie capacità di motricità fine per diciotto ore di fila. Non mi vengono in mente molte cose altrettanto stancanti.

Sgusciando via dal letto, recupero una lozione in bagno. Tornando di là, mi siedo di fronte a lui a gambe incrociate. Mi verso un po' di crema sul palmo, quindi mi poso il suo braccio sulle ginocchia. Aprendo gli occhi, mi sbircia.

«Che cosa fai?» borbotta.

«*Sssh*... Continua a dormire.» Gli premo i pollici nel palmo, ruotandoli verso l'alto e verso l'esterno. Abbassa le palpebre, gemendo nel cuscino. Gli massaggio la mano per cinque minuti circa prima di passare all'altra. Tiene gli occhi chiusi per tutto il tempo. Quando ho finito, lo giro a pancia in giù e mi metto a cavalcioni sulla sua schiena. Mi aiuta a liberarlo della casacca, ma ha le braccia molli.

Gli massaggio le spalle, il collo, il dorso e i bicipiti. Infine, mi stendo al suo fianco.

Gli friziono il cuoio capelluto quando alza le palpebre. «Lily?» sussurra, guardandomi con espressione sincera. «Potresti essere la cosa migliore che mi sia mai capitata.»

Queste parole mi avvolgono come una coperta calda. Non so che cosa rispondere. Mi mette delicatamente la mano sulla guancia, studiandomi con occhi penetranti. Lentamente si china per premere la bocca contro la mia. Mi aspetto un bacio rapido, invece non si stacca. La punta della sua lingua mi scivola sulle labbra, schiudendole dolcemente. Il suo calore mi strappa un gemito.

Mi gira sulla schiena e mi accarezza lungo tutto il corpo, fino all'anca. Si avvicina, facendomi scorrere le dita sulla coscia. Si preme contro di me, scatenando un'ondata di eccitazione. Afferrando una ciocca dei suoi capelli, sussurro contro la sua bocca: «Credo che abbiamo aspettato abbastanza. Vorrei che mi scopassi subito».

Con rinnovata energia, mi libera della maglietta. Segue un interludio fatto di mani, mugolii, lingue e sudore. Mi sembra di essere toccata da un uomo per la prima volta. I pochi che l'hanno preceduto erano ragazzi, tutti mani nervose e bocche esitanti. Ma Ryle è sicuro di sé. Sa esattamente dove toccarmi e come baciarmi.

L'unico momento in cui non dedica al mio corpo la sua attenzione assoluta è quando raccoglie il portafoglio dal pavimento e tira fuori un profilattico. Dopo essere tornato sotto le coperte e aver infilato il preservativo, non ha la minima incertezza. Quando mi prende sfacciatamente con un rapido affondo, trasalisco e sento tendersi ogni muscolo.

La sua bocca calda e avida mi bacia ovunque riesca ad arrivare. Sono in preda a un tale senso di vertigine da non avere altra scelta se non arrendermi. Mi scopa senza freni, mettendo la mano tra la testiera e il mio capo mentre spinge sempre più forte, con il letto che sbatte contro la parete.

Le mie unghie gli si conficcano nella pelle della schiena non appena si abbandona contro il mio collo.

«Ryle», bisbiglio.

«*Oddio*», dico.

«Ryle!» urlo.

Infine, gli morsico la spalla per soffocare i suoni successivi. Il piacere mi pervade dalla testa ai piedi.

Per un momento temo di svenire, così gli allaccio le gambe intorno alla vita. Si irrigidisce. «*Santo cielo*, Lily.» Scosso da un tremito, si schiaccia un'ultima volta contro di me. Manda un mugolio, restando immobile sopra di me. Raggiunto l'orgasmo, rovescio la testa sul cuscino.

Passa un minuto buono prima di riuscire a muoverci, e anche allora decidiamo di non farlo. Ryle preme la faccia contro la federa, respirando profondamente. «Non riesco...» Tirandosi indietro, mi guarda con occhi pieni di... Non so cosa sia. Dopo avermi baciata, dice: «Avevi ragione».

«Riguardo a cosa?»

Si stacca lentamente, puntellandosi sui gomiti. «Mi avevi avvisato che una volta non sarebbe bastata. Hai detto che sei come una droga, ma non hai specificato che sei del tipo capace di dare più dipendenza in assoluto.»

10

«Posso farti una domanda personale?»

Allysa annuisce mentre dà gli ultimi ritocchi a un mazzo di fiori da consegnare a domicilio. Mancano tre giorni all'inaugurazione ufficiale, e siamo sempre più indaffarate.

«Quale?» Voltandosi, si appoggia al bancone e si tormenta le unghie.

«Non sei obbligata a rispondere, se non vuoi.»

«Be', non rispondo se non mi fai la domanda.»

Non ha tutti i torti. «Tu e Marshall fate beneficenza?»

Sembra confusa. «Sì. Perché?»

«Ero solo curiosa. Non volevo giudicarti o cose simili. È soltanto che ultimamente sto meditando di fondare un ente benefico.»

«Di che tipo? Facciamo donazioni a diverse organizzazioni, ora che abbiamo i soldi, ma la mia preferita è quella con cui siamo entrati in contatto l'anno scorso. Costruiscono scuole in altri Paesi. Ne abbiamo finanziate tre solo negli ultimi dodici mesi.»

Sapevo che mi piaceva per un motivo.

«Non ho così tanti soldi, ovviamente, ma vorrei fare *qualcosa*. Anche se non so ancora cosa.»

«Prima pensiamo all'inaugurazione e poi ti dedicherai alla filantropia. Un sogno alla volta.» Gira intorno al bancone e raccoglie il cestino della spazzatura. La guardo mentre estrae il sacchetto e lo annoda, e mi domando perché – se ha persone che si occupano di ogni cosa – voglia fare un lavoro che richiede di portare fuori l'immondizia e sporcarsi le mani.

«Perché lavori qui?» chiedo.

Sorride. «Perché tu mi piaci.» Ma poi noto il suo sguardo triste prima che si volti per portare il sacchetto nel retro. Quando torna, la osservo ancora con curiosità.

«Perché lavori qui?» ripeto.

Si ferma, fa un lungo respiro, quasi stesse decidendo se essere sincera con me. Tornando al bancone, si appoggia e incrocia le caviglie.

«Perché», dice guardandosi i piedi, «non riesco a rimanere incinta. Ci proviamo da due anni, ma nessun metodo ha funzionato. Ero stanca di stare a casa a piangere per tutto il tempo, così ho deciso di trovare qualcosa che mi occupasse la mente.» Raddrizzandosi, si pulisce le mani sui jeans. «E tu, Lily Bloom, mi tieni *molto* occupata.» Si gira e riprende ad armeggiare con lo stesso bouquet. Lo sta sistemando da mezz'ora. Prendendo un biglietto, lo infila tra i fiori, infine si volta e mi porge il vaso. «Questi sono per te, a proposito.»

È evidente che vuole cambiare argomento, perciò la assecondo. «Che cosa intendi?»

Spazientita, agita la mano verso il mio ufficio. «È scritto sul biglietto. Va' a leggerlo.»

Dalla sua reazione irritata capisco che il mittente è Ryle. Al settimo cielo, corro di là e, dopo essermi seduta alla scrivania, tiro fuori il biglietto.

Lily,
comincio ad avere gravi crisi di astinenza.

Ryle

Felice, lo rimetto nella busta. Recuperando il telefono, mi faccio un selfie con i fiori in mano e la lingua fuori. Glielo invio.

IO: Te l'avevo detto.

Inizia subito a rispondere. Guardo ansiosamente i puntini che si muovono avanti e indietro sullo schermo.

RYLE: Ho bisogno della prossima dose. Smonto tra trenta minuti circa. Posso invitarti a cena?

IO: Non posso. La mamma vuole che provi un nuovo ristorante con lei stasera. È un'insopportabile buongustaia.

RYLE: Adoro il cibo. Mi piace abbuffarmi. Dove la porti?

IO: Al *Bib's*, sulla Marketson.

RYLE: C'è posto per una persona in più?

Fisso il suo messaggio per un istante. *Vuole conoscere mia madre?* Non stiamo nemmeno ufficialmente insieme. Insomma… non sarebbe un *problema* se la conoscesse. Lei andrebbe in brodo di giuggiole. Ma è passato da non volere una relazione ad accettarne una di prova, a voler conoscere la futura suocera, tutto nel giro di cinque giorni? *Santo cielo.* Sono davvero una *droga*.

IO: Certo. Ci vediamo lì tra mezz'ora.

Uscendo dall'ufficio, vado dritta da Allysa e le mostro il cellulare. «Vuole conoscere mia madre.»

«Chi?»

«Ryle.»

«Mio fratello?» È sorpresa quanto me.

«Sì, tuo fratello. *Mia madre.*»

Sfilandomi il telefono dalle dita, legge i messaggi. «Che strano.»

Lo riprendo. «Grazie per l'incoraggiamento.»

Ride. «Sai a cosa mi riferisco. È di Ryle che parliamo. Non ha mai conosciuto i genitori di una ragazza in vita sua.»

Naturalmente mi fa molto piacere, ma poi mi chiedo se Ryle

lo faccia solamente per accontentarmi, se faccia cose che non vuole fare davvero unicamente perché sa che voglio una relazione.

Poi sono ancora più soddisfatta, perché non è questo l'obiettivo? Sacrificarsi per la persona che ti piace con l'unico scopo di vederla felice?

«Devo *proprio* piacergli molto», la punzecchio. La guardo, aspettandomi che scoppi a ridere, ma ha un'aria solenne.

«Temo di sì.» Recupera la borsetta da sotto il bancone. «Vado. Fammi sapere come va, okay?» Dopo che è uscita, fisso la porta a lungo.

Mi preoccupa che non sembri contenta della possibile relazione tra me e Ryle, e mi chiedo se dipenda dai suoi sentimenti verso di me o verso di lui.

Venti minuti dopo giro il cartello su CHIUSO. *Ancora pochi giorni.* Chiudo a chiave e vado verso l'auto, ma mi fermo di colpo quando vedo un uomo appoggiato alla portiera. Mi occorre un momento per riconoscerlo. Voltato nell'altra direzione, sta parlando al telefono.

Credevo che l'appuntamento fosse al ristorante, ma non importa.

Il clacson suona quando premo il tasto SBLOCCA e Ryle si gira e mi sorride. «Sì, d'accordo», dice al cellulare. Circondandomi le spalle con il braccio, mi tira a sé e mi dà un bacio sulla testa. «Ne parliamo domani», prosegue. «È appena saltata fuori una cosa importante.»

Riaggancia e si infila il telefono in tasca, quindi mi bacia con passione. Mi mette le braccia intorno alla vita, premendomi contro la fiancata della macchina, dove ricomincia a baciarmi finché le vertigini non mi assalgono di nuovo. Quando si stacca, mi guarda compiaciuto.

«Sai qual è la parte di te che più mi fa impazzire?» Mi posa le dita sulla bocca, seguendo il profilo del mio sorriso. «Queste.

Le tue labbra. Mi piace che siano rosse come i tuoi capelli e che tu non debba nemmeno usare il rossetto.»

Gli bacio i polpastrelli. «Allora ti terrò lontano da mia madre, perché tutti dicono che abbiamo la stessa bocca.»

Toglie le dita, tornando serio. «Lily… *no*.»

Rido, aprendo lo sportello. «Andiamo con due auto diverse?»

Mi fa salire. «Ho preso un Uber dall'ospedale. Facciamo il viaggio insieme.»

Quando arriviamo, mia madre è già seduta a un tavolo e dà le spalle alla porta.

Rimango subito colpita dal ristorante. La mia attenzione viene immediatamente catturata dai colori caldi e neutri delle pareti e dall'albero a grandezza quasi naturale al centro della sala. Sembra crescere direttamente dal pavimento, quasi che il locale fosse stato progettato intorno al tronco. Ryle mi segue da vicino, tenendomi una mano sulla schiena. Una volta raggiunto il tavolo, mi tolgo il giubbotto. «Ciao, mamma.»

Alza gli occhi dal cellulare. «Ciao, tesoro.» Rimettendolo nella borsetta, fa un gesto che abbraccia l'intero ristorante. «Lo adoro. Guarda l'illuminazione.» Indica verso l'alto. «I lampadari mi ricordano qualcosa che potresti coltivare in uno dei tuoi giardini.» Soltanto allora si accorge di Ryle, che resta pazientemente al mio fianco mentre scivolo nel séparé. La mamma gli sorride. «Due bicchieri d'acqua, per favore.»

I miei occhi saettano verso Ryle, poi di nuovo verso di lei. «*Mamma.* Lui è con me. Non è il cameriere.»

Lo guarda confusa. Ryle si limita a sorridere, tendendo la mano. «Errore comprensibile, signora. Sono Ryle Kincaid.»

Lei gliela stringe, spostando lo sguardo tra noi due. Lui si siede. La mamma sembra un po' agitata quando finalmente dice: «Jenny Bloom. Piacere di conoscerti». Poi, a me: «Un tuo amico, Lily?»

Stento a credere di non essermi preparata meglio per questo momento. Come diavolo glielo presento? Come un periodo di prova? Non posso dire *partner*, ma nemmeno *amico*. *Fidanzato* suona un po' antiquato.

Notando la mia esitazione, Ryle mi mette la mano sul ginocchio e me lo stringe con fare rassicurante. «Mia sorella Allysa lavora per Lily. L'ha già conosciuta?»

«Oh sì! Certo! Ora che me l'hai detto, vi assomigliate come due gocce d'acqua. Avete gli stessi occhi. E la stessa bocca.»

«Abbiamo preso entrambi da nostra madre.»

«Le persone dicono sempre che Lily ha preso da me.»

«Sì. Bocche identiche. Incredibile.» Mi stringe di nuovo il ginocchio sotto il tavolo mentre mi sforzo di trattenere una risata. «Signore, se volete scusarmi, devo andare alla toilette.» Mi bacia sulla tempia prima di alzarsi. «Se arriva il cameriere, prendo soltanto un bicchiere d'acqua.»

Mia madre lo segue con lo sguardo, poi si volta lentamente. Indica prima me, quindi il posto vuoto. «Come mai non ho mai sentito parlare di questo ragazzo?»

«Le cose sono un po'... Non è esattamente...» Non ho idea di come spiegare la situazione. «Lavora moltissimo, perciò non abbiamo passato molto tempo insieme. In realtà, questa è la prima volta che usciamo a cena.»

«Davvero? Sicuramente non dà questa impressione. Insomma, sembra molto in confidenza con te. Non è un comportamento normale con qualcuno che hai appena conosciuto.»

«Non ci siamo appena conosciuti. È passato quasi un anno dal nostro primo incontro. E abbiamo trascorso del tempo insieme, ma senza uscire. Lavora molto.»

«Dove?»

«Al Massachusetts General Hospital.»

Ha praticamente gli occhi fuori dalle orbite. «Fa il *medico*?» bisbiglia.

Annuisco, nascondendo un sorriso. «Il neurochirurgo.»

«Posso portarvi qualcosa da bere, signore?» chiede il cameriere.

«Sì», rispondo. «Prendiamo tre...»

Chiudo la bocca. Io fisso lui e lui fissa me. Ho il cuore in gola. Non riesco più a parlare.

«Lily?» La mamma accenna al cameriere. «Aspetta l'ordinazione.»

«Io... ecco...» balbetto.

«Tre bicchieri d'acqua», mi interrompe la mamma.

Lui si riscuote dalla trance quanto basta per picchiettare con la matita sul bloc-notes. «Tre bicchieri d'acqua. Arrivano subito.» Si allontana, ma mi lancia un'occhiata prima di entrare in cucina.

«Cosa diavolo ti è preso?» domanda mia madre.

Indico con il pollice sopra la spalla. «Il cameriere. Sembra proprio...»

Sto per dire: *Atlas Corrigan*, quando torna Ryle.

Risedendosi, sposta lo sguardo dall'una all'altra. «Che cosa mi sono perso?»

Deglutisco a fatica, incredula. *Sicuramente non è Atlas.* Ma quegli occhi... quella bocca. So che sono passati anni dall'ultima volta che l'ho visto, ma non dimenticherò mai i suoi lineamenti. *Deve* essere lui. Sono certa che lo sia e che mi abbia riconosciuta anche lui, perché non appena i nostri occhi si sono incrociati... pareva che avesse visto un fantasma.

«Lily?» Ryle mi stringe la mano. «Tutto bene?»

Sforzandomi di sorridere, mi schiarisco la voce. «Sì, parlavamo di te.» Guardo mia madre. «Questa settimana Ryle ha partecipato a un intervento di diciotto ore.»

Lei ascolta con interesse. Lui inizia a parlare dell'operazione. Arriva un altro cameriere, che ci chiede se abbiamo già consultato il menu ed elenca le specialità della casa. Ordiniamo e io faccio il possibile per concentrarmi, ma non posso fare a meno di cercare Atlas con gli occhi. *Ho bisogno di riflettere.* Dopo qualche minuto, mi chino verso Ryle. «Devo andare alla toilette.»

Si alza per farmi passare e, mentre attraverso la sala, scruto il viso di ogni cameriere. Spingo la porta che dà sul corridoio con i bagni. Non appena sono sola, appoggio la schiena alla parete, piegandomi e respirando a fondo. Decido di concedermi un momento per calmarmi prima di tornare di là. Mi porto le mani alla fronte, chiudendo gli occhi.

Per nove anni mi sono domandata che cosa ne fosse stato di lui. Nove *anni*.

«Lily?»

Trasalisco. È in fondo al corridoio come uno spettro ricomparso direttamente dal passato. Gli controllo i piedi per assicurarmi che non sia sospeso nell'aria.

No. È reale, ed è proprio davanti a me.

Resto schiacciata contro la parete, senza sapere che dire. «Atlas?»

Non appena pronuncio il suo nome, si lascia sfuggire un rapido sospiro di sollievo, quindi fa tre lunghi passi avanti. Mi sorprendo a imitarlo. Ci incontriamo a metà strada, gettandoci le braccia al collo. «Cazzo», dice stringendomi forte.

«Già. Cazzo.»

Posandomi le mani sulle spalle, indietreggia per studiarmi. «Non sei cambiata di una virgola.»

Mi copro la bocca con la mano, ancora scioccata, e lo osservo. Il viso è identico, ma lui non è più l'adolescente scheletrico che ricordavo. «Non posso dire lo stesso di te.»

Si guarda ridendo. «Sì. Otto anni nell'esercito fanno questo effetto.»

Siamo entrambi sorpresi, perciò non aggiungiamo altro, scuotendo la testa e ridendo sbalorditi. Infine, Atlas incrocia le braccia. «Che cosa ci fai a Boston?»

Gli sono grata per il tono indifferente. Forse ha dimenticato la conversazione su Boston di tanti anni ormai, cosa che mi risparmierebbe un notevole imbarazzo.

«Vivo qui.» Ce la metto tutta per sembrare altrettanto indifferente. «Ho un negozio di fiori in Park Plaza.»

Non sembra affatto sorpreso. Lancio un'occhiata alla porta, consapevole di dover tornare di là. Se ne accorge e fa un altro passo indietro, sostenendo il mio sguardo per un attimo. Scende un silenzio assoluto. Abbiamo così tanto da raccontarci che non sappiamo da dove cominciare. Rabbuiandosi, indica la porta. «Probabilmente dovresti tornare a tavola. Prima o poi vengo a trovarti. Hai detto Park Plaza, giusto?»

Annuisco.

Annuisce.

La porta si spalanca, rivelando una donna con un bambino. Ci passa in mezzo, aumentando ancora di più la distanza tra noi. Mi avvio, ma Atlas resta immobile. Prima di uscire, mi volto. «È stato bello vederti.»

Fa un sorriso malinconico. «Anche per me.»

Non apro quasi bocca per il resto della cena. Non sono sicura che Ryle o mia madre lo notino, però, perché lei continua a tempestarlo di domande. Lui se la cava brillantemente, sfoderando il giusto tipo di fascino.

L'incontro inaspettato con Atlas mi ha messo in subbuglio le emozioni ma, quando finiamo di mangiare, Ryle mi ha ormai restituito la calma.

La mamma si pulisce la bocca con il tovagliolo, poi mi punta contro l'indice. «Nuovo ristorante preferito. Fantastico.»

Ryle le dà ragione. «Sono d'accordo. Devo portare qui Allysa. Ama provare nuovi ristoranti.»

Il cibo è ottimo, ma l'ultima cosa di cui ho bisogno è che uno dei due voglia tornare. «Discreto», commento.

Ryle paga il conto, naturalmente, e poi insiste perché accompagniamo mia madre alla macchina. Dalla sua espressione orgogliosa intuisco che lei mi chiamerà più tardi per parlare di lui.

Una volta che se n'è andata, Ryle viene con me verso l'auto. «Ho ordinato un Uber, così non devi allungare la strada per portarmi a casa. Abbiamo circa...» Controlla il telefono. «Un minuto e mezzo per limonare...»

Mettendomi le braccia intorno alla vita, mi bacia prima sul collo e poi sulla guancia. «Mi autoinviterei volentieri, ma ho un intervento domattina presto e so che il mio paziente lo apprezzerà se non passerò la maggior parte della notte dentro di te.»

Ricambio i baci con un misto di delusione e sollievo. «L'inaugurazione ufficiale è tra qualche giorno. Forse anch'io dovrei dormire.»

«Quand'è il tuo prossimo giorno libero?»

«Mai. E il tuo?»

«Mai.»

«Siamo condannati. Tra noi ci sono troppa determinazione e troppo successo.»

«Dunque, la fase della luna di miele durerà finché non avremo ottant'anni. Ci vediamo all'inaugurazione venerdì e poi noi quattro usciamo a festeggiare.» Un'automobile si ferma accanto a noi e Ryle mi affonda la mano tra i capelli, dandomi un ultimo bacio. «A proposito, tua madre è meravigliosa. Grazie per avermi fatto venire a cena.»

Dopo che è salito in macchina, lo seguo con gli occhi finché l'Uber non esce dal parcheggio.

Quest'uomo mi piace da morire.

Mi giro verso la mia auto ma, quando lo vedo, mi porto una mano al cuore e sussulto.

Accanto al bagagliaio c'è Atlas. «Scusa, non volevo spaventarti.»

«Be', l'hai fatto.» Mi appoggio allo sportello mentre lui rimane dov'è, a un metro di distanza. Guarda verso la strada.

«Chi è il fortunato?»

«È...» La voce mi manca. È tutto molto strano. Ho ancora il fiato corto e lo stomaco sottosopra, e non capisco se la colpa sia dell'emozione per aver baciato Ryle o della presenza di Atlas. «Si chiama Ryle. Ci siamo conosciuti circa un anno fa.»

Mi pento subito di quest'ultima precisazione. Dà l'impressione che io e Ryle ci frequentiamo da molto tempo, mentre non stiamo neppure ufficialmente insieme. «E tu? Sei sposato? Hai una ragazza?»

Non saprei dire se gliel'ho chiesto per continuare la conversazione o per curiosità.

«Sì. Si chiama Cassie. Stiamo insieme da quasi un anno.»

Bruciore di stomaco. Temo di avere il bruciore di stomaco. *Un anno?* Mi appoggio la mano sul petto. «Magnifico. Sembri felice.»

Sembra felice? Non ne ho idea.

«Sì. Be'... sono contento di averti vista.» Fa per andarsene, ma poi si volta, con le mani nelle tasche posteriori. «Aggiungo che... è un peccato che non sia successo un anno fa.»

Sussulto e tento di impedire alle sue parole di attecchire nella mia mente. Torna verso il ristorante.

Armeggiando con le chiavi, premo il pulsante per sbloccare le portiere. Scivolo dentro e chiudo lo sportello, afferrando il volante. Per qualche ragione, una grossa lacrima patetica e ingiustificata mi riga la guancia. La asciugo, schiacciando il tasto di accensione.

Non mi aspettavo tutto questo dolore dopo averlo rivisto.

Ma va bene così. È successo per un motivo. Il mio cuore aveva bisogno di dirgli addio prima di donarsi a Ryle, ma forse non ci sarei riuscita senza questo incontro inatteso.

È stata una fortuna.

Sì, piango.

Ma mi riprenderò. È nella natura umana guarire le vecchie ferite prima di costruire un nuovo strato di pelle.

Tutto qui.

11

Mi rannicchio nel letto e lo fisso.

L'ho quasi finito. Non mi restano molte annotazioni.

Recuperando il diario, lo appoggio sul cuscino accanto a me.

«Non ho intenzione di leggerti», sussurro.

Però, se lo faccio, potrò chiudere questo capitolo della mia vita. Aver visto Atlas stasera e sapere che ha una ragazza, un lavoro e molto probabilmente una casa è sufficiente per buttarmi ogni cosa alle spalle. Se termino questo cazzo di diario, potrò rimetterlo nella scatola senza doverlo mai più riaprire.

Alla fine, lo prendo e mi rotolo sulla schiena. «Ellen DeGeneres, sei *veramente* una stronza.»

Cara Ellen,

«zitto e nuota».

Riconosci questa citazione? È ciò che Dory dice a Marlin in Alla ricerca di Nemo.

«Zitto e nuota e nuota e nuota.»

Non sono una grande appassionata di cartoni animati, ma ti faccio i complimenti per questo. Amo i cartoni animati che fanno ridere, ma che fanno anche provare qualcosa. Dopo oggi, penso che questo sarà il mio preferito, perché negli ultimi tempi ho avuto la sensazione di annegare, e certe volte le persone hanno bisogno che qualcuno ricordi loro di continuare a nuotare.

Atlas si è ammalato. Ammalato gravemente.

Entra dalla finestra e dorme sul pavimento ormai da qualche notte, ma ieri sera ho capito che qualcosa non andava non appena l'ho guardato. Era domenica, perciò non lo vedevo dalla sera prima, ma aveva una pessima cera. Aveva gli occhi rossi, la pelle pallida e i capelli fradici di sudore nonostante il freddo. Non gli ho neppure chiesto se stesse bene, perché sapevo già che non era così. Gli ho messo la mano sulla fronte, e scottava così tanto che per poco non ho chiamato mia madre.

«Mi riprenderò», ha detto, mentre si preparava il giaciglio. Gli ho detto di aspettare, quindi sono andata in cucina e gli ho versato un bicchiere d'acqua. Ho trovato un farmaco nell'armadietto. Era un antipiretico e non ero nemmeno sicura che fosse adatto, ma gliel'ho fatto prendere in ogni caso.

Era steso a terra in posizione fetale quando, circa mezz'ora dopo, ha detto: «Lily? Credo che mi serva un cestino della spazzatura».

Saltando su ho preso quello sotto la scrivania e mi sono inginocchiata accanto ad Atlas. Non appena l'ho messo sul pavimento, lui ci si è piegato sopra e ha cominciato a vomitare.

Dio, sono stata male per lui. Ammalarsi e non avere un bagno, un letto, una casa o una madre. Ha soltanto me e non sapevo neppure cosa fare.

Quando ha finito, gli ho dato un po' d'acqua e gli ho detto di infilarsi sotto le coperte. Si è rifiutato, ma non ho sentito ragioni. L'ho costretto a coricarsi, mettendo il cestino accanto al letto.

Era così caldo e tremava talmente forte che avevo paura di lasciarlo sul pavimento. Sono rimasta sdraiata al suo fianco, mentre lui ha vomitato ogni ora per le sei successive. Ho continuato a svuotare il cestino in bagno. Non voglio mentire, è stato disgustoso. La notte più disgustosa della mia vita, ma cos'altro potevo fare? Aveva bisogno del mio aiuto e non poteva contare su nessun altro.

Questa mattina, quando è arrivato il momento che lasciasse la mia camera, gli ho detto di tornare a casa, con la promessa di andare a trovarlo prima della scuola. Mi sorprende che abbia avuto l'energia di strisciare fuori dalla finestra. Ho lasciato il cestino della spazzatura vicino al letto, nell'attesa che la mamma venisse a svegliarmi. Quando è arrivata, l'ha visto e mi ha toccato subito la fronte. «Tutto bene?»

Ho mandato un gemito. «No. Sono stata sveglia tutta la notte a vomitare. Credo che ora sia passato, ma non ho chiuso occhio.»

Prendendo il cestino, mi ha consigliato di restare sotto le coperte, mentre lei avrebbe chiamato la scuola per avvisare della mia assenza. Dopo che è uscita per andare al lavoro, ho raggiunto Atlas e gli ho detto che poteva stare da me tutto il giorno. Continuava a vomitare, così gli ho lasciato usare la mia camera per dormire. Lo controllavo ogni mezz'ora circa e finalmente, verso l'ora di pranzo, ha smesso. Si è fatto una doccia e gli ho preparato una minestra.

Era troppo stanco persino per mangiarla. Ci siamo seduti sul divano e infilati sotto una coperta. Non so quando abbia cominciato a sentirmi abbastanza a mio agio per accoccolarmi accanto a lui, ma stavo bene. Qualche minuto dopo si è chinato per appoggiarmi le labbra sulla clavicola, tra la spalla e il collo. È stato un bacetto rapido, e non penso che volesse fare il romantico. È stato più che altro un gesto di ringraziamento muto. Ma ho provato ogni genere di emozioni. Ormai è passata qualche ora e mi sfioro di continuo quel punto con le dita, perché ancora percepisco il suo calore.

Probabilmente è stata la giornata peggiore della sua vita, Ellen, ma è stata una delle mie preferite.

Mi sento in colpa per questo.

Abbiamo guardato Alla ricerca di Nemo *e, quando è arrivata la parte in cui Marlin cerca Nemo e lui è davvero abbattuto, Dory gli dice: «Quando la vita si fa dura, sai che devi fare? Zitto e nuota, nuota e nuota, zitto e nuota e nuota e nuota».*

In quel momento, Atlas mi ha preso la mano. Non l'ha tenuta come un ragazzo tiene quella della sua ragazza, ma l'ha stretta come se volesse dire che quelli eravamo noi. Lui era Marlin e io Dory, e lo aiutavo a nuotare.

«Zitto e nuota», gli ho sussurrato.

Lily

Cara Ellen,

ho paura, molta paura.

Atlas mi piace molto. È il mio unico pensiero quando siamo insieme e la mia unica preoccupazione quando siamo lontani. La mia vita inizia a ruotare intorno a lui e non è un bene, ne sono certa. Ma non riesco a evitarlo e non so cosa farci, e ora potrebbe andarsene.

Ieri è tornato nella vecchia casa quando abbiamo finito di guardare Alla ricerca di Nemo *e poi, quando i miei si sono addormentati, si è intrufolato dentro dalla finestra. La notte precedente aveva dormito in camera mia perché stava male, e so che non dovevo farlo, ma ho messo le sue coperte nella lavatrice poco prima di coricarmi. Ha chiesto dove fosse il suo giaciglio e ho risposto che avrebbe dovuto dormire nuovamente nel letto perché volevo assicurarmi che le coperte fossero pulite in modo che non si ammalasse più.*

Per un attimo mi è sembrato che volesse andarsene, ma poi ha chiuso la finestra, si è tolto le scarpe e si è steso sul letto con me.

Non stava più male ma, quando si è sdraiato, ho pensato che mi avesse contagiata, perché avevo lo stomaco sottosopra. Però non stavo male. Ho sempre lo stomaco sottosopra quando Atlas è così vicino.

Eravamo rivolti l'uno verso l'altra. «Quando compi sedici anni?» mi ha detto.

«Tra due mesi», ho bisbigliato. Abbiamo continuato a fissarci e il cuore mi batteva sempre più forte. «E tu quando ne compi diciannove?» ho chiesto, cercando di parlare perché non si accorgesse che ansimavo.

«A ottobre.»

Annuendo, mi sono domandata perché fosse curioso riguardo alla mia età e che cosa pensasse delle quindicenni. Mi vede come una bambina? Come una sorella minore? Ho quasi sedici anni, e una differenza di due anni e mezzo non è così grave. Forse quando due persone hanno quindici e diciotto anni, può sembrare un po' tanto ma, una volta che ne avrò sedici, scommetto che nessuno si scandalizzerà per una differenza di due anni e mezzo.

«Devo dirti una cosa», ha annunciato Atlas.

Ho trattenuto il respiro, non riuscendo a immaginare cosa fosse.

«Oggi ho contattato mio zio. Io e mia madre vivevamo da lui a Boston. Ha detto che quando torna dal suo viaggio di lavoro, posso stare a casa sua.»

In quell'istante avrei dovuto essere felicissima per lui. Avrei dovuto sorridergli e congratularmi con lui. Invece ho sentito tutta l'immaturità dell'adolescenza quando ho chiuso gli occhi e ho provato dispiacere per me.

«Accetterai l'invito?»

«Non lo so. Volevo prima parlarne con te.»

Era così vicino che riuscivo a sentire il calore del suo respiro. Ho notato anche che profumava di menta e mi sono chiesta se prima di venire da me si lavasse i denti con l'acqua minerale. Ogni giorno lo mando a casa con moltissime bottiglie d'acqua.

Ho cominciato a giocherellare con una piuma che spuntava dal cuscino. L'ho tirata fuori e l'ho attorcigliata tra le dita. «Non so cosa dire. Sono contenta che tu abbia un posto dove stare. Ma la scuola?»

«Potrei finirla lì.»

Sembrava che avesse già deciso. «Quando parti?»

Mi sono domandata quanto sia lontana Boston. Probabilmente qualche ora, ma è una distanza impossibile quando non hai la macchina.

«Non sono ancora sicuro di andare.»

Lasciando cadere la piuma, mi sono appoggiata la mano sul fianco. «Cosa ti trattiene? Tuo zio ti ha offerto un alloggio. È una cosa buona, no?»

Ha stretto le labbra e ha annuito, poi ha preso la piuma e ha cominciato a tormentarla. Dopo averla rimessa sul cuscino, ha fatto una cosa che non mi aspettavo. Mi ha sfiorato le labbra.

Dio, Ellen. Ho temuto di morire in quel preciso istante. È stata la sensazione fisica più intensa mai provata. Si è soffermato con i polpastrelli sulla mia bocca per qualche secondo. «Grazie di tutto.» Mi ha accarezzato i capelli, poi si è chinato per darmi un bacio sulla fronte. Ansimavo così forte che ho dovuto aprire la bocca per prendere aria. Ho visto il suo petto alzarsi e abbassarsi velocemente quanto il mio. Mi ha guardata, soffermandosi sulle mie labbra. «Sei mai stata baciata?»

Scrollando il capo, ho inclinato il viso verso il suo perché volevo che rimediasse subito a quella mancanza, altrimenti non avrei respirato.

Infine, quasi come se fossi fatta di gusci d'uovo, ha coperto la mia bocca con la sua. Non sapevo che cosa fare, ma non mi importava. Non mi sarebbe importato se fossimo rimasti così per tutta la notte, senza neppure muovere le labbra. In quel momento non esisteva nient'altro.

La sua bocca si è chiusa sulla mia e ho percepito il tremito della sua mano. Imitandolo, ho cominciato a muovere le labbra. Ho sentito la punta della sua lingua che mi stuzzicava e ho creduto di svenire. L'ha fatto una seconda e una terza volta, così alla fine ho risposto. Quando le nostre lingue si sono toccate, ho accennato un sorriso, perché avevo sognato spesso il mio primo bacio. Dove sarebbe successo, con chi. Mai e poi mai avrei immaginato che sarebbe stato così.

Mi ha spinta giù, premendomi la mano contro la guancia e continuando a baciarmi. È diventato sempre più bello via via che prendevo confidenza. Il mio momento preferito è arrivato quando Atlas si è staccato per un secondo e mi ha guardata, per poi tornare alla carica con ancora più energia.

Non so per quanto tempo ci siamo baciati. Moltissimo, tanto che le labbra hanno cominciato a farmi male e le palpebre a chiudersi. Quando ci siamo addormentati, sono abbastanza sicura che la sua bocca fosse ancora sulla mia.

Non abbiamo più parlato di Boston.

Non so ancora se partirà.

Lily

Cara Ellen,

devo chiederti scusa.

È passata una settimana dall'ultima volta che ti ho scritto e che ho guardato il tuo programma. Non preoccuparti, continuo a registrarlo per non far calare gli indici di ascolto, ma ogni giorno scendiamo dall'autobus e, dopo che Atlas ha fatto una rapida doccia, limoniamo.

Ogni giorno.

È stupendo.

Non so il perché, ma mi sento molto a mio agio con lui. È molto dolce e premuroso. Non fa mai nulla che io non voglia, ma dopotutto finora non ha mai provato a fare nulla che io non volessi.

Non so fino a che punto confidarmi, perché noi due non ci siamo mai conosciute di persona. Ma permettimi di dire che se mai si era chiesto come fossero le mie tette…

Ora lo sa.

Non riesco minimamente a immaginare come le persone possano vivere un giorno dopo l'altro quando sono così attratte da qualcuno. Se dipendesse da me, ci baceremmo tutto il giorno e tutta la notte, senza fare niente a eccezione, forse, di chiacchierare un po'. Racconta storielle divertenti. Adoro quando è in vena di parlare, perché non succede spesso, ma gesticola molto. Un'altra cosa che fa regolarmente è sorridere, e amo il suo sorriso ancora più dei suoi baci. Certe volte gli dico di tacere e di smettere di sorridere, di baciarmi o di parlare, per poterlo osservare. Mi piace guardare i suoi occhi. Sono talmente azzurri che li vedrei anche dalla parte opposta di una stanza. L'unica cosa che non mi piace quando ci baciamo è che ogni tanto li chiude.

E no. Non abbiamo ancora parlato di Boston.

Lily

Cara Ellen,

ieri pomeriggio, in autobus, Atlas mi ha baciata. Non era una novità, perché ormai era accaduto spesso, ma è stata la prima volta che l'ha fatto in pubblico. Quando siamo insieme, tutto il resto sembra svanire, perciò non credo si sia preoccupato che le persone se ne accorgessero. Ma Katie se n'è accorta. Era seduta dietro di noi e l'ho sentita dire: «Disgustoso» non appena Atlas si è chinato a baciarmi.

Parlava con la ragazza accanto a sé quando ha aggiunto: «Non posso credere che Lily gli permetta di toccarla. È quasi sempre vestito uguale».

Ellen, ero furiosa. Mi sono anche sentita da schifo per Atlas. Si è staccato da me, senza nascondere la rabbia. Ero sul punto di girarmi verso Katie e cantargliene quattro per aver giudicato una persona che non conosce nemmeno, ma lui mi ha afferrato la mano.

«No, Lily.»

Ho obbedito.

Ma per il resto del viaggio ho avuto un diavolo per capello. Ero arrabbiata perché Katie aveva detto una cosa così ignorante esclusivamente per ferire qualcuno che considerava inferiore.

Mi infastidiva anche che Atlas sembrasse abituato a commenti di quel tipo.

Non volevo pensasse che mi vergognassi perché qualcuno l'aveva visto baciarmi. Lo conosco meglio di tutti loro e so che è una brava persona, a prescindere dai vestiti o dal puzzo che emanava prima di usare la mia doccia.

L'ho baciato sulla guancia, quindi gli ho appoggiato la testa sulla spalla.

«Sai una cosa?» ho detto.

Ha intrecciato le dita con le mie, stringendomi la mano. «Cosa?»

«Sei la mia persona preferita.»

La sua risata sommessa mi ha strappato un sorriso.

«Tra quante?» ha chiesto.

«Tra tutte.»

Mi ha dato un bacio sui capelli. «Anche tu sei di gran lunga la mia persona preferita.»

Quando l'autobus si è fermato nella mia via, Atlas non mi ha lasciato la mano mentre ci siamo alzati. Era davanti a me nel corridoio e io camminavo alle sue spalle, dunque non mi ha vista quando mi sono voltata e ho fatto il dito medio a Katie.

Probabilmente non dovevo, ma ne è valsa la pena soltanto per l'espressione della sua faccia.

Arrivati a casa, Atlas mi ha preso la chiave dalle dita e l'ha girata nella serratura. È strano vedere quanto sia a suo agio. È entrato e ha chiuso la porta. È stato allora che ci siamo accorti che non c'era la corrente. Guardando fuori dalla finestra, ho visto un operaio che, in fondo alla strada, lavorava sulle linee elettriche, così non abbiamo potuto guardare il tuo programma. Non ero troppo delusa perché significava che probabilmente avremmo limonato per un'ora e mezzo.

«Il tuo forno va a gas o a elettricità?» ha chiesto Atlas.

«A gas», ho risposto, un po' confusa.

Si è tolto le scarpe (che in realtà sono di mio padre) ed è andato in cucina. «Ti preparo qualcosa.»

«Sai cucinare?»

Ha curiosato nel frigorifero. «Sì. Forse io amo cucinare quanto tu ami coltivare.» Ha tirato fuori alcune cose e preriscaldato il forno. L'ho osservato, appoggiata al ripiano. Non ha nemmeno consultato una ricetta, limitandosi a versare gli ingredienti nelle ciotole e a mescolarli senza neppure usare un misurino.

Non ho mai visto mio padre alzare un dito in cucina. Sono abbastanza sicura che non saprebbe neanche preriscaldare il forno. Credevo che gli uomini fossero quasi tutti come lui, ma Atlas dimostra che avevo torto.

«Cosa prepari?» Mi sono seduta sull'isola.

«Biscotti.» Mi ha allungato la ciotola, affondando il cucchiaio nell'impasto. Me l'ha avvicinato alla bocca perché assaggiassi. Una delle cose a cui non so resistere è l'impasto dei biscotti, e quello era il migliore che avessi mai provato.

«Wow.» Mi sono leccata le labbra.

Ha appoggiato la ciotola per baciarmi. L'impasto dei biscotti e la bocca di Atlas messi insieme sono paradisiaci, nel caso tu lo volessi sapere. Dalla gola mi è salito un verso di piacere e lui ha riso, ma senza smettere di baciarmi. Ha solo continuato a ridere, facendomi sciogliere il cuore. Vederlo felice è stato quasi travolgente. Ho desiderato scoprire ogni singola cosa che gli piace a questo mondo e donargliela.

Mentre mi baciava, mi sono chiesta se lo amassi. Non ho mai avuto un ragazzo prima d'ora e non ho nulla con cui confrontare i miei sentimenti. Anzi, non ho mai voluto un ragazzo o una relazione prima di Atlas. Non sono cresciuta in una famiglia con un grande esempio di come un uomo dovrebbe trattare le persone che ama, perciò ho sempre provato una diffidenza nociva verso le relazioni e gli altri.

Certe volte mi sono chiesta se mi sarei mai fidata di un ragazzo. Nella maggior parte dei casi odio gli uomini perché l'unico esempio che ho è mio padre. Ma tutto questo tempo passato con Atlas mi sta cambiando. Non radicalmente, perché continuo a diffidare del prossimo, ma quanto basta per credere che forse ci sia un'eccezione alla regola.

Una volta che ha smesso di baciarmi, ha recuperato la ciotola. L'ha portata verso il ripiano opposto e ha cominciato a distribuire cucchiaiate di impasto su due teglie.

«Vuoi conoscere un trucco per cucinare con il forno a gas?»

La cucina non è mai stata la mia passione, ma in qualche modo mi è venuta voglia di scoprire tutto ciò che Atlas sa. Forse è dipeso dalla sua espressione felice mentre ne parlava.

«I forni a gas hanno dei punti caldi.» Aprendo lo sportello, ha infilato dentro le teglie. «Devi ricordarti di ruotare le teglie, altrimenti la cottura non è uniforme.» Richiudendolo, si è tolto il guanto da forno e l'ha gettato sul ripiano. «Va bene pure una pietra refrattaria per pizza. Se la lasci nel forno anche quando non cucini la pizza, aiuta a eliminare i punti caldi.»

Avvicinandosi, mi ha posato le mani sui fianchi. L'elettricità è tornata proprio mentre mi stava abbassando il colletto della camicia. Mi ha dato un bacio sulla spalla, facendomi scivolare lentamente le mani lungo la schiena. Giuro che a volte, quando non è con me, riesco ancora a sentire le sue labbra sulla clavicola.

Stava per baciarmi sulla bocca quando abbiamo sentito una macchina che imboccava il vialetto e la porta del garage che iniziava ad aprirsi. Agitatissima, sono saltata giù dall'isola, guardandomi intorno. Prendendomi il viso tra le mani, mi ha costretta a guardarlo.

«Tieni d'occhio i biscotti. Saranno pronti tra una ventina di minuti.» Ha premuto le labbra contro le mie e poi mi ha lasciata, precipitandosi in salotto per recuperare lo zaino. Ha raggiunto la porta di servizio proprio quando mio padre ha spento il motore.

Ho raccolto gli ingredienti quando il papà è entrato in cucina dal garage. Dandosi un'occhiata intorno, ha visto la luce accesa nel forno.

«Cucini?»

Ho annuito perché il cuore mi batteva così forte che temevo sentisse il tremore nella voce se avessi parlato. Ho strofinato per un momento un punto perfettamente pulito del ripiano. «Biscotti. Sto cuocendo i biscotti.»

Appoggiando la valigetta sul tavolo, è andato a prendere una birra dal frigorifero.

«È saltata la corrente», ho spiegato. «Mi annoiavo, così ho deciso di cucinare mentre aspettavo che tornasse.»

Sedendosi, ha passato i dieci minuti successivi a tempestarmi di domande sulla scuola e sulle mie intenzioni riguardo al college. Ogni tanto, quando siamo soli, intravedo come potrebbe essere un rapporto normale con un padre: seduta al tavolo della cucina con lui, a discutere di liceo, college e aspirazioni professionali. Anche se il più delle volte lo odio, vorrei più momenti come quello. Se solo potesse sempre mostrare l'uomo che riesce a essere in quelle occasioni, le cose sarebbero molto diverse. Per tutti noi.

Ho ruotato le teglie come aveva suggerito Atlas e a fine cottura ho sfornato i biscotti. Prendendone uno, l'ho offerto a mio padre. L'idea di essere gentile con lui mi ha riempita di disgusto. Ho avuto la sensazione di sprecare uno dei biscotti di Atlas.

«Wow», ha detto il papà. «Sono squisiti.»

Ho detto un «grazie» forzato, anche se non ero stata io a farli. Però non potevo dirglielo.

«Sono per la scuola, perciò puoi mangiarne solo uno», ho mentito. Quando si sono raffreddati, li ho messi in un contenitore Tupperware e li ho portati in camera mia. Non volevo neppure assaggiarli senza Atlas, così ho aspettato che venisse da me la sera.

«Dovevi provarli quando erano ancora caldi», ha osservato. «È quello il momento in cui sono più buoni.»

«Non volevo mangiarli senza di te.» Ci siamo seduti sul letto con la schiena contro la parete e ne abbiamo divorata mezza ciotola. Ho detto che erano deliziosi, ma non che erano i migliori

che avessi mai assaggiato. Non volevo che si montasse la testa. Adoro la sua umiltà.

Ho fatto per prenderne un altro, ma ha ritirato il contenitore e l'ha richiuso. «Se esageri, stai male e smetti di apprezzarli.»

Ho riso. «Impossibile.»

Ha bevuto un sorso d'acqua e si è alzato e si è messo di fronte al letto. «Ti ho portato una cosa.» Si è infilato la mano in tasca.

«Altri biscotti?»

Sorridendo, ha fatto no con la testa, poi ha tirato fuori il pugno. Ho sollevato la mano e mi ha depositato un oggetto sul palmo. Era un piccolo cuore piatto, lungo circa cinque centimetri, intagliato nel legno.

L'ho accarezzato con il pollice, cercando di non sembrare troppo felice. Non era un cuore anatomicamente perfetto, ma non assomigliava neppure a quelli disegnati a mano. Era irregolare e vuoto al centro.

«L'hai fatto tu?»

«Sì. L'ho intagliato con un vecchio coltello che ho trovato in casa.»

Le estremità non erano unite. Curvavano leggermente, lasciando un sottile spazio in cima. Non sapevo che cosa dire. Atlas si è riseduto sul letto, ma non sono riuscita a smettere di guardare il cuore nemmeno per il tempo necessario per ringraziarlo.

«L'ho ricavato da un ramo», ha sussurrato. «Della quercia nel tuo giardino.»

Ti giuro, Ellen, che non ho mai pensato di poter amare così tanto qualcosa. O forse ciò che provavo non era per il regalo, ma per lui. Ho chiuso il pugno intorno al cuore, poi ho baciato Atlas con talmente tanta foga da farlo cadere sul letto. Mi sono messa a cavalcioni e lui mi ha afferrata per la vita, sorridendo contro la mia bocca.

«Ti intaglio una cazzo di casa da quella quercia, se questa è la ricompensa che ricevo», ha bisbigliato.

Ho riso. «Devi smettere di essere così perfetto. Sei già la mia persona preferita, ma ora hai commesso una vera ingiustizia contro tutti gli altri esseri umani, perché nessuno sarà mai alla tua altezza.»

Mettendomi le mani sulla nuca, mi ha sdraiata sulla schiena e si è steso sopra di me. «Allora il mio piano funziona.» Mi ha baciata di nuovo.

Ho stretto il cuore mentre limonavamo, perché volevo credere che fosse un regalo senza motivo. Ma una parte di me aveva paura che volesse lasciarmi un ricordo per quando fosse andato a Boston.

Non voglio ricordarmi di lui. Se succedesse, significherebbe che non è più nella mia vita.

Non voglio che vada a Boston, Ellen. So di essere egoista, perché non può continuare a vivere in quella casa. Non so che cosa temere di più: la sua partenza o la mia supplica egoistica perché rimanga.

So che dobbiamo parlarne. Gli chiederò di Boston stasera quando verrà da me. Non glielo ho domandato ieri perché è stata una giornata davvero perfetta.

Lily

Cara Ellen,

zitto e nuota. Zitto e nuota.

Sta per trasferirsi a Boston.

Non ho voglia di parlarne.

Lily

Cara Ellen,

questa volta mia madre faticherà a nascondere l'accaduto.

Di solito mio padre sa benissimo dove picchiarla per non lasciare segni visibili. Probabilmente l'ultima cosa che vuole è che le persone in città sappiano che cosa le sta facendo. L'ho visto prenderla a calci diverse volte, provare a strangolarla, colpirla alla schiena e allo stomaco, tirarle i capelli. Nelle poche occasioni in cui le ha preso di mira la faccia, si è sempre limitato a uno schiaffo, in modo che i lividi non durassero a lungo.

Ma non l'avevo mai visto fare ciò che ha fatto ieri sera.

Era molto tardi quando sono arrivati a casa. Era il week-end, così i miei sono andati a un evento di quartiere. Il papà ha un'agenzia immobiliare ed è anche il sindaco della città, dunque, devono fare molte cose in pubblico, come partecipare alle cene di beneficenza. Il che è ironico, perché mio padre odia gli enti benefici. Ma immagino che debba salvare la faccia.

Atlas era già in camera mia quando sono rientrati. Li ho sentiti litigare non appena hanno varcato la soglia. Gran parte della conversazione era attenuata, ma perlopiù sembrava che mio padre l'accusasse di aver civettato con un altro uomo.

Conosco mia madre, Ellen. Non farebbe mai nulla del genere. Se mai, è probabile che un uomo l'abbia guardata e abbia fatto ingelosire papà. La mamma è bellissima.

Lui l'ha chiamata «puttana», poi ho sentito il primo colpo. Ho fatto per scendere dal letto, ma Atlas mi ha fermata, dicendo che avrei potuto farmi male. Ho risposto che a volte è utile, che quando arrivo, mio padre smette.

Ha cercato di farmi cambiare idea, ma alla fine mi sono alzata e ho raggiunto il salotto.

Ellen.

Ho solo...

Era sopra di lei.

Erano sul divano e lui le stringeva una mano intorno alla gola, mentre con l'altra le sollevava il vestito. Mia madre provava a respingerlo e io sono rimasta lì, paralizzata. Lo supplicava di lasciarla in pace e allora lui le ha mollato uno schiaffo, ordinandole di stare zitta. Non dimenticherò mai le sue parole: «Vuoi un po' di attenzione? Te la do io, cazzo». La mamma si è chiusa nel silenzio e ha smesso di lottare. È scoppiata a piangere, poi ha detto: «Per favore, fa' piano. Lily è in casa».

«Per favore, fa' piano», ha detto.

Per favore, fa' piano mentre mi violenti, caro.

Ellen, non avevo idea che un essere umano fosse capace di provare così tanto odio nel cuore. E non parlo di mio padre, ma di me stessa.

Sono andata dritta in cucina e ho aperto un cassetto. Ho afferrato il coltello più grosso che ho trovato e... non so come spiegarlo. È stato come se non fossi nemmeno dentro il mio corpo. Ho visto me stessa attraversare la cucina con il coltello in mano, sapendo che non l'avrei usato. Lo volevo solo spaventare. Ma poco prima che uscissi dalla stanza, due braccia mi hanno circondato la vita e sollevata da dietro. Ho mollato il coltello e mio padre non l'ha sentito cadere, ma mia madre sì. Ci siamo fissate mentre Atlas mi riportava in camera mia. Quando siamo arrivati, l'ho tempestato di pugni sul petto, perché cercavo di tornare da lei. Ho pianto e fatto il possibile per spostarlo, ma non si è mosso.

Mi ha abbracciata. «Calmati, Lily.» Ha continuato a ripeterlo, bloccandomi a lungo finché non mi sono rassegnata al fatto che non mi avrebbe lasciata uscire e usare il coltello.

Tornando verso il letto, ha preso il giubbotto e si è infilato le scarpe. «Andiamo dai vicini. Chiamiamo la polizia.»

La polizia.

In passato la mamma mi ha raccomandato di non chiamarla. Potrebbe rovinare la carriera di mio padre, ha detto. Ma sinceramente, a quel punto non mi importava più. Non me ne fregava niente che fosse il sindaco o che tutti coloro che lo amavano fossero all'oscuro del suo lato orribile. Ciò che mi stava a cuore era aiutare mia madre, così mi sono infilata il giubbotto e ho tirato fuori un paio di scarpe dall'armadio. Quando mi sono girata, Atlas fissava la porta che si stava aprendo.

La mamma è entrata e ha chiuso a chiave. Non dimenticherò

mai il suo aspetto. Aveva il sangue che le colava dal labbro, un occhio che cominciava già a gonfiarsi e un ciuffo di capelli sulla spalla. Ha guardato prima Atlas e poi me.

Non mi sono preoccupata minimamente di essere stata beccata in camera mia con un ragazzo. Non me ne fregava nulla. Ero soltanto in pensiero per lei. Avvicinandomi, le ho preso le mani e l'ho accompagnata verso il letto. Le ho spostato i capelli dalla spalla e poi dalla fronte.

«Atlas va a chiamare la polizia, mamma. Okay?»

Ha sgranato gli occhi, scuotendo la testa. «No.» Poi, rivolgendosi ad Atlas: «No, non puoi».

Lui stava già per uscire dalla finestra, dunque si è girato a guardarmi.

«Il papà è ubriaco», ha detto mia madre. «Ha sentito chiudersi la tua porta, così è andato in camera nostra. Si è fermato. Se chiami la polizia, non farai altro che peggiorare le cose, credimi. Lascia che smaltisca la sbornia, domani andrà meglio.»

Mi sono salite le lacrime agli occhi. «Mamma, ha tentato di stuprarti!»

Ha abbassato il capo, trasalendo. «Non è così. Siamo sposati e a volte il matrimonio è… Sei troppo giovane per capirlo.»

Sono stata in silenzio per un minuto. «Spero proprio di non capirlo mai.»

È stato allora che si è messa a piangere. Si è presa la testa tra le mani singhiozzando e io ho potuto solamente abbracciarla e piangere con lei. Non l'avevo mai vista così sconvolta. O così ferita. O così spaventata. Mi ha spezzato il cuore, Ellen.

Mi ha distrutta.

Quando ha finito di piangere, mi sono guardata intorno e Atlas se n'era andato. Siamo tornate in cucina e l'ho aiutata a ripulirsi il labbro e l'occhio. Non ha mai detto niente riguardo alla presenza di un ragazzo in camera mia. Nemmeno una parola. Mi aspettavo mi punisse, ma non l'ha fatto. Ma forse non l'ha ammesso nemmeno a se stessa, perché è così che si comporta di solito. Rimuove gli argomenti dolorosi, senza affrontarli mai più.

Lily

Cara Ellen,

ora credo di essere pronta per parlare di Boston.

È partito oggi.

Ho mescolato le carte così tante volte che mi fanno male le mani. Ho bisogno di mettere le mie emozioni nero su bianco, altrimenti impazzirò a forza di tenermi tutto dentro.

La nostra ultima notte non è andata molto bene. All'inizio ci siamo baciati a lungo, ma eravamo entrambi troppo tristi per goderci il momento. Per la seconda volta in due giorni, Atlas ha detto di aver cambiato idea e di non voler partire. Non voleva lasciarmi sola in questa casa. Ma vivo con i miei da quasi sedici anni. Sarebbe sciocco da parte sua rinunciare a una casa e restare un senzatetto unicamente per me. Lo sapevamo tutti e due, ma questo non lo rendeva meno difficile da accettare.

Mi sono sforzata di non essere troppo giù di morale, così quando eravamo sdraiati lì, gli ho chiesto di parlarmi di Boston. Ho aggiunto che forse un giorno, dopo aver finito la scuola, potrei andarci.

Quando ha iniziato a parlarne, negli occhi aveva una luce che non avevo mai visto. Un po' come se descrivesse il paradiso. Ha detto che lì tutti hanno un accento magnifico. Invece di car, *dicono* cah. *Non deve essersi reso conto che certe volte anche lui pronuncia la R in quel modo. Mi ha raccontato di aver vissuto lì dai nove ai quattordici anni, dunque, può darsi che abbia preso un vago accento.*

Mi ha spiegato che suo zio vive in un palazzo con una meravigliosa terrazza sul tetto.

«È una caratteristica di molti edifici. Alcuni hanno addirittura la piscina.»

Probabilmente Plethora, nel Maine, non ha neppure un palazzo abbastanza alto per un solarium. Mi sono domandata come sarebbe stato trovarsi a quell'altezza. Gli ho chiesto se fosse mai salito fin lassù e ha risposto di sì. Quando era un ragazzino, ogni tanto saliva sul tetto e restava seduto lì a pensare guardando la città.

Mi ha descritto il cibo. Sapevo già che ama cucinare, ma non che avesse tutta questa passione. A parte i biscotti che mi ha preparato, credo che non abbia mai affrontato l'argomento perché non ha un fornello o una cucina.

Mi ha raccontato del porto e di come, prima di risposarsi, sua madre lo portasse a pescare. «Insomma, Boston non è diversa da qualunque altra grande città», mi ha detto. «Non ci sono molte cose che la distinguano. È solo… Non lo so. C'è una certa atmosfera. Un'energia fantastica. Quando le persone dicono che vivono a Boston, ne vanno fiere. A volte ho nostalgia di tutto questo.»

Gli ho passato le dita tra i capelli. «La fai sembrare il posto migliore del mondo. Come se a Boston ogni cosa fosse migliore.»

Mi ha guardata con occhi mesti. «Quasi ogni cosa. Tranne le ragazze. A Boston manchi tu.»

Sono arrossita. Mi ha dato un bacio dolcissimo, dopodiché ho dichiarato: «Per il momento. Un giorno mi trasferirò lì e ti cercherò».

Me l'ha fatto promettere. Ha detto che se l'avessi fatto davvero, allora sì, ogni cosa sarebbe stata migliore laggiù e Boston sarebbe stata la città più bella del mondo.

Ci siamo scambiati altri baci e abbiamo fatto altre cose con cui non voglio annoiarti, anche se questo non significa che siano noiose.

Niente affatto.

Ma poi questa mattina ho dovuto dirgli addio. Mi ha stretta e baciata così a lungo che ho temuto di morire se mi avesse lasciata andare.

Però non sono morta, perché mi ha lasciata andare ed eccomi qui. Ancora viva. Ancora in grado di respirare.

A malapena.

Lily

Giro la pagina, ma poi chiudo il quaderno di colpo. È rimasta un'unica annotazione e non so se ho voglia di leggerla in questo istante. O mai. Rimetto il diario nell'armadio, sicura che il mio capitolo con Atlas è finito. Ora lui è felice.

Ora *io* sono felice.

È vero che il tempo guarisce tutte le ferite.

O almeno la maggior parte.

Spengo l'abat-jour, poi prendo il cellulare per caricarlo. Ho due messaggi di Ryle e uno di mia madre.

RYLE: Ciao. Verità nuda e cruda tra tre... due...

RYLE: Temevo che una relazione avrebbe aggravato le mie responsabilità. È per questo che le ho evitate per tutta la vita. Ho già abbastanza carne al fuoco e, notando lo stress che il matrimonio sembrava causare ai miei genitori, e i matrimoni falliti di alcuni amici, non volevo avere nulla a che fare con cose simili. Ma, dopo stasera, ho capito che forse molte persone sbagliano. Perché quello che succede tra di noi non sembra una responsabilità, ma una ricompensa. E mi addormenterò chiedendomi che cosa abbia fatto per meritarla.

Mi stringo il telefono al petto e sorrido. Quindi faccio uno screenshot da conservare per sempre. Apro il terzo messaggio.

MAMMA: Un medico? E la tua attività? Quando divento grande voglio essere te.

Faccio un altro screenshot.

12

«Cosa fai a quei poveri fiori?» domanda Allysa dietro di me.

Chiudo un'altra rosetta d'argento e la lascio scivolare lungo lo stelo. «*Steampunk*.»

Facciamo un passo indietro e ammiriamo il bouquet. O almeno... *spero* che Allysa lo ammiri. Il risultato è migliore del previsto. Ho usato un colorante per tingere alcune rose bianche di viola scuro. Quindi ho decorato gli steli con diversi elementi *steampunk*, come minuscole rosette e ingranaggi di metallo, e persino un piccolo orologio incollato al laccio di cuoio marrone che tiene insieme i fiori.

«*Steampunk?*»

«È una tendenza. Una specie di sottogenere della fantascienza, ma si sta affermando anche in altri settori. L'arte. La musica.» Mi volto e sorrido, sollevando il bouquet. «E ora... i *fiori*.»

Prendendoli, li esamina. «Sono così... particolari. Li adoro.» Li stringe tra le braccia. «Posso averli?»

Glieli sfilo dalle mani. «No, sono per l'inaugurazione. Non sono in vendita.» Recupero il vaso che ho fatto ieri. La settimana scorsa, a un mercatino delle pulci, ho trovato un paio di vecchi stivali da donna con i bottoni. Mi hanno ricordato lo stile *steampunk* e, in realtà, mi hanno fornito l'ispirazione per i fiori.

Li ho lavati, asciugati e decorati con frammenti di metallo. Una volta applicata la colla, li ho foderati con un vaso che contenesse l'acqua per le rose.

«Allysa?» Metto i fiori sull'espositore centrale. «Sono sicura che questa sia proprio la mia vocazione nella vita.»

«Lo *steampunk*?»

Ridendo, mi volto di scatto. «La creatività!» Poi giro il cartello su APERTO con un quarto d'ora d'anticipo.

La giornata si rivela più impegnativa del previsto. Tra ordini telefonici e via internet e acquisti in presenza, nessuna delle due ha tempo per la pausa pranzo.

«Ti servono altre commesse.» Allysa mi supera, stringendo due mazzi di fiori. È l'una.

«Ti servono altre commesse», ripete alle due, portandosi il telefono all'orecchio e annotando un ordine mentre batte uno scontrino.

Marshall viene a trovarci dopo le tre e chiede come stia andando. «A Lily servono altre commesse», risponde Allysa.

Alle quattro aiuto una donna a caricare un bouquet in auto e, mentre rientro, Allysa esce, tenendone in mano un altro. «Ti servono altre commesse», ribadisce, esasperata.

Alle sei chiude la porta a chiave e gira il cartello. Si lascia cadere contro il battente e scivola sul pavimento, guardandomi.

«Lo so. Mi servono altre commesse.»

Annuisce.

Ridiamo, e mi vado a sedere accanto a lei. Avvicinando le teste, osserviamo il negozio. La composizione *steampunk* occupa il posto d'onore e, anche se mi sono rifiutata di venderla, abbiamo ricevuto otto prenotazioni per mazzi identici.

«Sono orgogliosa di te», dice Allysa.

«Non ce l'avrei mai fatta senza il tuo aiuto, Issa.»

Restiamo così per diversi minuti, godendoci il riposo che finalmente concediamo ai nostri piedi. A essere sincera, è una delle migliori giornate della mia vita, ma provo una fastidiosa tristezza al pensiero che Ryle non sia passato. Non mi ha nemmeno scritto un messaggio.

«Hai sentito tuo fratello oggi?» domando.

«No, ma sono sicura che è occupato.»

Questo lo sapevo già.

Alziamo lo sguardo quando qualcuno bussa alla porta. Sorrido nel momento in cui lo vedo mettersi le mani a coppa intorno agli occhi, con la faccia premuta contro il vetro. Alla fine, guarda giù e ci vede sedute sul pavimento.

«Parli del diavolo...» dice Allysa.

Salto su e giro la chiave per farlo entrare. Non appena la apro, si infila dentro. «Mi sono perso l'inaugurazione? Sì. Me la sono persa.» Mi abbraccia. «Scusa, ho fatto prima che ho potuto.»

«Non importa. Ora sei qui. È stato perfetto.» Sono felice di vederlo.

«*Tu* sei perfetta.» Mi bacia.

Allysa ci passa accanto. «*Tu* sei perfetta», lo imita. «Sai una cosa, Ryle?»

Lui mi lascia. «Cosa?»

Lei prende il cestino della spazzatura e lo appoggia sul bancone. «A Lily servono altre commesse.»

Rido. Ryle mi stringe la mano. «Sembra che gli affari vadano a gonfie vele.»

«Non posso lamentarmi. Insomma... Non sono un neurochirurgo, ma sono abbastanza brava in quello che faccio.»

«Vi serve una mano a ripulire?» chiede ridacchiando.

Lo mettiamo al lavoro, approfittando del suo aiuto dopo questa grande giornata. Prepariamo tutto per domani, quindi Marshall arriva proprio quando stiamo finendo. Entra con un sacchetto e lo posa sul bancone e inizia a tirare fuori grossi involti di tessuto e li lancia a ciascuno di noi. Afferro al volo il mio e lo apro.

È una tutina.

Costellata di gattini.

«Partita dei Bruins. Birra gratis. Cambiatevi, gente!»

Allysa piagnucola. «Quest'anno hai guadagnato sei milioni di dollari. Abbiamo *davvero* bisogno di una birra gratis?»

Marshall le affonda un dito nelle labbra, spingendole in direzioni opposte. «*Sssh!* Non parlare come una ragazza ricca, Issa. È una bestemmia.»

Scoppiando in una risata, le toglie la tutina dalle mani. Abbassando la zip, la aiuta a infilarla. Una volta che ci siamo vestiti, chiudiamo la porta a chiave e ci incamminiamo verso il bar.

In vita mia non ho mai visto così tanti uomini con la tutina. Io e Allysa siamo le uniche donne a indossarla, ma l'idea non mi dispiace. Il locale è rumoroso, molto rumoroso, e ogni volta che i Bruins giocano bene, noi due dobbiamo tapparci le orecchie per proteggerci dalle urla. Dopo mezz'ora circa si libera un séparé all'ultimo piano e ci precipitiamo di sopra per averlo.

«Molto meglio», commenta Allysa mentre ci sediamo. Quassù è davvero più tranquillo, anche se sempre chiassoso in confronto agli standard normali.

Arriva una cameriera per le ordinazioni. Quando chiedo un bicchiere di vino rosso, Marshall salta praticamente su dalla sedia. «Vino?» grida. «Indossi una tutina! Niente vino gratis!»

Dice alla cameriera di portarmi una birra. Ryle le dice di portarmi il vino. Allysa vuole dell'acqua, e suo marito si arrabbia ancora di più. Ordina alla cameriera quattro bottiglie di birra, al che Ryle interviene: «Due birre, un vino rosso e un'acqua». La donna si allontana dal nostro tavolo, molto confusa.

Marshall stringe sua moglie con il braccio, baciandola. «Come faccio a metterti incinta stanotte se non sei un po' sbronza?»

Allysa cambia espressione e io sto male per lei. So che Marshall scherzava, ma ha toccato un nervo scoperto. Proprio qualche giorno fa, Allysa mi ha detto che è depressa perché non riesce ad avere figli.

«Non posso bere birra, Marshall.»

«Allora bevi almeno il vino. Ti piaccio di più quando sei brilla.» Lui ride, ma lei resta seria.

«Non posso nemmeno il vino. Non posso proprio bere alcol.»

Marshall smette di sghignazzare.

Il mio cuore fa una capriola.

Lui si gira e la prende per le spalle, costringendola a guardarlo. «Allysa?»

Lei annuisce, e non so chi inizi a piangere per primo: io, Marshall o Allysa. «Diventerò padre?» urla lui.

Allysa continua a fare sì con la testa e io frigno come una scema. Marshall salta su. «Diventerò padre!»

Non riesco nemmeno a descrivere questo momento: un uomo adulto con addosso una tutina, che si alza nel séparé di un bar per annunciare a tutti che presto sarà padre. Solleva Allysa e le dà un bacio. È la scena più dolce che abbia mai visto.

Finché non sorprendo Ryle a mordicchiarsi il labbro come se cercasse di trattenere le lacrime. Accorgendosi che lo sto fissando, distoglie lo sguardo. «Zitta», dice. «È mia sorella.»

Lo bacio sulla guancia. «Congratulazioni, zio Ryle.»

Una volta che i futuri genitori smettono di baciarsi, noi ci alziamo per fare loro le felicitazioni. Allysa dice di soffrire di nausee da un po', ma di avere fatto il test solo questa mattina, prima dell'inaugurazione. Voleva aspettare e dirlo a Marshall la sera quando fossero tornati a casa, ma non è riuscita a trattenersi per un secondo di più.

Arrivano le bevande e ordiniamo il cibo. Quando la cameriera se ne va, domando a Marshall: «Come vi siete conosciuti?»

«Allysa racconta la storia meglio di me.»

Riprendendosi dall'emozione, lei inizia a parlare. «Lo odiavo. Era il migliore amico di Ryle ed era sempre a casa nostra. Lo trovavo molto fastidioso. Si era appena trasferito nell'Ohio da Boston e aveva l'accento bostoniano. Credeva di essere figo, ma io gli avrei mollato uno schiaffo ogni volta che apriva bocca.»

«È *dolcissima*», dice Marshall, sarcastico.

«Tu eri un deficiente», lo rimbecca lei, spazientita. «Comunque, un giorno io e Ryle abbiamo invitato alcuni amici. Niente di speciale, ma i nostri genitori erano fuori città, così abbiamo invitato qualche amico.»

«C'erano trenta persone», precisa Ryle. «Era una festa vera e propria.»

«Okay, una festa», concede Allysa. «Sono entrata in cucina e Marshall era lì, schiacciato contro una troietta.»

«Non era una troietta», la corregge suo marito. «Era una brava ragazza. Sapeva di patatine al formaggio, ma...»

Lei lo zittisce con un'occhiataccia. «Non ci ho più visto. Ho cominciato a urlargli di portarsi le puttane a casa sua. La ragazza si è così spaventata da correre fuori e non tornare più.»

«Guastafeste», dice Marshall.

Allysa gli dà un pugno alla spalla. «Comunque, dopo avergli rovinato il divertimento, mi sono rifugiata in camera mia, vergognandomi di ciò che avevo fatto. Avevo agito per pura gelosia e non mi ero nemmeno resa conto che mi piacesse finché non avevo visto le sue mani sul culo di un'altra. Mi sono buttata sul letto, in lacrime. Qualche minuto dopo mi ha raggiunta per assicurarsi che stessi bene. Mi sono girata e ho gridato: 'Mi piaci, razza di coglione!'»

«E il resto è storia...» conclude Marshall.

Rido. «Razza di coglione. Molto tenero.»

Ryle alza l'indice. «Hai tralasciato la parte migliore.»

«Oh, sì. Marshall si è avvicinato, mi ha sollevata dal letto, mi ha baciata con la stessa bocca con cui aveva baciato la troietta, quindi abbiamo limonato per mezz'ora. Ryle ci ha beccati e si è messo a sbraitare contro di lui. Poi Marshall l'ha spinto fuori dalla camera, ha chiuso la porta a chiave e abbiamo limonato per un'altra ora», prosegue Allysa.

«Tradito dal mio migliore amico», dice Ryle in tono di finto rimprovero.

Marshall stringe a sé Allysa. «Tua sorella mi piace, razza di coglione.»

Prorompo in una risata, ma Ryle mi guarda con espressione

seria. «Ero così incazzato che non gli ho rivolto la parola per un mese. Alla fine, l'ho superato. Noi avevamo diciotto anni, lei diciassette. Non c'era molto che potessi fare per tenerli lontani.»

«Wow», replico. «Ogni tanto mi dimentico che avete quasi la stessa età.»

Allysa sorride. «Tre figli in tre anni. Mi dispiace molto per i miei genitori.»

Scende il silenzio. Lei guarda Ryle con aria di scusa.

«Tre?» domando. «Avete un altro fratello o sorella?»

Raddrizzando la schiena, Ryle beve un sorso di birra, poi rimette giù il bicchiere. «Avevamo un fratello maggiore. È morto quando eravamo bambini.»

Una serata magnifica, rovinata da una semplice domanda. Per fortuna, Marshall sposta abilmente la conversazione su argomenti più allegri.

Trascorro il resto del tempo ad ascoltare i racconti della loro adolescenza. Credo di non aver mai riso così tanto come questa sera.

Quando la partita finisce, torniamo tutti al negozio per recuperare le macchine. Ryle è venuto con un Uber, perciò sale in auto con me. Prima che gli altri due se ne vadano, dico ad Allysa di aspettare un secondo. Entrando in negozio, prendo i fiori *steampunk* e torno di corsa alla loro auto. Si illumina quando glieli consegno.

«Sono felice che tu sia incinta, ma non è per questo che te li regalo. Voglio che li abbia tu perché sei la mia migliore amica.»

Abbracciandomi, mi sussurra all'orecchio: «Spero che un giorno mio fratello ti sposi. Saremmo sorelle fantastiche».

Sale in macchina e partono, e io resto lì a fissarli perché non ricordo di aver avuto un'amica come lei in vita mia. Forse è il vino. Non lo so, ma adoro ogni dettaglio di questa giornata, in particolare il modo in cui Ryle mi guarda, appoggiato alla portiera.

«Sei bellissima quando sei felice.»

Una giornata perfetta!

* * *

Stiamo salendo le scale verso il mio appartamento quando mi afferra per la vita, spingendomi contro la parete e mi bacia.

«Impaziente», borbotto.

Ridendo, mi palpeggia il sedere con entrambe le mani. «No. È questa tutina. Dovresti valutare l'idea di vestirti così anche al lavoro.» Mi bacia di nuovo, senza smettere finché un uomo non ci supera scendendo i gradini.

«Belle tutine», commenta. «Hanno vinto i Bruins?»

«Sì, tre a uno», risponde Ryle senza degnarlo di un'occhiata.

«Bene.»

Una volta che lo sconosciuto se n'è andato, mi stacco da Ryle. «Che cos'è questa storia delle tutine? Ne sono al corrente tutti gli uomini di Boston?»

«Birra gratis, Lily. Birra gratis», spiega, divertito. Mi trascina lungo le scale e, quando varchiamo la soglia, Lucy sta chiudendo uno scatolone con il nastro adesivo sul tavolo della cucina. Ce n'è un altro ancora aperto e potrei giurare di aver visto una ciotola che ho comprato da HomeGoods spuntare dalla cima. La mia ex coinquilina aveva detto che avrebbe portato via tutta la sua roba entro la settimana prossima, ma ho la sensazione che ne approfitterà per portare via anche parte della *mia*.

«Chi sei tu?» Squadra Ryle da capo a piedi.

«Ryle Kincaid, il ragazzo di Lily.»

Il ragazzo di Lily.

Ho capito bene?

Ragazzo.

È la prima volta che lo dice, e in tono molto convinto per giunta. «Il mio ragazzo, eh?» Entrando in cucina, prendo una bottiglia di vino e due bicchieri.

Ryle si avvicina da dietro mentre li riempio e mi stringe le braccia intorno alla vita. «Sì. Il tuo ragazzo.»

Gli do un bicchiere. «Dunque, io sono la tua ragazza?»

Lo solleva, facendolo tintinnare contro il mio. «Alla fine del periodo di prova e all'inizio delle cose sicure.»

Beviamo un sorso.

Impilando gli scatoloni, Lucy va verso l'uscita. «Sembra che me ne sia andata appena in tempo.»

La porta si chiude e Ryle inarca un sopracciglio. «Temo di non piacere molto alla tua coinquilina.»

«Potresti avere una sorpresa. Anch'io lo temevo, ma ieri mi ha chiesto di fare la damigella d'onore alle sue nozze, anche se credo che speri unicamente negli addobbi floreali gratuiti. È molto opportunista.»

Appoggiandosi al frigorifero, posa gli occhi su una calamita con la scritta BOSTON. La stacca, incuriosito. «Non uscirai mai dal purgatorio di Boston se tieni dei souvenir della città sul tuo frigo come una turista.»

Riattacco la calamita allo sportello. Mi fa piacere che Ryle ricordi così tanti dettagli della sera in cui ci siamo conosciuti. «È un regalo. Sarebbe un souvenir solo se fossi stata io a comprarla.»

Facendo un passo avanti, mi sfila il bicchiere dalle dita. Li mette entrambi sul ripiano, quindi mi dà un bacio profondo, appassionato e da brillo. Mi piace il sapore aspro e fruttato del vino sulla sua lingua. Armeggia con la zip della mia tutina. «Togliamo questi vestiti.»

Mi spinge verso la camera, baciandomi mentre ci spogliamo entrambi. Quando arriviamo a destinazione, indosso solo reggiseno e mutandine.

Mi schiaccia contro la porta, facendomi sussultare perché non me lo aspettavo. «Non muoverti.» Mi preme le labbra contro il petto, poi mi copre di baci delicati scendendo lungo il mio corpo.

Oddio. Può veramente diventare meglio di così?

Gli affondo le dita nei capelli, ma mi afferra i polsi e me li tiene contro la porta. Risale lungo il mio corpo, stringendomi forte le braccia. Alza un sopracciglio con aria minacciosa. «Non muoverti, ho detto.»

Mi sforzo di non sorridere, ma è difficile. Ricomincia a percorrermi con la bocca. Mi abbassa lentamente le mutandine fino alle caviglie ma, ricordando il suo ordine, non me ne sbarazzo.

Le sue labbra mi scivolano lungo la coscia finché…

Sì.

La.

Giornata.

Migliore.

In.

Assoluto.

13

RYLE: Sei casa o sempre al lavoro?

IO: Al lavoro. Dovrei finire tra un'ora circa.

RYLE: Posso venire a trovarti?

IO: Hai presente quando si dice che non esistono domande stupide? Be', non è così. Questa è una domanda stupida.

RYLE: :)

MEZZ'ORA dopo bussa alla porta del negozio. Ho chiuso quasi tre ore fa, ma sono ancora qui, cercando di sistemare il caos del primo mese. L'attività è aperta da troppo poco tempo per avere chiaro il suo andamento. Alcune giornate sono indaffaratissime, altre così tranquille che mando a casa Allysa. Nel complesso, però, sono soddisfatta dei risultati ottenuti finora.

E di come vanno le cose con Ryle.

Giro la chiave per farlo entrare. Indossa di nuovo la divisa chirurgica azzurra e ha persino lo stetoscopio intorno al collo. È appena uscito dal lavoro. Un tocco di classe. Giuro, ogni volta che lo vedo subito dopo la fine di un turno, devo nascondere un sorriso ebete. Gli do un rapido bacio, per poi tornare verso l'ufficio. «Ho alcune cose da finire, poi possiamo andare da me.»

Mi segue di là e chiude la porta. «Hai un divano?» Si guarda intorno.

Ho trascorso parte di questa settimana ad aggiungere i ritocchi finali alla stanza. Ho comprato un paio di lampade per non accendere le abbaglianti luci fluorescenti e avere un'illuminazione soffusa. Ho acquistato anche qualche pianta da tenere qui in via permanente. Non è un giardino, ma è quanto di più simile sia riuscita a creare. Un bel salto di qualità, rispetto a quando questo ufficio era un deposito di cassette per ortaggi.

Ryle si lascia cadere a faccia in giù sul divano. «Fa' con comodo», borbotta nel cuscino. «Mi riposo finché non hai finito.»

A volte temo che esageri con il lavoro, ma non dico niente. Ormai sono chiusa qui dentro da quasi dodici ore, perciò non posso certo accusarlo di ambizione esagerata.

Dedico la successiva quindicina di minuti a evadere gli ordini. Infine, chiudo il portatile e guardo Ryle.

Credevo che dormisse, invece è steso sul fianco, con la testa appoggiata sulla mano. Mi ha osservata per tutto il tempo e il suo sorriso mi fa diventare rossa. Spingendo indietro la sedia, mi alzo.

«Penso che tu mi piaccia troppo», dice mentre mi avvicino.

Quando si siede e mi tira sulle sue ginocchia, arriccio il naso. «Troppo? Non sembra un complimento.»

«Perché non so se lo sia.» Mi mette a cavalcioni, stringendomi la vita. «Questa è la mia prima vera relazione. Non so se sia giusto che tu mi piaccia già così tanto. Non voglio spaventarti e farti scappare.»

Rido. «Non potrebbe mai succedere. Lavori troppo per soffocarmi.»

Mi passa le dita lungo la schiena. «Ti infastidisce che lavori troppo?»

«No. Certe volte mi preoccupo per te perché non voglio che ti stressi. Ma non mi pesa doverti dividere con la tua passione. Anzi, mi piace che tu sia ambizioso. È sexy. Potrebbe persino essere la caratteristica di te che preferisco.»

«Sai cosa mi piace di più di te?»

«Conosco già la risposta. La mia bocca.»

Abbandona la testa contro lo schienale. «Sì, quella viene per prima. Ma sai qual è la mia seconda cosa preferita di te?»

Scrollo il capo.

«Non cerchi di trasformarmi in qualcosa che non riesco a essere. Mi accetti così come sono.»

«Be', a essere sincera, sei un po' diverso da quando ti ho conosciuto. Non sei più così contrario all'idea di avere una ragazza.»

«È perché tu non complichi le cose.» Mi accarezza sotto la maglietta. «Posso avere la carriera che ho sempre voluto, ma il tuo sostegno la rende dieci volte meglio. Quando sono con te, sento di poter avere la botte piena e la moglie ubriaca.»

Ora ha entrambe le mani sotto la maglietta, premute contro la mia schiena. Tirandomi a sé, mi bacia. Sorrido contro la sua bocca. «E il vino nella botte è il migliore che tu abbia mai bevuto?»

Mi slaccia il reggiseno senza difficoltà. «Credo di sì, ma forse mi serve un altro assaggio per essere sicuro.» Mi sfila maglietta e reggiseno. Faccio per staccarmi in modo da togliermi i jeans, ma me lo impedisce. Si mette lo stetoscopio nelle orecchie, premendomi il diaframma contro il petto, poco sopra il cuore.

«Come mai hai il battito così accelerato?»

Mi stringo candidamente nelle spalle. «Potrebbe essere colpa tua, dottor Kincaid.»

Mollando l'estremità dello stetoscopio, mi solleva e mi adagia sul divano. Allargandomi le gambe, si inginocchia al centro, auscultandomi di nuovo e sostenendosi con l'altra mano.

«Novanta battiti al minuto, direi.»

«Va bene?»

Si sdraia sopra di me. «Sarò soddisfatto quando arriveranno a centoquaranta.»

Sì. Se arrivano a centoquaranta, anch'io sarò soddisfatta.

Mi appoggia la bocca sul petto e chiudo gli occhi quando sento la sua lingua che mi esplora il seno. Ryle si impossessa del mio capezzolo, senza mai staccare lo stetoscopio. «Ora sei a circa cento.» Rimettendoselo intorno al collo, si allontana per sbottonarmi i jeans. Dopo avermeli tolti, mi gira sullo stomaco, con le mani oltre il bracciolo del divano.

«Inginocchiati», ordina.

Obbedisco e, prima ancora che mi sia sistemata, sento di nuovo il freddo metallo dello stetoscopio sul petto, questa volta con il suo braccio avvolto intorno a me da dietro. Resto immobile mentre mi ausculta. Con l'altra mano si insinua tra le mie gambe e poi sotto le mutandine, poi dentro di me. Afferro il bracciolo, ma mi sforzo di ridurre i gemiti al minimo.

«Centodieci», annuncia, ancora contrariato.

Mi avvicina a sé, quindi si libera della divisa chirurgica. Mi stringe un fianco con una mano mentre mi sposta lo slip con l'altra. Infine, mi possiede fino in fondo.

Sono disperatamente aggrappata al divano quando si ferma per auscultarmi di nuovo il cuore. «Lily», dice con finta delusione. «Centoventi. Non ci siamo.»

Lo stetoscopio sparisce e il suo braccio mi circonda la vita. Le sue dita mi scivolano lungo la pancia, indugiando tra le cosce. Non riesco più a tenere il suo ritmo. A malapena mi reggo sulle ginocchia. Ryle mi sostiene con una mano e mi distrugge nel miglior modo possibile con l'altra. Quando comincio a tremare, mi solleva finché la mia schiena incontra il suo torace. È ancora dentro di me, ma concentrato sul mio battito, spostandomi lo stetoscopio sul petto.

Quando mi sfugge un mugolio, mi sussurra all'orecchio: «*Sssh!* Niente versi».

Non ho idea di come superare i prossimi trenta secondi senza far rumore. Imprigionandomi nella stretta del suo bicipite, con la mano libera continua a fare la sua magia tra le mie cosce. È ancora dentro di me e cerco di muovermi, ma è solido come una roccia mentre il mio corpo vibra. Con le gambe tremolanti, tengo le mani lungo i fianchi e mi aggrappo ai suoi quadricipiti, perché devo far appello a tutte le mie forze per non urlare il suo nome.

Sto ancora vibrando quando mi solleva la mano e mi posa il polso sul diaframma. Dopo diversi secondi getta lo stetoscopio sul pavimento. «Centocinquanta», annuncia con soddisfazione. Scivola fuori e, girandomi sulla schiena, mi copre la bocca con la sua e mi penetra di nuovo.

Sono troppo debole per muovermi, o anche solamente per aprire gli occhi e guardarlo. Affonda più volte dentro di me, quindi si ferma, gemendo nella mia bocca. Si abbandona sul mio corpo, carico di tensione ma tremante.

Mi bacia il collo e poi il tatuaggio sulla clavicola. Infine, appoggia il viso nell'incavo della mia spalla, sospirando.

«Stasera ti ho già detto quanto mi piaci?»

Rido. «Una o due volte.»

«Considerala la terza. Mi piaci. Adoro ogni cosa di te. Essere dentro di te. Fuori da te. Vicino a te. Mi piace tutto.»

Assaporo la carezza delle sue parole contro la mia pelle. Nel mio cuore. Apro la bocca per dirgli che anche lui mi piace, ma sono interrotta dallo squillo del suo cellulare.

Gemendo, si stacca da me e lo prende. Si sistema la divisa chirurgica, ridendo quando legge il nome sullo schermo.

«È mia madre.» Si china a baciarmi il ginocchio, appoggiato allo schienale del divano. Gettando via il telefono, si alza e va alla scrivania, dove prende una scatola di fazzolettini.

È sempre imbarazzante doversi pulire dopo il sesso, ma posso affermare che non lo è mai stato come oggi, sapendo che sua madre è all'altro capo della linea.

Dopo che mi sono rivestita, mi tira verso di sé sul divano e mi sdraio su di lui, con la testa sul suo petto.

Sono le dieci passate e sto così bene che rifletto sull'idea di dormire qui. Il telefono di Ryle fa un altro suono, avvisandolo dell'arrivo di un messaggio vocale. Il pensiero di vederlo interagire con la madre mi strappa un sorriso. Ogni tanto Allysa parla dei loro genitori, ma non ho mai affrontato l'argomento con lui.

«Vai d'accordo con i tuoi?»

Strofina dolcemente il braccio contro il mio. «Sì. Sono brave persone. Abbiamo attraversato un periodo difficile quando ero adolescente, ma l'abbiamo superato. Ora chiacchiero con mia madre quasi ogni giorno.»

Incrocio le braccia sul suo torace, ci appoggio sopra il mento e alzo gli occhi. «Ti va di parlarmi di lei? Allysa mi ha detto che i tuoi genitori si sono trasferiti in Inghilterra qualche anno fa e che sono andati in vacanza in Australia, ma ormai è passato un mese circa.»

Ride. «Mia madre? Be'... è molto prepotente. Sempre pronta a giudicare, specie le persone a cui vuole più bene. Non ha mai saltato nemmeno una messa. E non l'ho mai sentita chiamare mio padre in modo diverso da 'dottor Kincaid'.»

Nonostante le critiche, sorride per tutto il tempo.

«Anche lui fa il medico?»

«Sì, lo psichiatra. Ha scelto un campo che gli avrebbe permesso di avere anche una vita normale. Uomo sveglio.»

«Vengono mai a trovarti a Boston?»

«No. Mia madre odia volare, così io e Allysa andiamo in Inghilterra un paio di volte l'anno. Vuole conoscerti, però, dunque potresti accompagnarci alla prossima occasione.»

«Le hai parlato di me?»

«Certo. È un evento storico. Io che ho una ragazza. Mi telefona tutti i giorni per assicurarsi che non abbia rovinato ogni cosa.»

Vedendomi ridere, afferra il telefono. «Credi che scherzi? Scommetto che ti ha menzionata nel messaggio di poco fa.» Preme alcuni tasti e avvia l'ascolto.

«Ciao, tesoro! Sono la mamma. Non ti sento da ieri. Mi manchi. Abbraccia Lily da parte mia. La frequenti ancora, vero? Secondo Allysa, non fai altro che parlare di lei. È ancora la tua ragazza, giusto? Okay. Gretchen è qui con me. Stiamo facendo merenda. Ti voglio bene. Baci.»

Appoggiandogli il viso contro il petto, scoppio a ridere. «Stiamo insieme appena da qualche mese. Quanto parli di me?»

Prendendomi la mano, la bacia. «Troppo. Davvero troppo.»

«Non vedo l'ora di conoscerli. Non solo hanno cresciuto una figlia incredibile, ma hanno messo al mondo te. Non è da tutti.»

Mi stringe tra le braccia, baciandomi i capelli.

«Come si chiamava tuo fratello?» domando.

Lo sento irrigidirsi leggermente, per questo mi pento di averglielo chiesto, anche se è troppo tardi.

«Emerson.»

Dal suo tono intuisco che non ha voglia di discuterne. Invece di insistere, sollevo il viso e mi allungo verso di lui, catturandogli la bocca.

Dovevo pensarci prima. Non riusciamo mai a fermarci ai baci. Nel giro di qualche minuto, Ryle è di nuovo dentro di me, ma questa volta è diverso.

Questa volta facciamo l'amore.

14

Mi squilla il cellulare. Controllando il display, resto un po' sorpresa. È la prima volta in assoluto che Ryle mi chiama. Di solito ci scriviamo unicamente messaggi. È strano avere una relazione da oltre tre mesi con un uomo con cui non si è mai parlato al telefono.

«Pronto?»

«Ciao, ragazza.»

Sentendo la sua voce, faccio un gran sorriso. «Ciao, ragazzo.»

«Sai una cosa?»

«Cosa?»

«Domani mi prendo la giornata libera. La domenica non apri il negozio prima dell'una. Sto venendo a casa tua con due bottiglie di vino. Ti va di ospitare il tuo ragazzo, di sbronzarti e di fare sesso per tutta la notte, per poi dormire fino a mezzogiorno?»

L'effetto delle sue parole su di me è imbarazzante. «Sai una cosa?»

«Cosa?»

«Ti preparo la cena. Con indosso un grembiule.»

«Davvero?»

«*Solo* un grembiule.» Riaggancio.

Di lì a qualche secondo ricevo un messaggio.

RYLE: Foto, per favore.
IO: Raggiungimi e puoi farla da solo.

Ho quasi terminato di preparare l'impasto per lo sformato quando la porta si apre. Lo verso nella pirofila, senza voltarmi quando Ryle entra in cucina. Dicendo che indossavo appena un grembiule, dicevo sul serio. Non ho neppure le mutandine.

Lo sento trattenere il respiro quando mi allungo per infornare la pirofila, forse esagerando un po' per mostrarmi. Chiudendo lo sportello, non mi giro. Afferro uno straccio e pulisco il forno, ancheggiando il più possibile. Lancio uno strillo quando sento un forte pizzicore al gluteo destro. Mi volto di scatto e Ryle sorride, stringendo due bottiglie di vino.

«Mi hai *morsicata*?»

Fa un'espressione candida. «Non tentare lo scorpione se non vuoi che ti punga.» Squadrandomi, stappa una bottiglia e la solleva prima di riempire i bicchieri. «È d'annata.»

«D'annata», ripeto fingendo di essere colpita. «Qual è l'occasione speciale?»

Mi allunga un bicchiere. «Diventerò zio. Ho una ragazza supersexy e lunedì eseguirò una rarissima separazione di craniopagi, un intervento che forse capita un'unica volta nella vita.»

«Separazione dei cranio-*cosa*?»

Svuota il bicchiere e lo riempie di nuovo. «Separazione di craniopagi. Gemelli siamesi.» Si indica un punto in cima alla testa, picchiettandovi sopra. «Attaccati qui. Li studiamo da quando sono nati. È un intervento raro. *Molto* raro.»

È la prima volta che il pensiero del suo lavoro mi eccita. Insomma, ammiro la sua grinta e la sua dedizione, ma vederlo così entusiasta della sua professione è veramente sexy.

«Quanto tempo credi che ci vorrà?» chiedo.

«Non lo so. Sono piccoli, perciò non possiamo tenerli sotto anestesia totale troppo a lungo.» Alza la mano destra, muovendo le dita. «Ma questa è una mano molto speciale, che ha ricevuto un addestramento speciale del valore di quasi mezzo milione di dollari. Ho molta fiducia in lei.»

Avvicinandomi, gli premo le labbra contro il palmo. «Anch'io le sono un po' affezionata.»

Me la fa scivolare lungo il collo, quindi mi gira, schiacciandomi contro il ripiano. Colta alla sprovvista, sussulto.

Si spinge contro di me da dietro, percorrendomi lentamente il corpo con le dita. Faccio leva con i palmi sul granito e chiudo gli occhi, rendendomi conto che il vino mi sta già dando alla testa.

«Questa mano», sussurra, «è la più ferma di tutta Boston.»

Mi preme la nuca, costringendomi a piegarmi verso il ripiano. Mettendomi il palmo all'interno del ginocchio, la sposta verso l'alto. Lentamente. *Oddio.*

Mi apre le gambe, penetrandomi con le dita. Gemendo, cerco qualcosa a cui aggrapparmi e afferro il rubinetto quando inizia a fare la sua magia.

Poi, come quella di un prestigiatore, la sua mano scompare. Lo osservo mentre si sposta davanti al ripiano. Facendomi l'occhiolino, svuota il bicchiere d'un fiato. «Faccio un doccia veloce.»

Prima mi stuzzica e poi si nega.

«Stronzo!» gli urlo dietro.

«Non sono uno stronzo!» risponde dalla camera. «Sono un eccellente neurochirurgo!»

Ridendo, mi verso ancora un po' di vino.

Gli faccio vedere io chi è più bravo a stuzzicare e negarsi.

Sono al terzo bicchiere quando esce dalla camera.

Sto parlando al telefono con la mamma, perciò lo guardo dal divano mentre va in cucina e si serve altro vino.

Questo sì che è un buon rosso.

«Cosa fai stasera?» chiede la mamma.

L'ho messa in vivavoce. Ryle mi osserva, appoggiato alla parete. «Niente di speciale. Aiuto Ryle a studiare.»

«Non sembra… molto interessante.»

Lui mi strizza l'occhio.

«Al contrario», replico. «Lo aiuto spesso. Soprattutto a ripassare il controllo della motricità fine delle mani. Anzi, probabilmente staremo svegli tutta la notte a studiare.»

L'alcol mi ha resa audace. Non posso credere di riuscire a flirtare con lui mentre sono al telefono con mia madre. *Indecente.*

«Devo andare», concludo. «Domani sera portiamo Allysa e Marshall fuori a cena, perciò ti chiamo lunedì.»

«Dove li portate?»

Alzo gli occhi al cielo. Non ha capito l'antifona. «Non lo so. Dove li portiamo, Ryle?»

«Al ristorante in cui siamo andati quella volta con tua madre. Il *Bib's*? Ho prenotato per le sei.»

Ho un tuffo al cuore. «Ottima scelta», commenta lei.

«Sì, se ti piace il pane raffermo. Ciao, mamma.» Riagganciando, guardo Ryle. «Non mi va di tornarci. Non mi è piaciuto. Proviamo qualcosa di nuovo.»

Non spiego la *vera* ragione del mio rifiuto. Ma come fai a dire al tuo ragazzo nuovo di zecca che cerchi di evitare il tuo primo amore?

Si stacca dalla parete. «Rassegnati. Allysa non vede l'ora di mangiare lì. Le ho cantato le lodi di quel locale.»

Forse avrò fortuna e Atlas non sarà di turno.

«A proposito di cibo», riprende. «Sto morendo di fame.»

Lo sformato!

«Cazzo!» rido.

Si precipita in cucina e io lo seguo. Entro nel momento in cui apre lo sportello del forno e agita la mano per allontanare il fumo. *Rovinato.*

D'un tratto mi gira la testa per essermi alzata troppo rapidamente dopo tre bicchieri di vino. Mi sorreggo al ripiano mentre Ryle tira fuori la pirofila.

«Ti serve una…»

«Cazzo!» urla.

«Presina.»

La pirofila gli scivola dalle dita e atterra sul pavimento, sparpagliando vetri ovunque. Sollevo i piedi per evitare le schegge e il pollo ai funghi. Scoppio a ridere non appena mi rendo conto che non gli è nemmeno venuto in mente di usare una presina.

Dev'essere colpa del vino. *È un rosso molto forte.*

Chiudendo lo sportello di colpo, si sposta verso il rubinetto e mette la mano sotto l'acqua fredda, borbottando una serie di parolacce. Mi sforzo di restare seria, ma l'alcol e la ridicolaggine degli ultimi secondi mi rendono le cose difficili. Guardo il pavimento, il disastro da ripulire, e non mi trattengo più. Mi sto ancora sbellicando quando do un'occhiata alla sua mano. Spero che non si sia scottato troppo.

D'un tratto smetto di spanciarmi. Sono sul pavimento, con la mano premuta contro la guancia.

Nel giro di un secondo, il suo braccio è spuntato dal nulla e mi ha urtata, scaraventandomi indietro con tanta violenza da farmi perdere l'equilibrio. Volando a terra, sbatto la faccia contro la maniglia di un armadietto.

Una fitta di dolore mi attraversa l'angolo dell'occhio, vicino alla tempia. Poi mi sento schiacciare.

Una sensazione di pesantezza si diffonde in ogni parte del mio corpo. Una forza di gravità che incombe sulle mie emozioni. Ogni cosa si rompe. Le mie lacrime, il mio cuore, la mia risata, la mia *anima*. A pezzi come vetri rotti che mi piovono intorno.

Mi afferro la testa tra le braccia per cercare di cancellare gli ultimi dieci secondi.

«Non è divertente», dice Ryle. «Questa mano è la mia carriera, cazzo.»

Non lo guardo. Questa volta la sua voce non echeggia attraverso il mio corpo. Mi sembra che mi pugnali, con parole affilate che mi trafiggono come spade. Quindi lo sento vicino a me, con quella *cazzo di mano* sulla mia schiena.

Mi accarezza.

«Lily. Oddio. *Lily.*» Prova a liberarmi la testa dalle braccia, ma mi rifiuto di muovermi. Scrollo il capo, sperando che gli ultimi quindici secondi vadano via. *Quindici secondi.* È questo il tempo necessario per cambiare ogni cosa.

Quindici secondi che non riavremo mai più.

Mi stringe a sé, iniziando a baciarmi sui capelli. «Mi dispiace moltissimo. Mi... sono scottato la mano. Sono andato nel panico. Ridevi e... Sono desolato, è successo tutto così in fretta. Non volevo spingerti. Ti chiedo scusa.»

Questa volta non sento la sua voce, ma quella di mio padre.

Mi dispiace, Jenny. È stato un incidente. Mi dispiace moltissimo.

«Mi dispiace, Lily. È stato un incidente. Mi dispiace moltissimo.»

Voglio unicamente che si allontani da me. Uso ogni grammo di forza che ho nelle braccia e nelle gambe per spingerlo via.

Cade all'indietro, sui palmi. Ha gli occhi pieni di pentimento sincero, ma poi anche di qualcos'altro.

Preoccupazione? Paura?

Solleva lentamente la mano ed è coperta di sangue, che gli sgorga dal palmo e gli gocciola lungo il polso. Guardo il pavimento, i frammenti della pirofila. *La sua mano.* L'ho spinto sui vetri rotti.

Voltandosi, si tira su. Mette il palmo sotto il rubinetto, tentando di lavare via il sangue. Mi alzo mentre estrae una scheggia dalla ferita e la getta sul ripiano.

Sono arrabbiata ma, in qualche modo, anche preoccupata. Prendendo un asciugamano, provo a tamponare l'emorragia. C'è moltissimo sangue.

È la mano destra.

L'intervento di lunedì.

Provo a fermare il flusso, ma sono scossa da tremiti troppo violenti. «La tua mano.»

La ritira e, con la sinistra, mi solleva il mento. «*Vaffanculo* alla mano. Non me ne frega niente. Stai bene?» Mi guarda ansiosamente negli occhi, esaminando il taglio sul mio viso.

Le spalle mi tremano e grosse lacrime di rancore mi rigano le guance. «No.» Sono un po' sotto choc e sono sicura che, in quell'unica parola, Ryle senta il mio cuore spezzarsi, perché lo percepisco in ogni parte di me. «Oddio. Mi hai *spinta*. Mi hai...» La consapevolezza dell'accaduto mi fa più male del fatto vero e proprio.

Mettendomi il braccio intorno al collo, mi tiene disperatamente contro di sé. «Mi dispiace moltissimo. *Dio*, mi dispiace moltissimo.» Mi affonda la faccia nei capelli, abbracciandomi con tutta l'intensità possibile. «Per favore, non odiarmi. *Per favore.*»

A poco a poco, la voce ridiventa quella di Ryle, e la percepisco nello stomaco, nelle dita dei piedi. Tutta la sua carriera dipende dalla mano destra, dunque deve pur significare qualcosa che non sia minimamente preoccupato. *Giusto?* Sono molto confusa.

Succedono troppe cose. Il fumo, il vino, i vetri rotti, il cibo sparso ovunque, il sangue, la rabbia, le scuse. *È troppo.*

«Mi dispiace moltissimo», ripete per l'ennesima volta. Ritraendomi, vedo che ha gli occhi arrossati e lo sguardo triste. «Mi sono fatto prendere dal panico. Non volevo spingerti, mi sono solo fatto prendere dal panico. Ho pensato unicamente all'intervento di lunedì, alla mano e... Mi dispiace moltissimo.» Mi bacia.

Non è come mio padre. Non può esserlo. Non assomiglia affatto a quel bastardo insensibile.

Siamo entrambi turbati, perplessi e abbattuti. Non ho mai vissuto un momento come questo, così brutto e doloroso. Per qualche ragione, però, l'unica cosa capace di alleviare il dolore provocato da quest'uomo è quest'uomo. Il suo pentimento calma la mia sofferenza, la sua bocca placa le mie emozioni, la sua mano mi stringe come se non volesse più lasciarmi andare.

Circondandomi la vita, mi solleva da terra, attento a evitare i vetri e i resti dello sformato. Non saprei dire se sono più delusa da lui o da me stessa. Da lui per aver perso le staffe o da me stessa per aver trovato conforto nelle sue scuse.

Mi porta in camera, baciandomi per tutto il tempo. Mi sta ancora divorando la bocca quando mi sdraia sul letto sussurrando: «Mi dispiace». Con le labbra mi sfiora l'occhio che ha urtato il mobiletto. «Mi dispiace tantissimo.»

La sua bocca torna sulla mia, calda e umida, e non capisco cosa mi succeda. Dentro soffro da morire, ma il mio corpo desidera le sue labbra e le sue mani su di me. Vorrei scagliarmi contro di lui e reagire come avrei sempre voluto che reagisse mia madre quando mio padre la picchiava, ma in cuor mio voglio credere che sia stato davvero un incidente. Ryle non è come mio padre. *Niente affatto.*

Ho bisogno di sentire il suo dolore. Il suo pentimento. Li avverto entrambi nel modo in cui mi bacia. Divarico le gambe e la sua sofferenza arriva in un'altra forma. Spinte lente e mortificate. Ogni volta che entra dentro di me, bisbiglia altre parole di scusa. E per qualche miracolo, ogni volta che esce, la mia rabbia se ne va con lui.

Mi bacia la spalla. La guancia. L'occhio. Ancora sopra di me, mi accarezza dolcemente. Nessuno mi ha mai toccata così... con tanta tenerezza. Provo a dimenticare l'episodio in cucina, ma ora non riesco a pensare ad altro.

Mi ha spinta via.

Ryle mi ha spinta.

Per quindici secondi ho visto un lato di lui che *non è* lui. Che non è *me*. Ho riso di lui quando avrei dovuto preoccuparmi. Mi ha spintonata quando non avrebbe neppure dovuto sfiorarmi. L'ho fatto cadere procurandogli un taglio al palmo.

È stato orribile. Ogni cosa, tutti quei quindici secondi, sono stati assolutamente orribili. Non voglio pensarci mai più.

Ha ancora lo straccio appallottolato in mano, zuppo di sangue. Gli faccio segno di spostarsi.

«Torno subito», dico. Dandomi un ultimo bacio, rotola via. Vado in bagno e chiudo la porta. Guardandomi allo specchio, ho un sobbalzo.

Sangue. Tra i capelli, sulle guance, sul corpo. Il suo sangue. Prendendo un asciugamano, provo a lavarlo via, quindi cerco il kit del pronto soccorso sotto il lavabo. Non ho idea delle condizioni della sua mano. Prima si è scottato, poi si è tagliato. Nemmeno un'ora dopo avermi detto quanto tenga a quell'intervento.

Niente più vino. Non dobbiamo più bere vino d'annata.

Recupero la scatola e apro la porta. Ryle torna dalla cucina con un sacchettino di ghiaccio. Me lo mostra. «Per il tuo occhio.»

Sollevo il kit. «Per la tua mano.»

Sorridendo, ci risediamo sul letto. Lui si appoggia alla testiera mentre mi poso la sua mano destra sulle ginocchia. Per tutto il tempo che impiego a fasciargli la ferita, mi preme il ghiaccio contro l'occhio.

Spremendomi un po' di pomata antisettica sul dito, gliela spalmo sulle bruciature, consolata dal fatto che non sono gravi come temevo. «Si può impedire che compaiano le vesciche?»

«No, se la bruciatura è di secondo grado.»

Vorrei domandargli se potrà ugualmente eseguire l'intervento, ma preferisco evitare. Di sicuro è il primo dei suoi pensieri in questo istante.

«Vuoi che ne metta un po' sul taglio?»

Annuisce. L'emorragia si è fermata. Sono certa che se servissero dei punti, se li farebbe mettere, ma credo che non siano necessari. Tiro fuori la benda dal kit e gliela avvolgo intorno alla mano.

«Lily», sussurra. Lo guardo. Sembra sul punto di piangere. «Mi sento terribilmente in colpa. Se potessi tornare indietro…»

«Lo so», lo interrompo. «Lo so. È stato spaventoso. Mi hai spinta. Mi hai costretta a dubitare di tutto ciò che mi illudevo di sapere di te. Ti senti in colpa, ma non possiamo tornare indietro. Non voglio parlarne mai più.» Dopo aver fissato la benda, punto gli occhi nei suoi. «Però se mai ricapitasse una cosa simile... capirò che oggi non è stato un semplice incidente. E ti mollerò senza pensarci due volte.»

Mi fissa a lungo, demoralizzato. Chinandosi, mi bacia sulla bocca. «Non succederà più. Lo giuro. Io non sono come lui. So che è questo che pensi, ma ti giuro...»

Scuoto la testa per zittirlo. Non sopporto il dolore nella sua voce. «Non sei come mio padre. Ma... ti prego, non farmi più dubitare di te. Per favore.»

Mi sposta i capelli dalla fronte. «Sei la parte più importante della mia vita. Voglio essere ciò che ti rende felice, non ciò che ti fa soffrire.» Baciandomi, si alza e si piega sopra di me, premendomi il ghiaccio contro il viso. «Tienilo per altri dieci minuti, così l'occhio non si gonfia.»

Sostituisco la sua mano con la mia. «Dove vai?»

Mi sfiora la fronte con le labbra. «A pulire la cucina.»

Resta di là per venti minuti. Sento il tintinnio dei vetri buttati nella spazzatura e il gorgoglio del vino versato nel lavello. Vado in bagno a farmi una rapida doccia per togliermi il suo sangue di dosso, quindi cambio le lenzuola. Quando ha finito, torna in camera con un bicchiere e me lo porge. «È acqua tonica. Contiene caffeina, che aiuta.»

La sorseggio, sentendola frizzare in gola. È proprio quello che ci voleva. Ne bevo un altro po' e appoggio il bicchiere sul comodino. «Aiuta con cosa? Con il doposbornia?»

Si infila a letto e tira su le coperte. «No, non credo che l'acqua tonica serva a qualcosa. Mia madre me la dava alla fine di una brutta giornata, e mi faceva sempre stare un po' meglio.»

Sorrido. «Be', funziona.»

Mi accarezza la guancia, e dal suo sguardo e dal modo in cui mi tocca capisco che merita almeno una chance di perdono. Ho la sensazione che se non troverò il modo di perdonarlo, scaricherò su di lui il rancore che provo ancora per mio padre. *Ryle non è come lui.*

Mi ama. Non l'ha mai detto, ma sono certa che è così. E io amo lui. Sono sicura che non si ripeteranno più episodi come quello di stasera. Non dopo aver visto quanto sia sconvolto per avermi spinta.

Tutti gli esseri umani sbagliano. A determinare il carattere di una persona non sono gli errori che commette, ma il modo in cui li considera e li trasforma in insegnamenti anziché in giustificazioni.

I suoi occhi diventano ancora più sinceri, e mi bacia la mano. Posa la testa sul cuscino e restiamo lì a fissarci, condividendo l'energia inespressa che riempie i vuoti lasciati dentro di noi da questa serata.

Dopo qualche minuto, mi stringe le dita, strofinando il pollice contro il mio. «Mi sono innamorato di te.»

Le sue parole echeggiano in ogni parte di me e, quando sussurro: «Anch'io», è la verità più nuda e più cruda che gli abbia mai confidato.

15

Arrivo al ristorante in ritardo di un quarto d'ora. Stasera, proprio quando stavo per chiudere, è entrato un cliente a ordinare i fiori per un funerale. Non ho potuto mandarlo via perché... purtroppo... i funerali costituiscono gli incassi maggiori per i fioristi.

Ryle mi fa segno dal tavolo e vado dritta da quella parte, facendo del mio meglio per non guardarmi intorno. Non voglio vedere Atlas. Ho tentato due volte di convincere gli altri a cambiare ristorante, ma Allysa era determinata a mangiare qui dopo che Ryle le aveva parlato benissimo di questo locale.

Mi infilo nel séparé e Ryle mi dà un bacio sulla guancia. «Ciao, ragazza.»

«Siete così teneri da farmi venire la nausea», si lamenta Allysa. Le sorrido e si concentra subito sull'angolo del mio occhio. Oggi non è malconcio come temevo, probabilmente perché Ryle mi ha costretta a fare gli impacchi di ghiaccio. «Oddio», riprende Allysa. «Ryle mi ha raccontato cos'è successo, ma non pensavo fosse così grave.»

Gli lancio un'occhiata e mi domando cosa le abbia detto. *La verità?* Lui sorride. «C'era olio d'oliva ovunque. Quando è scivolata, l'ha fatto con la grazia di una ballerina.»

Una menzogna.

Mi sembra giusto. Io avrei fatto la stessa cosa.

«È stato abbastanza patetico», rido.

In qualche modo, la cena procede senza intoppi. Niente Atlas, niente ricordi di ieri sera, e io e Ryle evitiamo entrambi il vino. Finito di mangiare, il cameriere si avvicina. «Desiderate un dessert?»

Io faccio no con la testa, ma Allysa è interessata. «Che cosa avete?»

Marshall segue il suo esempio. «Dobbiamo mangiare per due, perciò prendiamo un qualsiasi dolce al cioccolato.»

L'altro annuisce e, quando si allontana, Allysa guarda suo marito. «Per ora il bambino ha le dimensioni di una cimice. Faresti meglio a non incoraggiare le cattive abitudini nei prossimi mesi.»

Il cameriere torna con il carrello dei dessert. «Lo chef offre il dolce a tutte le madri in dolce attesa. Congratulazioni.»

«Davvero?» chiede Allysa.

«Immagino sia per questo che il ristorante si chiama *Bib's*, cioè 'bavaglino'», osserva Marshall. «Lo chef ama i bambini.»

Ci concentriamo sul carrello. «Oddio», dico, guardando le scelte.

«Questo è il mio nuovo ristorante preferito», afferma Allysa.

Prendiamo tre dolci e, mentre aspettiamo che ce li servano, discutiamo del nome del bambino.

«No», dice Allysa a Marshall. «Non chiameremo nostro figlio come uno Stato.»

«Ma Nebraska mi piace da morire», piagnucola lui. «Idaho?»

Lei si prende la testa tra le mani. «Questo segnerà la rovina del nostro matrimonio.»

«Rovina. Questo sì che è un bel nome.»

L'arrivo dei dessert sventa l'omicidio di Marshall. Il cameriere mette una fetta di torta al cioccolato davanti ad Allysa, spostandosi per far spazio al suo collega, che porta gli altri due piatti. Il primo lo indica. «Lo chef vorrebbe congratularsi di persona.»

«Com'è andata la cena?» chiede l'uomo, guardando Allysa e Marshall.

Quando i suoi occhi incrociano i miei, mi sento assalire dall'ansia e, senza riflettere, mi lascio sfuggire: «Tu sei lo *chef*?»

Il cameriere si china leggermente. «Lo chef. Il proprietario. A volte cameriere, a volte lavapiatti. Fa un po' di tutto, insomma.»

I cinque secondi successivi passano inosservati per tutti gli altri, ma per me scorrono al rallentatore.

Atlas ferma lo sguardo sul taglio accanto al mio occhio.

E sulla benda intorno alla mano di Ryle.

E poi di nuovo sul mio occhio.

«Adoriamo il tuo ristorante», dichiara Allysa. «È un locale incredibile.»

Atlas la ignora. Deglutisce forte e contrae la mandibola e se ne va senza aggiungere altro.

Cazzo.

Il cameriere cerca di nascondere la sua ritirata frettolosa sorridendo a trentadue denti. «Godetevi il dessert», conclude, quindi torna verso la cucina.

«Che maleducato», si indigna Allysa. «Troviamo un nuovo ristorante preferito, e lo chef è uno stronzo.»

Ryle ride. «Sì, ma gli stronzi sono i migliori. Pensa a Gordon Ramsay.»

«Hai ragione», approva Marshall.

Metto la mano sul braccio di Ryle. «Toilette», dico.

Annuisce mentre sguscio fuori dal séparé, e Marshall riprende: «E Wolfgang Puck? È anche lui uno stronzo?»

Attraverso la sala a capo chino e passo rapido. Non appena raggiungo il corridoio, continuo a camminare. Spingo la porta della toilette delle signore, quindi mi giro e la chiudo a chiave.

Cazzo. Cazzo, cazzo, cazzo.

Lo sguardo nei suoi occhi. La rabbia nella sua mandibola contratta.

Sono sollevata all'idea che se ne sia andato, ma sono quasi

certa che probabilmente ci aspetterà fuori quando usciremo, pronto a prendere Ryle a calci nel culo.

Inspiro con il naso, espiro con la bocca, mi lavo le mani, ripeto la respirazione. Quando sono più calma, mi asciugo con una salviettina.

Decido di tornare al tavolo e dire a Ryle che non mi sento bene. Ce ne andremo e non verremo mai più. Credono tutti che lo chef sia uno stronzo, dunque questo può essere il mio pretesto.

Giro la chiave, ma non apro la porta. Qualcuno la spinge dall'altro lato, perciò indietreggio. Atlas entra e richiude a chiave. Mi fissa con la schiena appoggiata alla porta, concentrato sul taglio vicino al mio occhio.

«Cos'è successo?» chiede.

«Niente.»

Stringe gli occhi, ancora azzurro ghiaccio ma in qualche modo ardenti come fuoco. «Stai mentendo.»

Faccio un sorriso forzato. «È stato un incidente.»

Atlas ride, ma poi si rabbuia. «Lascialo.»

Lascialo?

Santo cielo, pensa che sia qualcosa di completamente diverso. Avanzo, scrollando il capo. «Non è come credi. Non è andata così. Ryle è una brava persona.»

Inclina la testa, chinandosi leggermente. «Buffo. Parli come tua madre.»

Le sue parole mi fanno male. Abbasso la maniglia, ma mi afferra il polso. «*Lascialo.*»

Ritiro la mano con uno strattone. Voltandogli le spalle, respiro profondamente, poi butto fuori piano l'aria quando mi volto di nuovo. «Se proprio dobbiamo fare un confronto, ho più paura di te ora di quanta ne abbia *mai* avuta di lui.»

Si ferma per un istante. Annuisce prima piano, poi con più foga mentre si allontana dalla porta. «Di sicuro non volevo metterti a disagio.» Indica la porta. «Provavo solamente a ricambiare l'interesse che hai sempre avuto per me.»

Lo fisso per un momento, indecisa su come interpretare le sue parole. Vedo che è ancora arrabbiato, anche se all'apparenza è calmo, padrone di sé. Mi permette di andarmene. Girando la chiave, apro la porta.

Trasalisco quando mi trovo di fronte Ryle. Mi lancio un'occhiata sopra la spalla, vedendo Atlas che esce dalla toilette con me.

Ryle fa una faccia confusa. «Che cosa *cazzo* succede?»

«Ryle.» Mi trema la voce. *Oddio, la situazione è molto peggiore di quanto sembri.*

Atlas mi supera, dirigendosi verso la cucina, come se Ryle non esistesse. Lui tiene gli occhi incollati alla sua schiena. *Continua a camminare, Atlas.*

Si ferma non appena raggiunge le porte della cucina.

No, no, no. Continua a camminare.

In quello che diventa uno dei momenti più orribili che riesca a immaginare, si volta e va verso Ryle e lo afferra per il colletto della camicia. Ryle reagisce rapido, respingendolo e sbattendolo contro la parete opposta. Atlas si scaglia di nuovo verso di lui, questa volta schiacciandogli la gola con l'avambraccio e bloccandolo contro il muro.

«Toccala ancora, e ti taglio questa cazzo di mano e te la infilo in gola, schifoso pezzo di merda!»

«Atlas, fermati!» urlo.

Lo lascia controvoglia, facendo un lungo passo indietro. Ryle respira a fatica, fissandolo con occhi duri. Poi sposta l'attenzione direttamente su di me. «*Atlas?*» Pronuncia il nome come se lo conoscesse.

Perché lo dice con questo tono? Come se l'avesse già sentito? Non gli ho mai parlato del mio ex.

Aspetta.

Sì, invece.

La prima sera sul tetto. È stata una delle mie verità nude e crude.

Scoppiando in una risata incredula, Ryle indica Atlas, ma

tiene gli occhi puntati su di me. «*Questo* è Atlas? Il senzatetto che ti sei scopata perché ti faceva *pena*?»

Oddio.

D'un tratto fanno a botte, mentre io grido loro di smettere. Due camerieri entrano dalla porta alle mie spalle e li separano rapidamente. Inchiodati contro due pareti opposte, Ryle e Atlas si fissano in cagnesco, ansimando. Non riesco neppure a guardarli.

Non riesco a guardare Atlas. Non dopo quello che gli ha detto Ryle. Non riesco a guardare nemmeno Ryle, perché probabilmente in questo istante pensa la peggiore cosa possibile.

«Fuori!» ordina Atlas, indicando la porta, ma rivolto a Ryle. «Vattene dal mio ristorante!»

Incrocio gli occhi di Ryle mentre mi passa accanto, temendo ciò che leggerò nel suo sguardo, ma non vedo alcuna rabbia.

Solo dolore. Molto dolore.

Si ferma come se volesse dirmi qualcosa, ma si limita a una smorfia delusa e torna nella sala.

Anche Atlas ha un'espressione delusa. Senza darmi il tempo di spiegargli le parole di Ryle, si volta e rientra in cucina.

Corro immediatamente dietro a Ryle, che recupera il giubbotto dal séparé e si avvia verso l'uscita senza degnare di un'occhiata Allysa e Marshall.

Lei mi guarda, alzando le mani in un gesto interrogativo. Prendo la borsetta scuotendo la testa. «È una lunga storia. Ne parliamo domani.»

Seguo Ryle verso il parcheggio. Mi metto a correre per raggiungerlo quando si ferma e sferra un pugno nell'aria.

«Non sono venuto con la mia macchina, *cazzo*!» urla, frustrato.

Tiro fuori le chiavi dalla borsetta, al che si avvicina e me le toglie di mano. Lo seguo di nuovo, questa volta verso la mia auto.

Non so cosa fare. Non so neppure se voglia parlarmi in questo momento. Mi ha appena vista chiusa in una toilette con un uomo di cui ero innamorata. Poi, all'improvviso, quell'uomo l'ha aggredito.

Dio, che casino.

Quando raggiungiamo la macchina, va dritto verso la portiera del conducente, indicando l'altra. «Sali.»

Non mi rivolge la parola per l'intero tragitto. Dico il suo nome una volta, ma scrolla il capo come se non fosse ancora pronto ad ascoltare le mie spiegazioni. Quando entriamo nel garage del mio palazzo, scende subito dopo aver spento il motore, come se non vedesse l'ora di allontanarsi da me.

Non appena smonto, lui cammina avanti e indietro lungo l'auto. «Non è come sembra, Ryle. Te lo giuro.»

Si ferma e, quando mi guarda, provo una stretta al cuore. Ha gli occhi pieni di dolore, e non è nemmeno necessario che soffra così. È stato uno stupido malinteso.

«Non volevo tutto questo», dice. «Non volevo una relazione! Non volevo questo stress nella mia vita!»

Anche se soffre per ciò che crede di aver visto, le sue parole mi fanno incazzare. «Be', allora *vattene*!»

«*Cosa?*»

Alzo le mani. «Non voglio esserti di peso! Mi dispiace molto che la mia presenza nella tua vita sia così *insopportabile*!»

Fa un passo avanti. «Non è ciò che sto dicendo.» Frustrato, mi supera e si appoggia alla fiancata dell'auto, incrociando le braccia. Scende un lungo silenzio mentre aspetto che parli. Ha la testa bassa, ma la solleva leggermente, guardandomi.

«Verità nude e crude. È l'unica cosa che pretendo da te in questo momento. Puoi darmela, per favore?»

Annuisco.

«Sapevi che lavorava lì?»

Arriccio le labbra, avvicinandomi il braccio al petto e afferrandomi il polso. «Sì. È per questo che non volevo tornare in quel ristorante. Non volevo incontrarlo.»

La mia risposta sembra diminuire un po' la tensione. Si passa la mano sul viso. «Gli hai raccontato che cos'è successo ieri sera? Gli hai detto del nostro litigio?»

Avanzo di un passo e scrollo il capo con vigore. «No, l'ha dedotto da solo. Ha visto il mio occhio e la tua mano ed è giunto alle conclusioni.»

Espirando, rovescia la testa e fissa il soffitto. Sembra che per lui sia quasi troppo doloroso formulare la domanda successiva.

«Perché eri sola con lui nella toilette?»

Faccio un altro passo. «Mi ha seguita. Non so nulla della sua vita attuale. Non sapevo nemmeno che fosse il proprietario del ristorante. Credevo che fosse un semplice cameriere. Non fa più parte della mia vita, te lo giuro. Era soltanto...» Incrocio le braccia, abbassando la voce. «Siamo cresciuti entrambi in famiglie violente. Ha visto la mia faccia e la tua mano ed... era soltanto preoccupato per me. Ecco tutto.»

Si copre la bocca. Sento l'aria che gli fruscia tra le dita quando la butta fuori. Si raddrizza, concedendosi un momento per metabolizzare ciò che ho appena detto.

«Tocca a me», dice.

Si stacca dalla macchina e percorre la distanza che ci separa. Mi appoggia le mani sulle guance e mi guarda dritto negli occhi. «Se non vuoi stare con me... per favore, dimmelo subito. Perché quando ti ho vista con lui... mi ha fatto *male*. Non voglio più sentirmi così. E se fa così male ora, sono terrorizzato al pensiero dell'effetto che potrebbe avere su di me tra un anno.»

Con le lacrime che mi scorrono sul viso, metto le mani sopra le sue. «Non voglio nessun altro. Voglio solo te.»

Fa il sorriso più triste che abbia mai visto. Mi attira a sé e mi stringe. Lo abbraccio con tutta la forza che ho mentre mi preme le labbra sulla tempia.

«Ti amo, Lily. *Dio*, ti amo.»

Mi aggrappo a lui, dandogli un bacio sulla spalla. «Anch'io ti amo.»

Chiudo gli occhi, con la speranza di cancellare gli ultimi due giorni.

Atlas si sbaglia su Ryle. Vorrei davvero che lo capisse.

16

«INSOMMA... non voglio sembrare egoista, ma non hai assaggiato il dessert, Lily», geme Allysa. «Era *cooosì* buono.»

«Non torneremo mai più in quel ristorante.»

Batte il piede come una bambina. «Ma...»

«No. Dobbiamo rispettare i sentimenti di tuo fratello.»

Incrocia le braccia. «Lo so, lo so. Perché, da adolescente, hai dovuto cedere agli ormoni e innamorarti del migliore chef di Boston?»

«Non faceva lo chef quando l'ho conosciuto.»

«Come vuoi.» Esce dal mio ufficio chiudendo la porta.

Mi arriva un messaggio sul cellulare.

RYLE: Cinque ore passate. Ne mancano altre cinque circa. Finora tutto bene. La mano va alla grande.

Faccio un sospiro di sollievo. Non ero sicura che oggi sarebbe riuscito a eseguire l'intervento ma, sapendo quanto lo desiderasse, la notizia mi rende felice.

IO: Le mani più ferme di tutta Boston.

Aprendo il portatile, controllo le e-mail. Mi accorgo di una richiesta d'informazioni del *Boston Globe*. È di una giornalista interessata a pubblicare un articolo sul negozio. Sorridendo come un'ebete, comincio a risponderle quando Allysa bussa alla porta e infila dentro la testa.

«Ehi», dice.

«Ehi», replico.

Picchietta con le dita sullo stipite. «Qualche minuto fa mi hai detto che non potrò più tornare al *Bib's* perché è ingiusto nei confronti di Ryle frequentare il ristorante del ragazzo di cui eri innamorata quando eri adolescente.»

«Cosa vuoi, Allysa?»

Arriccia il naso. «Se non è giusto tornare lì a causa del proprietario, fino a che punto è giusto che il proprietario venga qui?»

Cosa?

Chiudendo il portatile, mi alzo. «Perché dici questo? È qui?»

Annuendo, scivola dentro l'ufficio e chiude la porta. «Sì. Ha chiesto di te. So che stai con mio fratello e che io sono incinta, ma possiamo prenderci un minuto per ammirare in silenzio la perfezione di quell'uomo?»

Fa un sorriso trasognato.

«Allysa», la rimprovero.

«Quegli *occhi*, però.» Esce. La seguo e vedo Atlas. «Eccola», dice Allysa. «Vuoi darmi il cappotto?»

Di solito non chiediamo alle persone di darci i cappotti.

Atlas alza lo sguardo verso di me, poi rifiuta l'offerta di Allysa. «No, grazie. Non mi fermerò a lungo.»

Lei si china sul bancone, appoggiandosi il mento sulle mani. «Resta pure finché vuoi. Anzi, cerchi un secondo lavoro? Lily deve assumere altre persone e ci serve qualcuno che riesca a sollevare oggetti molto pesanti. È un lavoro che richiede molta flessibilità. Bisogna darci dentro.»

«Basta così», la zittisco.

Scrolla candidamente le spalle. Tengo la porta aperta per

Atlas, ma evito di guardarlo direttamente mentre mi supera. Mi sento insieme molto in colpa e molto arrabbiata per ciò che è successo ieri sera.

Girando intorno alla scrivania, mi abbandono sulla sedia, pronta a litigare ma, quando lo guardo, chiudo la bocca.

Sorride, disegnando un cerchio con le mani mentre si accomoda di fronte a me. «Tutto questo è incredibile.»

Aspetto un secondo prima di rispondere. «Grazie.»

Continua a sorridere come se fosse orgoglioso di me. Poi mette un sacchetto sulla scrivania e lo spinge nella mia direzione. «Un regalo. Puoi aprirlo dopo.»

Perché mi fa dei regali? Ha una ragazza. Io ho un ragazzo. Il nostro passato ha già causato abbastanza problemi al mio presente. Di sicuro non mi servono regali che peggiorino la situazione.

«Perché mi fai dei regali?»

«L'ho comprato tre anni fa e l'ho conservato nell'eventualità che ti rincontrassi.»

Il premuroso Atlas. Non è cambiato. Cazzo.

Prendendo il sacchetto, lo poso sul pavimento dietro la scrivania. Provo a sciogliere la tensione che mi ha assalita, ma è difficile quando ogni cosa di Atlas mi rende così nervosa.

«Sono venuto per chiederti scusa», dice.

Agito la mano per fargli capire che non è necessario. «Tranquillo. È stato un malinteso. Ryle sta bene.»

Fa una risata sommessa. «Non è per questo che ti chiedo scusa. Non mi scuserei mai per averti difesa.»

«Non mi hai difesa. Non c'era niente da cui difendermi.»

Inclina la testa, guardandomi nello stesso modo di ieri sera, comunicandomi tutta la sua delusione, che mi ferisce nel profondo.

Mi schiarisco la voce. «Per cosa ti scusi, allora?»

Tace per un momento, riflettendo. «Per aver detto che sembravi tua madre. È stato offensivo. Mi dispiace.»

Non so perché mi venga sempre voglia di piangere quando sono con lui. Quando penso a lui. Quando leggo di lui. Come se, in qualche modo, le mie emozioni fossero ancora legate a lui e io non riuscissi a tagliare questo cordone ombelicale.

Abbassa gli occhi sulla scrivania. Si allunga e prende tre cose: una penna, un post-it e il mio cellulare.

Scrive qualcosa sul bigliettino, poi smonta il telefono. Rimuovendo la cover, infila dentro il post-it, per poi rimetterla al suo posto e restituirmi il cellulare. Si alza, lancia la penna sulla scrivania e, in risposta alla mia espressione interrogativa, spiega: «È il mio numero. Tienilo nascosto lì in caso di bisogno».

Faccio una smorfia per il suo gesto. Un gesto *superfluo*. «Non mi servirà.»

«Spero di no.» Va verso la porta, tendendo le dita verso la maniglia. Capisco che è la mia unica occasione di tirare fuori ciò che ho da dire prima che Atlas esca per sempre dalla mia vita.

«Aspetta.»

Mi alzo così di scatto che la sedia scivola attraverso la stanza e va a sbattere contro la parete. Atlas si gira a metà verso di me.

«Quello che Ryle ti ha detto ieri sera. Io non ho mai…» Mi porto una mano tremante al collo, sentendo il cuore che mi pulsa in gola. «Non ho *mai* detto una cosa simile. Era ferito e arrabbiato e ha frainteso le mie parole di molto tempo fa.»

Piega un angolo della bocca e non so se cerchi di sorridere o di non corrugare la fronte. Mi fronteggia. «Credimi. So che non hai scopato con me per *compassione*. Io c'ero.»

Esce, e le sue parole mi costringono a risedermi.

Solo che… la sedia non c'è più. È ancora dall'altra parte dell'ufficio, perciò finisco sul pavimento.

Arrivando di corsa, Allysa mi trova lunga distesa dietro la scrivania. «Lily?» Torreggia sopra di me. «Stai bene?»

Alzo il pollice. «Benissimo. Ho solo mancato la sedia.»

Allungando la mano, mi aiuta a tirarmi su. «Di che cosa si trattava?»

Lancio un'occhiata alla porta mentre recupero la sedia. Mi

accomodo, controllando il telefono. «Niente. Mi ha soltanto chiesto scusa.»

Facendo un sospiro languido, si gira verso la porta. «Questo significa che non vuole il lavoro?»

Devo riconoscerlo. Riesce a farmi ridere anche nel bel mezzo di un tumulto emotivo. «Rimettiti a lavorare prima che ti tagli lo stipendio.»

Con una risata, fa per andarsene. Picchietto con la penna sulla scrivania. «Aspetta.»

«Lo so», mi interrompe. «Non è necessario che Ryle sappia di questa visita. Non c'è bisogno che tu me lo dica.»

Sorrido. «Grazie.»

Chiude la porta.

Raccogliendo il sacchetto, tiro fuori il regalo e intuisco facilmente che è un libro, avvolto in carta velina. La strappo e mi abbandono contro lo schienale.

Davanti c'è una foto di Ellen DeGeneres. Il titolo è *Seriously... I'm Kidding*. Ridendo, apro il volume e sussulto quando mi accorgo che è autografato. Faccio scorrere le dita sulle parole della dedica.

Lily,
Atlas dice zitta e nuota.

– Ellen DeGeneres –

Sfioro la firma con i polpastrelli, poi poso il libro sulla scrivania e, premendovi contro la fronte, faccio finta di piangere contro la copertina.

17

Sono le sette passate quando arrivo a casa. Ryle ha chiamato un'ora fa per avvisarmi che questa sera non verrà. La separazione dei cranio-vattelappesca è stata un successo, ma lui resterà in ospedale l'intera notte perché non ci siano complicazioni.

Entro nell'appartamento silenzioso. Mi infilo il pigiama silenzioso. Mangio un panino silenzioso. Infine, mi stendo nella camera silenziosa e apro il mio nuovo libro silenzioso, con la speranza che renda le mie emozioni silenziose.

Invece, tre ore e moltissime pagine dopo, i turbamenti degli ultimi giorni iniziano ad affiorare. Infilo un segnalibro nel punto in cui mi sono fermata e chiudo il volume.

Fisso a lungo il libro. Penso a Ryle. Penso ad Atlas. Penso a come talvolta, per quanto si sia convinti che la propria vita andrà in un certo modo, tutta la certezza possa essere spazzata via da un semplice imprevisto.

Afferrando il libro, lo sistemo nell'armadio insieme ai diari. Poi prendo il quaderno pieno di ricordi di Atlas e capisco che è arrivato il momento di leggere l'ultima annotazione. Allora lo potrò chiudere per sempre.

* * *

Cara Ellen,

il più delle volte sono grata che tu non sappia della mia esistenza e contenta di non averti spedito le cose che ti scrivo.

Ma certe volte, soprattutto stasera, vorrei che ci conoscessimo. Ho unicamente bisogno di qualcuno con cui parlare di tutto ciò che provo. Sono passati sei mesi da quando Atlas è partito, e sinceramente non so dove sia o che cosa stia facendo. Sono successi moltissimi fatti dall'ultima lettera che ti ho scritto, quando si è trasferito a Boston. Credevo sarebbe stato il nostro ultimo incontro per un po' di tempo, ma mi sbagliavo.

L'ho rivisto dopo la sua partenza, diverse settimane più tardi. Era il mio sedicesimo compleanno e, quando è comparso, è diventato in assoluto il giorno migliore della mia vita.

E poi il peggiore in assoluto.

Erano trascorsi esattamente quarantadue giorni da quando era partito per Boston. Li avevo contati a uno a uno come se servisse a qualcosa. Ero molto giù di morale, Ellen. Lo sono ancora. Si dice che i teenager non sappiano amare come gli adulti. Una parte di me ci crede, ma non sono adulta e dunque non posso fare confronti. Ma penso che probabilmente sia diverso. Sono sicura che ci sia più sostanza nell'amore tra due adulti di quanta ce ne sia tra due teenager. Quasi certamente ci sono più maturità, più rispetto, più responsabilità. Ma a prescindere da quanto possa essere diversa la sostanza di un amore a diverse età nella vita di una persona, sono convinta che il sentimento debba avere lo stesso peso. Lo senti sulle spalle, nello stomaco e sul cuore, qualunque età tu abbia, e ciò che provo per Atlas è molto pesante. Ogni notte piango finché non mi addormento e sussurro: «Zitta e nuota». Ma diventa molto difficile nuotare quando hai la sensazione di essere ancorata in acqua.

Ora che ci penso, probabilmente ho attraversato, in un certo senso, le fasi del lutto: rifiuto, rabbia, trattativa, depressione e accettazione. La sera del mio sedicesimo compleanno ero in piena fase depressiva. Mia madre ce l'aveva messa tutta per rallegrarmi la giornata. Mi aveva regalato degli utensili da giardinaggio, preparato la mia torta preferita, ed eravamo andate a cena insieme. Ma quando mi sono infilata a letto, non sono riuscita a scrollarmi di dosso la tristezza.

Stavo piangendo quando ho sentito i colpetti sul vetro. Subito ho pensato che avesse cominciato a piovere, ma poi ho riconosciuto la sua voce. Saltando su, mi sono precipitata alla finestra, con il cuore impazzito. Atlas era lì nel buio e mi sorrideva. Alzando il vetro, l'ho aiutato a entrare, e lui mi ha presa tra le braccia, stringendomi a lungo mentre piangevo.

Aveva un ottimo odore. Abbracciandolo, ho notato che finalmente aveva messo su un po' di peso nelle sei settimane passate dall'ultima volta che l'avevo visto. Mentre si staccava, mi ha asciugato le lacrime dalle guance. «Perché piangi?»

Mi vergognavo. Avevo pianto molto quel mese, probabilmente più che in qualunque altro mese della mia vita. Quasi sicuramente era colpa degli ormoni dell'adolescenza, uniti allo stress per come mio padre tratta mia madre e al fatto di aver detto addio ad Atlas.

Raccogliendo una maglietta dal pavimento, mi sono asciugata gli occhi, quindi ci siamo seduti sul letto. Mi ha tirata a sé, appoggiandosi alla testiera.

«Che cosa ci fai qui?» ho chiesto.

«È il tuo compleanno. E sei ancora la mia persona preferita. E mi mancavi.»

Probabilmente non erano ancora le dieci quando è arrivato, ma abbiamo parlato così tanto che, quando ho guardato di nuovo l'orologio, era già mezzanotte passata. Non ricordo neppure di cosa abbiamo chiacchierato, ma ricordo cosa ho provato. Sembrava molto felice e negli occhi aveva una luce che non avevo mai visto prima. Come se finalmente avesse trovato una casa.

Con un tono serio, ha annunciato che voleva dirmi una cosa. Mi ha fatta mettere a cavalcioni sulle sue gambe, perché voleva che lo guardassi negli occhi. Pensavo mi dicesse che aveva una ragazza o che avrebbe anticipato l'arruolamento, ma le sue parole mi hanno scioccata.

La prima sera che è entrato nella vecchia casa, mi ha raccontato, non l'aveva fatto perché avesse bisogno di un posto in cui stare, bensì per farla finita.

Mi sono portata le mani alla bocca perché non avevo idea che le cose si fossero messe così male per lui, al punto di togliergli la voglia di vivere.

«Spero che tu non scopra mai che cosa significhi sentirsi così soli», mi ha detto.

Quella sera, ha continuato, era seduto in salotto con una lametta da barba sul polso. Proprio quando stava per usarla, la luce della mia camera si è accesa. «Eri lì come un angelo, illuminata dal chiarore del cielo. Non riuscivo a staccarti gli occhi di dosso.»

Mi aveva osservata per un po' mentre mi muovevo qua e là, e poi quando mi ero sdraiata sul letto per scrivere il diario. Aveva messo giù la lametta perché era la prima volta in un mese che la vita gli regalava un'emozione sufficiente a scuoterlo dalla convinzione di essere così indifferente da suicidarsi quella sera.

Poi, uno o due giorni dopo, gli avevo lasciato il cibo sulla veranda. Il resto della storia lo conosci già.

«Mi hai salvato la vita», ha concluso. «Senza nemmeno saperlo.»

Chinandosi, mi ha dato un bacio nel solito punto tra la spalla e il collo. Mi ha fatto piacere. Non amo molto il mio corpo, ma quel punto sulla clavicola è diventato la parte preferita di me stessa.

Prendendomi le mani, ha detto che si sarebbe arruolato prima del previsto, ma che non poteva partire senza ringraziarmi. Sarebbe stato via per quattro anni, ha aggiunto, e l'ultima cosa che voleva per me era che non vivessi la mia vita per colpa di un ragazzo che non potevo vedere né sentire.

Poi ha aggiunto una cosa che gli ha fatto diventare gli occhi lucidi. «Lily, la vita è strana. Abbiamo a disposizione appena un certo numero di anni, dunque dobbiamo fare tutto ciò che possiamo perché siano il più pieni possibile. Non dobbiamo perdere tempo in cose che potrebbero succedere un giorno, o addirittura mai.»

Ho capito cosa intendesse. Sarebbe entrato nell'esercito e non voleva che mi aggrappassi al suo ricordo mentre era lontano. Non rompeva con me, perché non siamo mai stati davvero insieme. Siamo solo due persone che si sono aiutate nel momento del bisogno e che, strada facendo, hanno unito i loro cuori.

È stato difficile essere lasciata da qualcuno che non mi ha mai posseduta completamente fin dall'inizio. In tutto il tempo che abbiamo trascorso insieme, credo che entrambi sapessimo che non sarebbe durata per sempre. Non so il perché, dato che non avrei difficoltà ad amarlo in quel modo. Forse, in circostanze diverse, se stessimo insieme come tipici adolescenti e lui avesse una vita normale con una casa, potremmo essere una coppia di quel tipo, una di quelle che si formano facilmente e non sperimentano mai le interferenze della crudeltà nella loro vita.

Non ho nemmeno cercato di fargli cambiare idea. Secondo me, abbiamo il genere di legame che neppure le fiamme dell'inferno potrebbero troncare. Ho la sensazione che lui possa arruolarsi e che io possa finire la mia adolescenza e che poi ogni cosa torni a posto al momento giusto.

«Voglio farti una promessa», ha detto. «Quando la mia vita sarà abbastanza serena perché tu ne faccia parte, verrò a cercarti. Ma non voglio che mi aspetti, perché potrebbe non succedere mai.»

Non mi piace questa promessa, perché può significare due cose allo stesso tempo. O Atlas pensa di non uscire vivo dall'esercito o non crede che la sua vita sarà mai abbastanza serena per me.

Invece, la sua vita è già abbastanza serena per me, ma ho annuito e fatto un sorriso forzato. «Se non vieni a cercarmi, vengo io a cercare te. E non sarà piacevole, Atlas Corrigan.»

Ha riso della mia minaccia. «Be', non sarà troppo difficile trovarmi. Sai esattamente dove sarò.»

Ho sorriso. «Dove ogni cosa è migliore.»

«A Boston.»

Poi mi ha baciata.

Ellen, so che sei adulta e che immagini che cosa sia successo dopo, ma non me la sento ancora di raccontarti quanto è avvenuto nelle ore seguenti. Diciamo solo che ci siamo baciati molto. Abbiamo riso molto. Abbiamo amato molto. Abbiamo respirato molto. Molto. E abbiamo dovuto tapparci la bocca e fare il minor rumore possibile perché non ci beccassero.

Quando abbiamo finito, mi ha stretta a sé, pelle contro pelle, mano contro cuore. Mi ha baciata e guardata dritto negli occhi.

«Ti amo, Lily. Amo tutto ciò che sei. Ti amo.»

Sono consapevole che queste parole vengono pronunciate spesso, soprattutto dai teenager. Molte volte prematuramente e senza molto valore. Ma quando le ha dette Atlas, ho capito che non voleva dire di essere innamorato di me. Non era quel tipo di «ti amo».

Immagina tutte le persone che conosci nel corso della vita. Sono moltissime. Arrivano come onde, fluendo avanti e indietro con il cambiare della marea. Alcune sono molto più grandi e hanno un impatto maggiore di altre. Certe volte le onde portano con sé cose dal fondale del mare e le gettano sulla riva. Impronte che, sui granelli di sabbia, dimostrano il passaggio delle onde, anche parecchio tempo dopo che la marea si è abbassata.

È questo che intendeva Atlas quando mi ha detto: «Ti amo». Voleva dirmi che sono l'onda più grande in cui si sia mai imbattuto. E ho portato con me così tante cose che le mie impronte rimarranno lì per sempre, anche quando la marea scenderà.

Dopo avermi detto che mi ama, ha aggiunto che aveva un regalo di compleanno per me e ha tirato fuori un sacchettino marrone. «Non è molto, ma è il massimo che potevo permettermi.»

Una volta aperto il sacchetto, ho estratto il regalo più bello che abbia mai ricevuto: una calamita con sopra scritto BOSTON. *E in fondo, in lettere minuscole:* DOVE OGNI COSA È MIGLIORE. *Ho promesso che la conserverò per sempre e che penserò a lui ogni volta che la guarderò.*

All'inizio di questa lettera, ho detto che il mio sedicesimo compleanno era stata una delle giornate migliori della mia vita. Perché fino a quel secondo, lo era stata.

Sono stati i minuti successivi a non esserlo.

Prima che Atlas arrivasse, non mi aspettavo di vederlo, perciò non avevo pensato di chiudere la porta a chiave. Mio padre mi ha sentita parlare con qualcuno e, quando ha spalancato la porta e visto Atlas a letto con me, è andato su tutte le furie. Inoltre, Atlas era in svantaggio perché non era preparato a ciò che sarebbe successo.

Non dimenticherò quel momento finché avrò vita. Ho provato un senso di impotenza assoluta quando il papà si è scagliato contro di lui con una mazza da baseball. Il rumore delle ossa che si spezzavano era l'unico suono che copriva le mie urla.

Non so ancora chi abbia chiamato la polizia. Sono certa che sia stata mia madre, ma sono passati sei mesi e non abbiamo ancora parlato di quella sera. Quando la polizia ha fatto irruzione nella mia camera e ha tolto mio padre di dosso ad Atlas, lui era così coperto di sangue da essere irriconoscibile.

Ero isterica.

Isterica.

Non solo hanno portato via Atlas in ambulanza, ma ne hanno chiamata una anche per me perché non riuscivo a respirare. È stato il primo e unico attacco di panico che abbia mai avuto.

Non volevano dirmi dove fosse o anche solamente se stesse bene. Non hanno nemmeno arrestato mio padre. Si è sparsa la voce che Atlas alloggiasse nella vecchia casa e che fosse un senzatetto. Mio padre è stato osannato per l'atto eroico: salvare la sua bambina dallo straccione che l'ha manipolata per fare sesso con lui.

Mio padre ha detto che ho coperto di vergogna la nostra famiglia, offrendo alla città qualcosa di cui spettegolare. E ti assicuro che ne parlano tuttora. Oggi, sull'autobus, ho sentito Katie dire a qualcuno che lei aveva provato a mettermi in guardia da Atlas. Aveva capito che portava guai, ha detto, dal primo momento che lo aveva visto. Tutte cazzate. Se Atlas fosse stato lì con me, probabilmente avrei tenuto la bocca chiusa e avrei affrontato la situazione da persona matura, come mi ha insegnato lui. Invece ero talmente arrabbiata da voltarmi e dire a Katie di andare all'inferno. Ho aggiunto che Atlas è un essere umano migliore di quanto lei potrà mai essere e che, se l'avessi sentita ancora sparlare di lui, se ne sarebbe pentita.

Ha fatto una smorfia spazientita. «Santo cielo. Ti ha fatto il lavaggio del cervello? Era un senzatetto sporco e disonesto che probabilmente si drogava. Ti ha usata per il cibo e il sesso, e ora lo difendi?»

È stata fortunata che in quel momento l'autobus si sia fermato davanti a casa mia. Ho preso lo zaino e sono scesa, quindi sono entrata e ho pianto in camera mia per tre ore di fila. Ora mi fa male la testa, ma ho capito che l'unica cosa capace di farmi stare meglio sarebbe stata mettere tutto nero su bianco. Ho evitato di scrivere questa lettera per sei mesi.

Senza offesa, Ellen, ma la testa mi fa ancora male. E anche il cuore. Forse più ora di ieri. Questa lettera non mi ha aiutata per niente.

Credo che smetterò di scriverti per un po'. Mi fa pensare a lui, e la sofferenza è troppo grande. Finché non verrà a cercarmi, continuerò a fingere di stare bene. Continuerò a fingere di nuotare quando, in realtà, sto soltanto galleggiando, con la testa a malapena fuori dall'acqua.

Lily

* * *

Passo alla pagina successiva, ma è vuota. Quella è stata l'ultima volta che ho scritto a Ellen.

Non ho più avuto notizie neppure di Atlas, e un'enorme parte di me non gliene ha mai fatta una colpa. Per poco non è morto per mano di mio padre. Non c'è molto spazio per il perdono in casi simili.

Sapevo che era sopravvissuto e che stava bene, perché di tanto in tanto, negli anni, ho ceduto alla curiosità e ho trovato in rete qualche informazione sul suo conto. Non c'era molto, però. Quanto bastava per assicurarmi che fosse sopravvissuto e che si fosse arruolato.

Ma non me lo sono mai tolto dalla testa. Il tempo ha migliorato le cose, anche se ogni tanto scoprivo qualcosa che mi ricordava Atlas e mi mandava in depressione. Solo dopo il college per un paio d'anni e dopo aver cominciato a uscire con un altro, mi sono resa conto che forse Atlas non era destinato a essere tutta la mia vita. Credo soltanto una porzione.

Forse l'amore non è ciò che chiude il cerchio. Fluisce e rifluisce, dentro e fuori, come le persone nella nostra vita.

Al college, in una serata particolarmente solitaria, sono andata a farmi tatuare un cuore nel punto in cui Atlas amava baciarmi. È minuscolo, più o meno delle dimensioni del polpastrello di un pollice, e assomiglia a quello che lui aveva ricavato dal ramo della quercia. In cima non è completamente chiuso, e mi domando se Atlas abbia intagliato così il legno di proposito. Perché è così che si sente il mio cuore ogni volta che penso a lui, come se avesse un forellino che fa uscire tutta l'aria.

Dopo il college mi sono trasferita a Boston, non necessariamente perché sperassi di trovarlo, ma perché dovevo vedere di persona se la città fosse davvero migliore. In ogni caso, non c'era nulla che mi trattenesse a Plethora, e volevo allontanarmi il più possibile da mio padre. Anche se era malato e non poteva più fare del male alla mamma, in qualche modo mi faceva ancora venire voglia di fuggire dall'intero Stato del Maine, perciò è esattamente quello che ho fatto.

Scoprire Atlas nel suo ristorante per la prima volta mi ha inondata di così tante emozioni che non sapevo come elaborarle. Ero contenta di vedere che stesse bene. Ero felice che sembrasse in buona salute. Ma mentirei se dicessi di non essermi un po' rattristata all'idea che non avesse mai cercato di rintracciarmi come aveva promesso.

Lo amo. Lo amo ancora e lo amerò sempre. È stato una gigantesca onda che ha lasciato molte impronte sulla mia vita, e sentirò il peso di questo amore finché morirò. Ormai me ne sono fatta una ragione.

Adesso, però, le cose sono diverse. Dopo che oggi è uscito dal mio ufficio, ho riflettuto a lungo su di noi. Penso che le nostre vite siano dove devono essere. Io ho Ryle. Atlas ha la sua ragazza. Entrambi abbiamo il lavoro che abbiamo sempre desiderato. Il semplice fatto che non siamo finiti sulla stessa onda non significa che non apparteniamo più allo stesso oceano.

Con Ryle sono soltanto all'inizio, ma per lui provo i medesimi sentimenti intensi che provavo per Atlas. Lui mi ama come mi amava Atlas e sono sicura che, se Atlas avesse la possibilità di conoscerlo, lo capirebbe e sarebbe felice per me.

Certe volte arriva un'onda inattesa che ti risucchia e si rifiuta di risputarti fuori. Ryle è la mia onda di marea inaspettata, e in questo momento sto sfiorando la sua bellissima superficie.

PARTE SECONDA

18

«Oddio. Sto per vomitare.»

Mettendomi il pollice sotto il mento, Ryle mi solleva il viso verso il suo. «Andrà tutto bene. Smetti di agitarti.»

Scrollo le mani, saltellando su e giù nell'ascensore. «Non posso farne a meno. Quello che tu e Allysa mi avete raccontato di vostra madre mi rende molto nervosa.» Sgrano gli occhi e mi porto le mani alla bocca. «Oddio. E se mi interrogasse su *Gesù*? Non vado mai in chiesa. Insomma, ho letto la Bibbia quando ero una ragazzina, ma non conosco le risposte alle domande di quiz biblici.»

Ride come un matto. Mi tira a sé e mi dà un bacio sulla tempia. «Non parlerà di Gesù. Ti adora già per quanto le ho raccontato di te. Devi solo essere te stessa.»

«Essere me stessa. Okay. Penso di poter fingere di essere me stessa per una sera. Giusto?»

Le porte si aprono e Ryle esce con me dalla cabina, guidandomi verso l'appartamento di Allysa. È curioso vederlo bussare, ma suppongo che tecnicamente non abiti più qui. Negli ultimi mesi ha iniziato lentamente a vivere con me. Tutti i suoi vestiti sono nel mio appartamento. I suoi prodotti da toilette. La settimana scorsa ha persino appeso in camera da letto quella ridicola fotografia sfocata di me, e dopo questo la convivenza sembra sia davvero ufficiale.

«Sa che viviamo insieme?» chiedo. «È d'accordo? Insomma, non siamo sposati. Va in chiesa tutte le domeniche. Oh no! E se pensasse che sono una puttana blasfema?»

Accenna alla porta e, voltandomi di scatto, vedo sua madre sulla soglia, con un'espressione scioccata.

«Madre», dice Ryle. «Ti presento Lily. La mia puttana blasfema.»

Oddio.

Lei mi abbraccia, e la sua risata mi riempie di sollievo. «Lily!» esclama, allontanandomi da sé per studiarmi meglio. «Cara, non penso che tu sia una puttana blasfema. Sei l'angelo che ho pregato si sedesse sulle ginocchia di Ryle per gli ultimi dieci anni!»

Ci fa entrare. Anche il padre di Ryle mi abbraccia. «No, non sei sicuramente una puttana blasfema. Non come il nostro Marshall, che ha affondato i denti nella nostra bambina quando aveva appena diciassette anni.» Lancia un'occhiataccia al genero, seduto sul divano.

Marshall ride. «È qui che si sbaglia, dottor Kincaid, perché è stata Allysa ad affondare i denti in me per prima. I miei erano in un'altra ragazza che sapeva di patatine al formaggio e...»

Si piega in due quando Allysa gli sferra una gomitata nel fianco.

Tutte le mie paure sono svanite come per magia. Sono perfetti. Sono normali. Dicono «puttana» e ridono delle battute di Marshall.

Non potrei chiedere di meglio.

Tre ore dopo sono sdraiata con Allysa sul suo letto. I loro genitori sono andati a dormire presto, lamentandosi del jet lag. Ryle e Marshall stanno guardando dello sport in salotto. Io tengo la mano sulla pancia di Allysa, aspettando di sentir scalciare la bambina.

«I piedini sono qui.» Mi sposta il palmo di alcuni centimetri. «Abbi pazienza per qualche secondo. È molto vivace questa sera.»

Aspettiamo in silenzio. Quando sento un calcio, vado in visibilio. «Oddio! Eccola!»

Allysa si mette le mani sulla pancia, sorridendo. «Questi ultimi due mesi e mezzo saranno un inferno. Non vedo l'ora di conoscerla.»

«Anch'io. Sono impaziente di diventare zia.»

«E non vedo l'ora che tu e Ryle abbiate un bambino.»

Lasciandomi cadere sulla schiena, mi metto le mani dietro la testa. «Non so se lui voglia avere figli. In realtà non ne abbiamo mai parlato.»

«Non importa se non ne vuole. Li vorrà. Non voleva una relazione prima di conoscere te. Non voleva sposarsi prima di conoscere te, ma ho la sensazione che chiederà la tua mano nel giro di qualche mese.»

Appoggiando la testa al palmo, mi volto verso di lei. «Stiamo insieme da meno di sei mesi. Sono abbastanza sicura che voglia aspettare ancora.»

Non faccio pressioni a Ryle per accelerare le cose tra noi. La nostra vita è perfetta così com'è. In ogni caso siamo troppo occupati per organizzare un matrimonio, perciò non mi importa se lui preferisce rimandare.

«E tu?» Allysa insiste. «Diresti di sì se te lo chiedesse?»

Scoppio a ridere. «Vuoi scherzare? Certo, lo sposerei stasera.»

Guarda la porta oltre la mia spalla. Stringe le labbra nel tentativo di nascondere un sorriso.

«Ryle è sulla soglia, vero?»

Annuisce.

«Mi ha sentita, vero?»

Annuisce di nuovo.

Rotolandomi sulla schiena, guardo Ryle, appoggiato allo stipite con le braccia incrociate. Non saprei dire cosa pensi. Ha i lineamenti contratti. La mandibola contratta. Gli occhi puntati su di me.

«Lily», inizia con stoica compostezza. «Io ti sposerei *subito*.»

Le sue parole mi strappano il sorriso più grande e imbarazzante che abbia mai fatto, così nascondo la faccia dietro il cuscino. «Grazie», replico, con voce soffocata.

«È tutto dolcissimo», osserva Allysa. «Anzi, mio fratello è dolcissimo.»

Ryle mi toglie il cuscino dalla faccia e torreggia sopra di me, tenendolo sotto il braccio. «Andiamo.»

Il cuore comincia a battermi più forte. «Ora?»

Fa sì con la testa. «Mi sono preso il week-end libero perché i miei sono in città. Tu hai delle persone che possono gestire il negozio al tuo posto. Andiamo a Las Vegas e sposiamoci.»

Allysa si alza a sedere. «Non potete. Lily è una ragazza. Vuole una vera cerimonia, con tanto di fiori, damigelle d'onore e tutto il resto.»

Ryle mi guarda. «Vuoi una vera cerimonia, con tanto di fiori, damigelle d'onore e tutto il resto?»

Rifletto per un secondo.

«No.»

Restiamo in silenzio per un momento, poi Allysa comincia a sgambettare entusiasta. «Si sposano!» urla. Rotolandosi giù dal letto, corre in salotto. «Marshall, fa' le valigie! Andiamo a Las Vegas!»

Ryle mi aiuta ad alzarmi. Sorride, ma non accetterò mai una proposta di matrimonio a meno che non sappia per certo che lo desidera anche lui.

«Sei sicuro?»

Passandomi le dita tra i capelli, mi avvicina il viso al suo, sfiorandomi la bocca con le labbra. «La verità nuda e cruda», sussurra. «Sono così emozionato all'idea di diventare tuo marito che potrei pisciarmi addosso, cazzo.»

19

«SONO passate sei settimane, mamma, devi accettarlo.»

Sospira al telefono. «Sei la mia unica figlia. Non posso farci niente se sogno le tue nozze da tutta la vita.»

Non mi ha ancora perdonata, anche se era presente. L'abbiamo chiamata poco prima che Allysa prenotasse i posti in aereo. L'abbiamo buttata giù dal letto insieme ai genitori di Ryle, poi li abbiamo costretti a prendere il volo di mezzanotte per Las Vegas. Non ha provato a farmi cambiare idea perché sono sicura che, quando è arrivata in aeroporto, ha capito che la decisione era presa. Ma non mi ha permesso di dimenticarlo. Sognava una cerimonia magnifica, l'acquisto del vestito e l'assaggio della torta dal giorno che sono nata.

Appoggio i piedi sul divano. «Come posso rimediare? Cosa ne dici se ti prometto che, quando decideremo di avere un bambino, lo faremo in modo naturale invece di comprarlo a Las Vegas?»

Prima ride, poi sospira. «Purché un giorno tu mi dia dei nipoti, riuscirò a passarci sopra.»

Io e Ryle abbiamo parlato di bambini durante il volo per Las Vegas. Volevo la certezza che questa possibilità fosse negoziabile prima di impegnarmi a trascorrere tutta la vita con lui. Altroché se lo era, ha risposto. Poi abbiamo chiarito molte altre cose che avrebbero potuto provocare problemi lungo il percorso. Gli ho spiegato che voglio conti correnti separati ma, siccome lui guadagna più di me, dovrà farmi regali senza sosta per rendermi felice. Ha accettato. Mi ha fatto promettere che non diventerò mai vegana. È stata una promessa facile. Mi piace troppo il formaggio. Ho detto che dovremo fondare una specie di ente benefico, o almeno fare donazioni a quelli sostenuti da Marshall e Allysa. Ha risposto che le fa già, e questo mi ha fatto venire ancora più voglia di sposarlo. Mi ha fatto promettere di votare. Ha detto che sono libera di votare i democratici, i repubblicani o gli indipendenti, purché vada a votare. Abbiamo suggellato il nostro patto con una stretta di mano.

Quando siamo atterrati a Las Vegas, eravamo ormai sulla stessa lunghezza d'onda.

Sentendo la chiave girare nella serratura, mi stendo sulla schiena. «Devo andare», dico a mia madre. «È arrivato Ryle.» Lui chiude la porta, al che sorrido e aggiungo: «Aspetta. Riformulo la frase. È arrivato mio *marito*».

La mamma mi saluta. Riaggancio e getto via il telefono, portandomi il braccio sopra la testa e posandolo pigramente sul bracciolo. Poi sollevo la gamba e lascio che la gonna mi scivoli lungo le cosce, raccogliendosi intorno alla mia vita. Ryle mi accarezza con lo sguardo, poi si avvicina. Si inginocchia sul divano, strisciando lentamente lungo il mio corpo.

«Come sta mia moglie?» sussurra, stampandomi baci intorno alla bocca. Non appena si preme tra le mie gambe, rovescio la testa mentre mi divora il collo.

Questa sì che è vita.

Lavoriamo entrambi quasi ogni giorno. Lui lavora il doppio di me e, due o tre volte la settimana, torna a casa quando sono già a letto, ma le serate che trascorriamo insieme voglio che le passi dentro di me.

Non si lamenta.

Trova un punto del mio collo e se ne impossessa, baciandolo così forte da farmi male. «Ahi.»

Si abbassa su di me, borbottando: «Ti faccio un succhiotto. Non muoverti».

Non mi oppongo. Ho i capelli abbastanza lunghi per nasconderlo, e non mi hanno mai fatto un succhiotto prima d'ora.

Le sue labbra si soffermano nello stesso punto, succhiando e baciando finché non sento più il bruciore. Ryle è stretto contro di me, con una prepotente erezione sotto la divisa chirurgica. Muovendo le mani, gli spingo giù i pantaloni quanto basta perché possa penetrarmi. Continua a baciarmi sul collo mentre mi possiede sul divano.

Si è fatto la doccia per primo e, non appena è uscito, sono entrata io. Dovevamo lavare via l'odore del sesso prima di cenare con Allysa e Marshall, ho detto.

Allysa partorirà tra qualche settimana, perciò organizza il maggior numero possibile di uscite a quattro. Teme che smetteremo di andare a trovarli quando nascerà la bambina, cosa che è assolutamente ridicola. Al contrario, le visite diventeranno più frequenti. E comunque, amo già mia nipote più di chiunque altro.

Okay, forse no. Ma quasi.

Cerco di non bagnarmi i capelli mentre mi sciacquo, perché siamo già in ritardo. Prendo il rasoio e me lo premo contro l'ascella quando sento uno schianto. Mi fermo.

«Ryle?»

Niente.

Finisco di depilarmi, poi lavo via il sapone. Un altro schianto.

Cosa diavolo fa?

Chiudo l'acqua e prendo un asciugamano, tamponandomi tutto il corpo. «Ryle!»

Continua a non rispondere. Mi infilo rapidamente i jeans e apro la porta mentre indosso la maglietta. «Ryle?»

Il comodino è rovesciato. Passo in salotto e lo vedo seduto sul bordo del sofà, con la testa su una mano. Sta guardando qualcosa sull'altro palmo.

«Che cosa fai?»

Alza gli occhi su di me con un'espressione irriconoscibile. Sono confusa. Non capisco se abbia ricevuto cattive notizie o… *Oddio. Allysa.*

«Mi stai spaventando. Che cosa c'è?»

Sollevando il mio cellulare, mi fissa come se dovessi sapere che cosa sta succedendo. Quando, sconcertata, scrollo il capo, mi mostra un foglietto. «Una cosa curiosa.» Mette il telefono sul tavolino. «Ho fatto cadere accidentalmente il tuo cellulare. È saltata via la cover. Ho trovato questo numero nascosto all'interno.»

Oddio.

No, no, no.

Appallottola il post-it nel pugno. «Ho pensato: strano, Lily non mi nasconde niente.» Si alza, riprendendo il telefono. «Così ho chiamato questo numero.» Stringe le dita intorno al cellulare. «È fortunato che ci fosse la segreteria.» Lo scaglia dall'altra parte della stanza, mandandolo a sbattere contro la parete e a frantumarsi sul pavimento.

Segue una pausa di tre secondi durante la quale penso che la situazione può andare in un modo o nell'altro.

O mi lascia.

O mi picchia.

Passandosi una mano tra i capelli, va dritto verso la porta.

Mi lascia.

«Ryle!» urlo.

Perché non ho buttato via il numero?!

Gli corro dietro. Fa gli scalini due alla volta, e finalmente lo raggiungo sul pianerottolo del secondo piano. Piazzandomi davanti a lui, gli afferro la camicia con i pugni. «Per favore, lascia che ti spieghi.»

Stringendomi i polsi, mi spinge via.

* * *

«Sta' ferma.»

Sento le sue mani su di me. Dolci. Forti.

Le lacrime mi scorrono sulle guance e, per qualche ragione, bruciano.

«Lily, sta' ferma, per favore.»

La sua voce ha un effetto calmante. Mi fa male la testa. «Ryle?» Cerco di aprire gli occhi, ma la luce è troppo intensa. Sentendo un bruciore nell'angolo dell'occhio, tremo. Tento di alzarmi a sedere, ma la sua mano mi blocca la spalla.

«Devi stare ferma finché non ho finito.»

Riaprendo gli occhi, guardo il soffitto. È quello della nostra camera. «Finito cosa?» Quando parlo, mi fa male la bocca, così la copro con la mano.

«Sei caduta dalle scale. Sei ferita.»

Quando i nostri sguardi si incontrano, i suoi occhi sono pieni di preoccupazione, ma anche di dolore. Di rabbia. Sta provando una *miriade* di emozioni in questo momento, mentre io sono soltanto confusa.

Riabbasso le palpebre, sforzandomi di ricordare perché sia arrabbiato. Perché sia offeso.

Il mio telefono.

Il numero di Atlas.

Le scale.

Io che afferro la sua camicia.

Lui che mi spinge via.

«*Sei caduta dalle scale.*»

Ma non sono *caduta*.

Mi ha spinta. Di nuovo.

È la seconda volta.

Mi hai spinta.

Comincio a tremare, scossa dai singhiozzi. Non ho idea di

quanto siano gravi le mie condizioni, ma non me ne importa nulla. Il dolore fisico non potrebbe mai reggere il confronto con ciò che il mio cuore sente in questo istante. Inizio a schiaffeggiargli le mani, desiderando che si allontani da me. Si alza mentre mi rannicchio in posizione fetale.

Aspetto che provi a calmare le acque come ha fatto l'altra volta, ma non succede. Lo sento camminare in camera. Non so che cosa faccia. Sto ancora piangendo quando si inginocchia davanti a me.

«Potresti avere una commozione cerebrale», dice come se niente fosse. «Hai un piccolo taglio sul labbro. Ti ho appena medicato la ferita sull'occhio. Non hai bisogno di punti.»

Il suo tono è freddo.

«Ti fa male da qualche altra parte? Le braccia? Le gambe?»

Sembra un medico, non un marito.

«Mi hai spinta», dico tra le lacrime. È l'unica cosa che riesco a pensare, dire o vedere.

«Sei caduta», ripete, calmo. «Circa cinque minuti fa. Poco dopo che avevo scoperto di aver sposato una bugiarda del cazzo.» Mette qualcosa sul cuscino accanto a me. «Se hai bisogno di qualcosa, sono sicuro che puoi chiamare questo numero.»

Guardo il biglietto spiegazzato accanto alla mia testa.

«Ryle», singhiozzo.

Che cosa succede?

Sento sbattere la porta d'ingresso.

Il mondo mi crolla addosso.

«Ryle», sussurro. Mi copro il viso con le mani, piangendo più forte di quanto abbia mai fatto. Sono distrutta.

Cinque minuti.

Sono sufficienti per distruggere completamente una persona.

* * *

Passa qualche minuto.

Dieci, forse?

Non riesco a fermare le lacrime. Non mi sono ancora mossa dal letto. Ho paura di guardarmi allo specchio. Ho... paura e basta.

La porta d'ingresso si apre e si chiude violentemente. Ryle compare sulla soglia e non so se odiarlo.

O essere terrorizzata.

O sentirmi in colpa.

Com'è possibile che provi tutte e tre le cose?

Preme la fronte contro la porta della camera, sbattendo la testa. Una volta, due, tre.

Girandosi, corre da me, cadendo in ginocchio accanto al letto. Prendendomi le mani, me le stringe. «Lily», dice con una smorfia di dolore. «*Ti prego*, dimmi che non è niente.» Mi tocca la tempia con una mano tremante. «Non riesco ad accettarlo. Non ci riesco.» Chinandosi, mi preme le labbra contro la fronte, poi appoggia la sua contro la mia. «Ti prego, dimmi che non lo frequenti. *Ti prego.*»

Non sono sicura di poterglielo dire, perché non ho nemmeno voglia di parlare.

Resta schiacciato contro di me, con la mano tra i miei capelli. «Mi fa molto male. Ti amo da morire.»

Voglio dirgli la verità perché capisca di aver commesso un terribile errore. «Avevo dimenticato che il suo numero fosse lì dentro», mormoro. «Il giorno dopo il litigio al ristorante... è venuto in negozio. Puoi chiedere ad Allysa. Si è fermato appena cinque minuti. Ha preso il mio cellulare e ha infilato il suo numero nella cover, perché pensava che non fossi al sicuro con te. Mi ero dimenticata che fosse lì. Non l'ho mai nemmeno tirato fuori.»

Fa un respiro tremolante, annuendo con sollievo. «Me lo giuri? Mi giuri sul nostro matrimonio, sulla nostra vita e su tutto ciò che sei di non aver più parlato con lui dopo quel giorno?» Si stacca per guardarmi negli occhi.

«Te lo giuro. Hai dato in escandescenze prima di darmi la possibilità di spiegare. Ora vattene dal mio appartamento.»

Le mie parole lo lasciano senza fiato. L'effetto è evidente. Si raddrizza, fissandomi in silenzio. Scioccato. «Sei caduta dalle scale», bisbiglia.

Non so se cerchi di convincere me o se stesso.

«Vattene dal mio appartamento», ripeto con calma.

Rimane immobile. Mi alzo a sedere, tastandomi immediatamente l'occhio che mi pulsa. Ryle si tira su e, quando fa un passo avanti, scivolo indietro.

«Sei ferita. Non ti lascio sola.»

Prendendo un cuscino, glielo lancio, come se potesse fargli male. «Vattene!» grido.

Lo afferra. Prendo l'altro e, alzandomi sul letto, lo scuoto contro di lui urlando: «Vattene! Vattene! Vattene!»

Lo getto a terra dopo averlo sentito uscire dall'appartamento.

Corro in salotto e sprango la porta.

Tornando in camera, mi lascio cadere sul letto. Lo stesso letto che divido con mio marito. Lo stesso su cui fa l'amore con me.

Lo stesso su cui mi sdraia quando arriva il momento di rimediare ai suoi disastri.

20

Ieri sera, prima di addormentarmi, ho provato a ricostruire il telefono, ma invano. Era spaccato in due. Ho puntato la sveglia per alzarmi presto e fermarmi a comprarne uno nuovo mentre andavo al lavoro oggi.

La mia faccia non è malconcia come temevo. Naturalmente non riuscirò a nascondere le ferite ad Allysa, ma non ho nemmeno intenzione di farlo. Mi faccio la riga dei capelli da una parte per coprire quasi tutta la medicazione. L'unico segno visibile dell'accaduto è il taglio sul labbro.

E il succhiotto sul collo.

Ironia del cazzo.

Prendendo la borsetta, apro la porta d'ingresso. Mi blocco di colpo quando vedo il mucchietto ai miei piedi.

Si muove.

Impiego diversi secondi per capire che è Ryle. *Ha dormito qui fuori?*

Si alza non appena si accorge della mia presenza. È davanti a me, con occhi supplichevoli e mani delicate sulle mie guance. Le labbra sulla mia bocca. «Mi dispiace, mi dispiace, mi dispiace.»

Tirandomi indietro, lo squadro dalla testa ai piedi. *Ha dormito qui fuori?*

Esco dall'appartamento, chiudendo la porta. Lo supero con calma e imbocco le scale. Mi segue fino all'auto, implorandomi di parlargli.

Non lo faccio.

Me ne vado.

Un'ora dopo tengo in mano un cellulare nuovo. Sono seduta in macchina davanti al negozio quando lo accendo. Sul display compaiono diciassette messaggi, tutti di Allysa.

Immagino sia logico che Ryle non mi abbia chiamata per tutta la notte, perché sapeva che fine aveva fatto il mio telefono.

Faccio per aprire un messaggio quando arriva una telefonata. È Allysa.

«Pronto?»

Fa un lungo sospiro, poi: «Lily! Cosa diavolo succede? Santo cielo, non puoi farmi questo, sono incinta!»

Avvio il motore, attivando il Bluetooth mentre guido verso il negozio. Oggi Allysa ha la giornata libera. Le resta solo qualche giorno prima di andare in maternità.

«Io sto bene», la rassicuro. «Ryle sta bene. Abbiamo litigato. Scusa se non ti ho avvisata, ma mi ha rotto il cellulare.»

Rimane in silenzio per un momento. «Davvero? È tutto a posto? Dove sei?»

«Sì, tutto a posto. Sto andando al lavoro.»

«Bene, anch'io sono quasi arrivata.»

Faccio per protestare, ma riaggancia prima senza darmene il tempo.

Quando raggiungo il negozio, è già lì.

Apro la porta, pronta a rispondere a un fuoco di fila di domande e a sostenere le mie ragioni per aver sbattuto fuori suo fratello dal mio appartamento, ma mi fermo quando li vedo entrambi. Lui è appoggiato al bancone e lei tiene le mani sopra le sue, dicendo qualcosa che non riesco a sentire.

Quando sentono la porta chiudersi, si voltano.

«Ryle», sussurra Allysa. «Che cosa le hai *fatto*?» Uscendo da dietro il bancone, mi stringe in un abbraccio. «Oh, Lily.» Mi fa scorrere la mano lungo la schiena. Si stacca con le lacrime agli occhi, e la sua reazione mi confonde. Ovviamente sa che la colpa è di Ryle ma, se fosse così, dovrebbe aggredirlo, o almeno urlargli addosso.

Si gira verso di lui, che mi guarda dispiaciuto. Nostalgico. Come se volesse allargare le braccia e stringermi, ma avesse paura di toccarmi. E ne ha tutte le ragioni.

«Devi dirglielo», lo esorta Allysa.

Ryle si prende la testa tra le mani.

«Diglielo», ripete lei in tono più rabbioso. «Ha il diritto di saperlo. È tua moglie. Se non glielo dici tu, lo faccio io.»

Lui si piega, premendo la testa contro il bancone. Qualunque cosa Allysa voglia che mi dica, lo tormenta così tanto da impedirgli di guardarmi. Una profonda angoscia mi provoca un nodo allo stomaco.

Allysa mi mette le mani sulle spalle. «Ascoltalo fino alla fine», mi supplica. «Non ti chiedo di perdonarlo, perché non ho idea di cosa sia successo ieri sera ma, come mia cognata e migliore amica, ti prego di dare a mio fratello la possibilità di parlarti.»

Si è offerta di badare al negozio per l'ora successiva, finché non fosse iniziato il turno di un'altra commessa. Ero ancora così furiosa con Ryle che non volevo viaggiare nella stessa auto con lui. Ha detto che avrebbe chiamato un Uber e mi avrebbe raggiunta nel mio appartamento.

Per l'intero tragitto verso casa mi sono tormentata domandandomi cosa potesse avere da dirmi che Allysa conosce già. Nella testa mi sono passati mille pensieri. Sta morendo? Mi ha tradita? Ha perso il lavoro? Allysa sembrava non conoscere i dettagli dell'episodio di ieri sera, dunque non ho idea di quale legame possa esserci tra le due cose.

Finalmente Ryle arriva dieci minuti dopo di me. Seduta sul divano, stuzzico nervosamente le pellicine delle unghie.

Mi alzo e cammino avanti e indietro mentre lui va lentamente verso la poltrona e si siede. Si china, giungendo le mani.

«Per favore, siediti, Lily.»

Parla in tono supplichevole, quasi non sopportasse di vedermi così preoccupata. Ritorno al mio posto sul divano, ma mi rannicchio contro il bracciolo, tirando su i piedi e mettendomi le mani davanti alla bocca. «Stai morendo?»

«No. *No*. Non è niente del genere.»

«Allora cos'è?»

Voglio solo che me lo dica. Ho le mani che cominciano a tremare. Rendendosi conto di quanto sono agitata, me le toglie dal viso e le tiene tra le sue. Una parte di me non vuole che mi tocchi dopo quanto ha fatto ieri sera, ma un'altra parte ha bisogno delle sue rassicurazioni. L'impazienza di scoprire che cosa sta per rivelarmi mi dà la nausea.

«Nessuno sta morendo. Non ti tradisco. Quello che ti dirò non ti ferirà, okay? Riguarda il passato, ma Allysa ritiene che tu debba saperlo. E... anch'io.»

Annuisco. Mi lascia le mani e si alza, iniziando a camminare su e giù dietro il tavolino. È come se dovesse trovare il coraggio di parlare, e questo mi rende ancora *più* nervosa.

Si risiede sulla poltrona. «Ricordi la sera in cui ci siamo conosciuti?»

Faccio sì con la testa.

«Ricordi quando sono uscito sul tetto? Com'ero arrabbiato?»

Un altro cenno di assenso. Ha preso a calci la sedia. È stato prima che scoprisse l'indistruttibilità del polimero anticorrosione.

«Ricordi la mia verità nuda e cruda? Ciò che ti ho raccontato di quella sera e che mi aveva fatto infuriare così tanto?»

Ripenso a quel momento e a tutte le verità che Ryle mi aveva rivelato. Aveva detto che il matrimonio lo ripugnava. Che preferiva le avventure di una notte. Che non avrebbe mai voluto avere figli. Che era arrabbiato per il paziente che aveva perso poco prima.

«Il bambino», dico. «È per questo che eri furioso, perché il bambino era morto e questo ti aveva sconvolto.»

Fa un rapido sospiro di sollievo. «Sì. Esatto.» Si rialza, e sembra che la sua anima si sbricioli. Si preme i palmi contro gli occhi, trattenendo le lacrime. «Quando ti ho spiegato cosa gli era successo, ricordi che cosa mi hai detto?»

Sto per piangere senza nemmeno sapere il perché. «Sì. Ho detto che non riuscivo a immaginare il trauma che aveva subito suo fratello. Il bambino che gli aveva sparato accidentalmente.» Ho le labbra tremanti. «E tu hai risposto: 'Gli distruggerà la vita, né più né meno'.»

Oddio.

Dove vuole andare a parare?

Avvicinandosi, si lascia cadere in ginocchio davanti a me. «Ero certo che gli avrebbe distrutto la vita. Sapevo esattamente cosa stesse provando quel bambino... perché è ciò che è successo a me. Al nostro fratello maggiore...»

Fatico a cacciare indietro le lacrime. Scoppio a piangere e Ryle mi circonda la vita con le braccia, mettendomi la testa sulle ginocchia. «Gli ho *sparato*. Al mio migliore amico. Al mio fratellone. Avevo appena sei anni. Non sapevo nemmeno di tenere in mano una vera pistola.»

Trema in tutto il corpo e mi stringe ancora più forte. Gli do un bacio sui capelli perché ho l'impressione che sia sull'orlo di un crollo nervoso, come la sera sul tetto. Nonostante la collera, lo amo ancora e questa rivelazione su di lui e su Allysa mi turba profondamente. Restiamo a lungo in silenzio, con la sua testa sulle mie gambe, le sue braccia intorno alla mia vita, le mie labbra sui suoi capelli.

«Allysa aveva solo cinque anni quando è successo. Emerson ne aveva sette. Eravamo in garage, perciò è passato molto tempo prima che qualcuno sentisse le nostre urla. E io sono rimasto lì e...»

Si alza e si gira dall'altra parte. Dopo una lunga pausa si siede sul divano e si china in avanti. «Ho cercato di...» Fa una smorfia di dolore, abbassando il capo e prendendoselo tra le mani mentre lo scuote. «Ho cercato di rimettergli ogni cosa nella testa. Ho pensato di poterlo *aggiustare*.»

Mi porto la mano alla bocca, sussultando così forte che non c'è modo di nasconderlo.

Devo alzarmi per respirare.

È inutile.

Non ci riesco.

Ryle mi raggiunge, afferrandomi le mani e tirandomi a sé. Ci abbracciamo per un minuto di fila, poi dice: «Non te l'ho detto per giustificare il mio comportamento». Si stacca e mi guarda dritto negli occhi. «Devi credermi. Allysa voleva che te lo raccontassi perché, da quando è successo, ci sono cose che non riesco a controllare. Mi arrabbio. Non capisco più nulla. Sono in terapia da quando avevo sei anni. Ma non è una giustificazione. È la realtà.»

Mi asciuga le lacrime, appoggiando la mia testa contro la sua spalla.

«Quando mi sei corsa dietro ieri sera, giuro che non avevo intenzione di farti del male. Ero sconvolto e furioso. E a volte, quando provo emozioni così forti, scatta qualcosa dentro di me. Non ricordo il momento in cui ti ho spinta, ma so di averlo fatto. L'ho *fatto*. Quando hai provato a raggiungermi, il mio unico pensiero era allontanarmi da te. Volevo che ti levassi dai piedi. Non ho calcolato che eravamo sulle scale. Non ho tenuto conto della mia forza rispetto alla tua. Sono andato in tilt, Lily. Sono andato in tilt.»

Mi avvicina la bocca all'orecchio, dicendo con voce incrinata: «Sei mia *moglie*. Dovrei essere l'uomo che ti protegge dai mostri. Non dovrei essere *io* il mostro». Mi stringe così disperatamente da iniziare a tremare. In vita mia non ho mai sentito un simile dolore emanare da un essere umano.

Mi dilania. Mi lacera dall'interno. Il mio cuore vorrebbe solamente avvolgere il suo come una corazza.

Ma nonostante ciò che mi ha raccontato, fatico ancora a perdonarlo. Avevo giurato che non glielo avrei più permesso. Avevo giurato a me stessa e a lui che se mai mi avesse fatto ancora del male, me ne sarei andata.

Mi libero dalla sua stretta, incapace di guardarlo negli occhi. Mi dirigo verso la camera per concedermi un momento e riprendere fiato. Chiudo la porta del bagno e mi aggrappo al lavabo, ma non riesco neppure a raddrizzarmi. Scivolo sul pavimento, scossa dai singhiozzi.

Non è così che doveva andare. Per tutta la vita ho saputo esattamente che cosa avrei fatto se mai un uomo mi avesse trattata come mio padre trattava mia madre. Era semplice. L'avrei lasciato e non sarebbe più successo.

Ma non me ne sono andata, e ora eccomi qui, piena di lividi e tagli causati dall'uomo che dovrebbe amarmi. Da mio marito.

Eppure, provo a giustificare l'accaduto.

È stato un incidente. Pensava che l'avessi tradito. Era ferito e arrabbiato, e io gli ho sbarrato la strada.

Piango con il viso tra le mani, perché provo più dolore per l'uomo là fuori, sapendo cosa ha passato da bambino, di quanto ne provi per me stessa. Questo non mi fa sentire né altruista né forte, bensì patetica e debole. Dovrei odiarlo. Dovrei essere la donna che la mamma non ha mai avuto la forza di essere.

Ma se io imito il comportamento di mia madre, allora Ryle imita quello di mio padre. Invece non è così. Devo smettere di paragonarci a loro due. Siamo individui diversi in una situazione totalmente diversa. Il papà non aveva mai una giustificazione per le sue sfuriate, né tantomeno si pentiva immediatamente. Il modo in cui trattava mia madre era molto più grave di quanto è accaduto tra me e Ryle.

Mio marito si è appena aperto con me come probabilmente non aveva mai fatto con nessun altro. Si sta sforzando di essere una persona migliore per me.

Sì, ieri sera ha combinato un casino, ma è qui e cerca di farmi capire il suo passato e la ragione per cui ha reagito in quel modo. Gli esseri umani non sono perfetti e non posso permettere che l'unico esempio di matrimonio che abbia mai avuto condizioni il *mio* matrimonio.

Asciugandomi gli occhi, mi tiro su. Quando mi guardo allo specchio, non vedo mia madre. Vedo soltanto me stessa. Una ragazza che ama suo marito e che, più di qualunque altra cosa, desidera aiutarlo. Sono sicura che io e Ryle siamo abbastanza forti per superare questo ostacolo. Il nostro amore è abbastanza forte per consentirci di superarlo.

Torno in salotto. Ryle si alza e mi guarda impaurito. Teme che non lo perdoni, e non sono certa di *averlo fatto*. Ma non occorre perdonare qualcosa per trarne insegnamento.

Lo raggiungo, prendendogli le mani. Gli parlo limitandomi alla verità nuda e cruda.

«Ricordi quanto mi hai detto sul tetto quella sera? 'Le persone cattive non esistono. Siamo semplicemente persone che a volte fanno cose cattive'.»

Annuisce, stringendomi le mani.

«Non sei una persona cattiva, Ryle. Ne sono convinta. Puoi ancora proteggermi. Quando sei arrabbiato, allontanati. Mi allontanerò anch'io. Lasceremo la situazione in sospeso finché non sarai abbastanza calmo per discuterne, okay? *Non* sei un mostro. Sei soltanto un essere umano e, come esseri umani, non possiamo pretendere di farci carico di tutto il nostro dolore. Certe volte dobbiamo condividerlo con le persone che ci amano, per non restare schiacciati dal suo peso. Ma non posso aiutarti se non so che ne hai bisogno. Chiedimi aiuto. Supereremo tutto questo. Ne sono certa.»

Butta fuori un respiro che pare aver trattenuto da ieri sera.

Mi abbraccia, affondando il viso nei miei capelli. «Aiutami», sussurra. «Ho bisogno che mi aiuti.»

Mi stringe a sé e, in cuor mio, capisco di aver fatto la cosa giusta. In lui c'è molta più bontà che cattiveria, e farò il possibile per convincerlo di questo finché non se ne renderà conto a sua volta.

21

«Sto uscendo. Hai bisogno che faccia qualcos'altro?»

Alzo gli occhi dalle scartoffie e faccio no con la testa. «Grazie, Serena. A domani.»

Si allontana, lasciando aperta la porta del mio ufficio.

L'ultimo giorno di Allysa è stato due settimane fa. Ormai la bambina potrebbe nascere da un momento all'altro. Ho altre due commesse a tempo pieno, Serena e Lucy.

Sì. *Quella* Lucy.

Ormai è sposata da qualche mese e si è presentata in cerca di lavoro quindici giorni fa. È filato tutto liscio. Si dà da fare e, se sono qui quando c'è anche lei, tengo la porta dell'ufficio chiusa per non sentirla cantare.

È passato quasi un mese dall'episodio sulle scale. Nonostante ciò che Ryle mi ha raccontato della sua infanzia, il perdono ha faticato ad arrivare.

So che Ryle è irascibile. L'ho visto la sera in cui ci siamo conosciuti, prima ancora che ci rivolgessimo la parola. L'ho visto quella terribile sera nella mia cucina. E quando ha trovato il numero di Atlas nella cover del telefono.

Ma vedo anche la differenza tra lui e mio padre.

Ryle è compassionevole. Fa cose che mio padre non avrebbe mai fatto. Dona agli enti di beneficenza, si prende cura degli altri, per lui vengo prima di ogni cosa. Mai e poi mai mi costringerebbe a parcheggiare sul vialetto per sistemare la sua auto in garage.

Devo ricordarmi di tutto ciò. Ogni tanto la ragazzina dentro di me – la figlia di mio padre – è davvero cocciuta. Mi dice che non dovevo perdonarlo, che dovevo andarmene la prima volta. E ogni tanto credo a quella voce. Ma poi il lato di me che conosce Ryle ricorda che i matrimoni non sono perfetti. A volte ci sono momenti di cui entrambe le parti si pentono, e mi domando come mi sentirei se l'avessi lasciato dopo il primo incidente. Non doveva spingermi, ma anch'io ho fatto cose di cui non vado orgogliosa. E se me ne fossi andata, non avrei forse infranto le promesse nuziali? *Nella buona e nella cattiva sorte.* Mi rifiuto di rinunciare così facilmente al mio matrimonio.

Sono una donna forte. Conosco la violenza da una vita. Non diventerò mai mia madre. Ne sono sicura al cento per cento. E Ryle non diventerà mai mio padre. Secondo me, avevamo bisogno di ciò che è successo sulle scale perché io conoscessi il suo passato e avessimo la possibilità di lavorarci insieme.

La scorsa settimana abbiamo litigato di nuovo.

Ero terrorizzata. Le due discussioni precedenti non erano finite bene, e sapevo che la terza sarebbe stata la prova del nove per la mia promessa di aiutarlo a superare la rabbia.

Parlavamo del suo lavoro. Ormai ha finito l'internato e ha fatto domanda di ammissione a un corso di specializzazione di tre mesi a Cambridge, in Inghilterra. Presto scoprirà se l'hanno accettato, ma non è per questo che era furioso. È una grande opportunità e non gli chiederei mai di non partire. Con tutti gli impegni che abbiamo, tre mesi volano, perciò non è stato questo a mandarmi in bestia, bensì ciò che Ryle ha detto di voler fare *dopo* il soggiorno a Cambridge.

Gli hanno offerto un lavoro nel Minnesota, alla Mayo Clinic, e vuole che ci trasferiamo lì. Ha detto che il Mass General è considerato il secondo miglior ospedale del mondo per la neurologia, mentre la Mayo Clinic è il numero uno.

Ha spiegato che non ha mai avuto intenzione di restare a Boston per sempre. Sarebbe stato un argomento interessante da toccare quando abbiamo discusso del nostro futuro sull'aereo per Las Vegas. Non posso lasciare Boston. Mia madre vive qui. Allysa vive qui. Ha replicato che è un volo di appena cinque ore e che potremmo tornare quando vogliamo. Ho ribattuto che è molto difficile gestire un negozio di fiori quando si vive a diversi Stati di distanza.

Il litigio si è acceso, con la collera che montava in entrambi ogni secondo di più. A un certo punto, Ryle ha preso dal tavolo un vaso pieno di fiori e l'ha scaraventato sul pavimento. Li abbiamo fissati per un attimo. Spaventata, mi sono chiesta se ho fatto bene a restare, a confidare che potessimo lavorare insieme sui suoi problemi di rabbia. Ha fatto un profondo respiro. «Esco per un'ora o due. Ho bisogno di allontanarmi. Parleremo quando torno.»

È uscito e, come promesso, è rientrato un'ora dopo molto più calmo. Ha gettato le chiavi sul tavolo e mi ha raggiunta immediatamente, prendendomi il viso tra le mani. «Ti avevo detto che volevo essere il migliore nel mio campo. Te l'avevo detto la sera in cui ci siamo conosciuti. Era una delle mie verità nude e crude. Ma se devo scegliere tra lavorare nel miglior ospedale del mondo e rendere felice mia moglie… scelgo te. Il mio successo sei *tu*. Purché tu sia felice, non mi importa dove lavoro. Resteremo a Boston.»

È allora che ho capito di aver fatto la scelta giusta. Tutti meritano una seconda possibilità, specie le persone a cui teniamo di più.

È trascorsa una settimana, e Ryle non ha più menzionato il trasferimento. Mi sento in colpa, come se in qualche modo avessi ostacolato i suoi progetti, ma il matrimonio è un insieme di compromessi. L'obiettivo è fare ciò che è meglio per la coppia nel suo complesso, non singolarmente, e rimanere a Boston è la cosa migliore per noi e per entrambe le nostre famiglie.

A proposito di famiglie, lancio un'occhiata al telefono proprio quando arriva un messaggio di Allysa.

ALLYSA: Hai finito di lavorare? Mi serve la tua opinione sui mobili.
IO: Arrivo tra un quarto d'ora.

Non so se dipenda dal parto imminente o dal fatto che al momento mia cognata non sta lavorando, ma sono certa di aver trascorso più tempo a casa sua che a casa mia questa settimana. Chiudo il negozio e vado da lei.

Quando esco dall'ascensore, c'è un biglietto fissato alla porta d'ingresso con il nastro adesivo. Vedo il mio nome scritto sopra, così lo stacco.

Lily,
settimo piano. Appartamento 749.
A.

Ha un appartamento in questo palazzo per i mobili in più? So che lei e Marshall sono ricchi, ma mi sembra un po' eccessivo anche per loro. Risalendo in ascensore, premo il pulsante con il numero 7. Non appena le porte si aprono, imbocco il corridoio verso il 749. Quando lo raggiungo, non so se bussare o entrare direttamente. A quanto ne so, potrebbe viverci qualcuno. Probabilmente una delle sue *persone*.

Busso e sento un rumore di passi dall'altra parte.

Resto stupita nel momento in cui la porta si spalanca mostrando Ryle.

«Ciao», dico, confusa. «Che cosa ci fai qui?»

Sorridendo, si appoggia allo stipite. «Ci vivo. Cosa ci fai *tu* qui?»

Guardo prima la targhetta di peltro accanto alla porta, poi di nuovo lui. «Come sarebbe a dire 'ci vivi'? Pensavo che vivessi con me. Hai avuto un appartamento per tutto questo tempo?» Sarebbe ragionevole che prima o poi un marito parlasse con la moglie di un argomento come questo. È un po' snervante.

Anzi, è ridicolo e ipocrita. Sto per uscire dai gangheri.

Ryle ride, quindi riempie tutto il vano della porta, sollevando le mani verso lo stipite sopra la sua testa e afferrandolo. «Non ho avuto occasione di dirtelo, considerando che ho firmato il rogito questa mattina.»

Indietreggio. «Aspetta. Che cosa?»

Prendendomi per mano, mi tira dentro. «Benvenuta a casa.»

Mi fermo nell'atrio.

Sì. Ho detto *atrio*. C'è un *atrio*.

«Hai comprato un appartamento?»

Annuisce lentamente, valutando la mia reazione.

«Hai comprato un appartamento», ripeto.

Sta ancora annuendo. «Sì. Sei contenta? Ho pensato che siccome viviamo insieme, un po' di spazio in più potrebbe farci comodo.»

Giro su me stessa. Quando poso gli occhi sulla cucina, mi blocco. Non è grande quanto quella di Allysa, ma è altrettanto bianca e quasi altrettanto bella. Ci sono un refrigeratore per il vino e una lavastoviglie, due elementi che il mio appartamento non ha. Entrando, mi guardo intorno, con il timore di toccare qualcosa. *È davvero la mia cucina? Non può essere la mia cucina.*

In salotto, noto i soffitti altissimi e le enormi vetrate affacciate sul porto di Boston.

«Lily?» mi chiama Ryle. «Non sei arrabbiata, vero?»

Mi volto di scatto, rendendomi conto che aspetta la mia reazione da diversi minuti. Ma sono senza parole.

Scrollando il capo, mi copro la bocca. «Non credo», sussurro.

Avvicinandosi, mi prende le mani e le solleva tra noi. «Non *credi*?» Sembra preoccupato e confuso. «Per favore, dimmi una verità nuda e cruda, perché inizio a credere che forse non dovevo farti questa sorpresa.»

Abbasso lo sguardo sul parquet. È legno vero, non laminato. «Okay. Penso sia stata una follia che tu abbia comprato un appartamento senza interpellarmi. La ritengo una cosa che avremmo dovuto fare insieme.»

Pare sul punto di scusarsi, ma non ho finito.

«Ma la verità nuda e cruda è che… è perfetto. Non so nemmeno cosa dire. È tutto così pulito. Ho paura di muovermi. Potrei sporcare qualcosa.»

Facendo un sospiro di sollievo, mi tira a sé. «Puoi sporcarlo, tesoro. È tuo. Puoi sporcarlo quanto vuoi.» Mi dà un bacio sulla tempia, ma continuo a non ringraziarlo. Sembra una reazione troppo modesta per un gesto così generoso.

«Quando traslochiamo?»

«Domani? Ho la giornata libera. Non abbiamo molta roba. Possiamo dedicare le prossime settimane a comprare i mobili nuovi.»

Accetto, facendo mente locale sugli impegni di domani. Sapevo che Ryle non sarebbe andato al lavoro, così non avevo nulla in programma.

D'un tratto sento il bisogno di sedermi. Non ci sono sedie, ma per fortuna il pavimento è lustro come uno specchio. «Devo sedermi.»

Mi aiuta, quindi si accomoda davanti a me, sempre tenendomi le mani.

«Allysa lo sa?» chiedo.

«Sì, ed è entusiasta. Era da un po' che meditavo di comprare un appartamento qui. Dopo che abbiamo deciso di restare definitivamente a Boston, ho pensato di farti una sorpresa. Allysa mi ha aiutato, ma temevo che te lo dicesse prima che potessi farlo io.»

Non riesco a crederci. Io vivo qui? Io e Allysa saremo vicine di casa? Non capisco perché la cosa dovrebbe infastidirmi, dato che sono davvero contenta.

Ryle sorride. «So che hai bisogno di un minuto per metabolizzare la notizia, ma non hai ancora visto la parte migliore e non sto più nella pelle.»

«Mostramela!»

Mi tira su. Attraversiamo il salotto e percorriamo un corridoio. Apre ogni porta e mi dice di quale stanza si tratta, ma non mi dà neanche il tempo di entrare. Quando arriviamo alla camera padronale, ho concluso che viviamo in un appartamento con tre camere e due bagni. Oltre a uno studio.

Non ho ancora potuto ammirare la bellezza della stanza quando Ryle mi trascina dall'altra parte, verso una parete coperta da una tenda. «Non è un terreno dove piantare un orto, ma con qualche vaso può andarci vicino.» Spostando la tenda, apre una porta, che rivela un enorme balcone. Lo seguo fuori, fantasticando già sulle piante che potrei coltivare quassù.

«La vista è uguale a quella della terrazza sul tetto», dice Ryle. «Avremo sempre lo stesso panorama della sera in cui ci siamo conosciuti.»

Ho impiegato un po' di tempo per capacitarmi dell'accaduto ma, ora che me ne rendo conto, fatico a trattenere il pianto. Ryle mi trascina a sé, stringendomi forte tra le braccia. «Non volevo farti piangere.» Mi accarezza i capelli.

Rido tra le lacrime. «Non riesco a credere che vivrò qui.» Alzo gli occhi su di lui. «Siamo ricchi? Come fai a permetterti tutto questo?»

Fa una faccia divertita. «Hai sposato un neurochirurgo. Non devi necessariamente essere al verde.»

La battuta mi strappa una risata, seguita da altre lacrime di commozione. Poi riceviamo la nostra prima visita, perché qualcuno comincia a tempestare la porta di pugni.

«Allysa», dice Ryle. «Aspettava in fondo al pianerottolo.»

Corro ad aprirle e ci abbracciamo lanciando gridolini di gioia. Forse verso qualche altra lacrima.

Passiamo il resto della serata nell'appartamento nuovo. Ryle ordina cibo cinese e Marshall scende per mangiare con noi. Non abbiamo né sedie né tavoli, perciò ci sediamo sul pavimento al centro del salotto e mangiamo direttamente dai contenitori. Parliamo della tinteggiatura, delle cose che faremo insieme quando diventeremo vicini di casa, del parto imminente di Allysa.

È più di quanto sognassi.

Non vedo l'ora di dirlo a mia madre.

22

Allysa ha superato di tre giorni la data prevista per il parto.

Viviamo nell'appartamento nuovo ormai da una settimana. Siamo riusciti a portare qui tutta la nostra roba nel giorno libero di Ryle e l'indomani io e Allysa siamo andate a scegliere i mobili. Il terzo giorno ci eravamo praticamente sistemati. Ieri abbiamo ricevuto la prima corrispondenza. È una bolletta per l'allacciamento di luce e gas, dunque è finalmente ufficiale.

Sono sposata. Ho un marito meraviglioso. Una casa stupenda. La mia migliore amica è anche mia cognata, e diventerò zia.

Le cose potrebbero andare meglio di così?

Spengo il portatile, mi preparo a tornare a casa. Ultimamente smonto prima del solito perché sono impaziente di rientrare nel mio appartamento nuovo. Quando sto per chiudere la porta dell'ufficio, Ryle usa la sua chiave per aprire quella dell'ingresso. La lascia sbattere perché ha le mani occupate.

Ha un giornale sotto il braccio e due caffè tra le dita. Nonostante l'aria stanca e il passo frettoloso, sorride. Raggiungendomi, mi mette un bicchierino in mano e tira fuori il quotidiano. «Tre cose. Uno… hai visto il giornale?» Me lo porge, piegato al rovescio, e indica l'articolo. «Ce l'hai fatta, Lily. Ce l'hai fatta!»

Mi sforzo di non essere troppo ottimista mentre do un'occhiata al servizio. Ryle potrebbe riferirsi a qualcosa di completamente diverso da quanto penso. Invece, una volta letto il titolo, mi rendo conto che parla *proprio* di quanto penso. «Ce l'ho fatta?»

Mi avevano comunicato che il mio negozio era stato candidato a un premio per *Best of Boston*. È un concorso che il quotidiano organizza ogni anno, chiedendo ai lettori di votare, e il *Lily Bloom's* ha gareggiato nella categoria «migliore nuova attività di Boston», riservata alle aziende nate da meno di due anni. Ho avuto il sospetto di essere stata selezionata la scorsa settimana quando un giornalista mi ha chiamata per farmi una serie di domande.

Il titolo dice: «Le migliori nuove attività di Boston. Ecco la top ten!»

Sorrido e per poco non rovescio il caffè quando Ryle mi solleva e mi fa girare.

Ha detto che aveva tre notizie e, se ha iniziato con questa, non ho idea di quali possano essere le altre due. «Qual è la seconda novità?»

Mi mette giù. «Ho cominciato dalla migliore. Ero troppo emozionato.» Beve un sorso di caffè. «Mi hanno ammesso al corso di specializzazione.»

Ho un sorriso immenso. «Davvero?» Annuendo, mi abbraccia e mi fa girare di nuovo. «Sono molto orgogliosa di te.» Lo bacio. «Abbiamo talmente tanto successo da fare schifo.»

Ride.

«La numero tre?» lo incalzo.

Indietreggia. «Oh, sì. La numero tre.» Si appoggia disinvoltamente al bancone, sorseggiando il caffè prima di metterlo delicatamente sul ripiano. «Allysa è in travaglio.»

«Cosa?!» urlo.

«Sì.» Accenna ai bicchieri. «È per questo che ti ho portato della caffeina. Questa notte non chiuderemo occhio.»

Applaudo, saltellando e poi cadendo nel panico mentre cerco la borsetta, il giubbotto, le chiavi, il telefono, l'interruttore. Poco prima di raggiungere la porta, Ryle torna di corsa verso il bancone e, recuperando il giornale, se lo rimette sotto il braccio. Giro la chiave con le mani tremanti per l'emozione.

«Stiamo per diventare zii!» Mi precipito verso la macchina.

«Chi l'avrebbe mai detto, vero?» risponde allegramente.

Marshall, calmo, esce in corridoio. Io e Ryle rizziamo le antenne, in attesa della notizia. Là dentro regna il silenzio da mezz'ora. Pensavamo che Allysa avrebbe urlato di dolore al momento del parto, ma non abbiamo sentito nulla, nemmeno i vagiti di una neonata. Guardando l'espressione di Marshall, temo il peggio.

Scosso dai singhiozzi, annuncia: «Sono padre». Alza un pugno nell'aria. «Sono PADRE!» Ci abbraccia. «Dateci quindici minuti e poi potete entrare a conoscerla.»

Non appena chiude la porta, tiriamo un enorme sospiro di sollievo, scambiandoci uno sguardo e un sorriso. «Anche tu hai pensato al peggio?» domanda Ryle.

Faccio sì con la testa. «Sei diventato zio.»

Mi dà un bacio sui capelli. «E tu, zia.»

Mezz'ora dopo siamo entrambi accanto al letto e guardiamo Allysa che tiene in braccio la bambina. È assolutamente perfetta. È ancora un po' troppo presto per capire a chi assomigli, ma, nonostante ciò, è bellissima.

«Vuoi prendere tua nipote?» domanda Allysa a Ryle.

Lui si irrigidisce quasi fosse agitato, ma poi accetta. Lei gli mette la piccola tra le braccia, mostrandogli come tenerla. Lui fissa nervosamente la neonata, quindi va a sedersi sul divano. «Avete già scelto il nome?»

«Sì.»

Guardiamo entrambi Allysa, che sorride con gli occhi lucidi. «Volevamo chiamarla come qualcuno a cui io e Marshall vogliamo un mondo di bene. Così abbiamo aggiunto una E al tuo nome. La chiameremo Rylee.»

Lancio un'occhiata a Ryle, che soffia fuori l'aria come se fosse scioccato. Abbassa lo sguardo sulla bambina. «Wow», sussurra. «Non so che cosa dire.»

Stringo la mano ad Allysa, poi vado a sedermi accanto a lui. Ci sono stati molti momenti in cui ho creduto di non poterlo amare più di quanto non faccia già ma, ancora una volta, vengo smentita. Quando vedo il modo in cui guarda la nipotina, mi si allarga il cuore.

Marshall si siede sul letto accanto alla moglie. «Avete notato che Issa non ha fiatato per tutto il tempo? Neanche un gemito. Non ha assunto neppure i farmaci.» Mettendole il braccio intorno alle spalle, si sdraia al suo fianco. «Mi sembra di essere nel film *Hancock*, quello con Will Smith, e di essere sul punto di scoprire che sono sposato con una supereroina.»

Ryle ride. «Da bambini mi ha preso a calci nel culo una o due volte. Non mi sorprenderebbe.»

«Niente parolacce quando c'è Rylee», lo rimprovera Marshall.

«*Culo*», le sussurra Ryle all'orecchio.

Poi mi chiede se voglio tenerla. Non ci penso due volte, perché aspettare il mio turno è stata una tortura. Prendendola tra le braccia, mi stupisco di quanto amore provi già per lei.

«Quando arrivano la mamma e il papà?» domanda Ryle ad Allysa.

«Domani entro l'ora di pranzo.»

«Allora probabilmente dovrei dormire un po'. Sono reduce da un turno massacrante.» Mi guarda. «Vieni anche tu?»

«No. Vorrei restare ancora un po'. Usa pure la mia auto. Io torno a casa in taxi.»

Mi dà un bacio sulla tempia, premendo la fronte contro la mia mentre ammiriamo Rylee. «Penso che anche noi dovremmo fare un bebè.»

Alzo gli occhi di colpo, incredula. Mi fa l'occhiolino. «Se, quando torni a casa, sto dormendo, svegliami. Ci lavoriamo da stasera.» Saluta gli altri due e Marshall lo accompagna fuori.

Allysa ha un'aria soddisfatta. «Ti avevo detto che avrebbe voluto dei figli da te.»

Quando mi avvicino, mi fa posto nel letto. Le restituisco Rylee e, accoccolandoci, la contempliamo mentre dorme, come se fosse la cosa più bella che abbiamo mai visto.

23

Torno a casa tre ore dopo, alle dieci passate. Sono rimasta con Allysa un'altra ora dopo che Ryle se n'è andato, poi sono rientrata in ufficio per finire alcune cose in modo da non dover lavorare per i prossimi due giorni. Ogni volta che Ryle ha la giornata libera, cerco di farla coincidere con la mia.

Quando varco la soglia, le luci sono spente, perciò deduco che mio marito è già a letto.

Ho riflettuto sulle sue parole per tutto il tragitto verso casa. Non mi aspettavo che l'argomento saltasse fuori così presto. Ho quasi venticinque anni, ma credevo che ce ne sarebbero voluti almeno altri due prima di provare a mettere su famiglia. Non sono ancora sicura di essere pronta, ma sapere che un giorno lo vorrà anche lui mi ha messa di ottimo umore.

Decido di prepararmi un boccone prima di svegliarlo. Non ho ancora cenato e muoio di fame. Quando accendo la luce della cucina, lancio un urlo, mettendomi la mano sul petto e cadendo contro il ripiano. «Santo cielo, Ryle! Che cosa fai?»

Ha la schiena appoggiata alla parete accanto al frigorifero, le caviglie incrociate e gli occhi puntati su di me. Si rigira qualcosa tra le dita, fissandomi.

Spostando lo sguardo verso il ripiano alla sua sinistra, vedo un bicchiere vuoto che probabilmente, fino a poco fa, conteneva dello scotch. Lo beve di tanto in tanto perché lo aiuta a addormentarsi.

Notando il sorrisetto sulle sue labbra, mi assale immediatamente un'ondata di calore, perché so che cosa succederà. L'appartamento diverrà un delirio di vestiti e baci. Abbiamo battezzato quasi ogni stanza da quando ci siamo trasferiti, ma non abbiamo ancora testato la cucina.

Con il cuore che mi galoppa nel petto per lo spavento, mi accorgo che tra le dita stringe la calamita di Boston. L'ho portata dal vecchio appartamento e attaccata al frigo quando abbiamo traslocato.

La rimette a posto, picchiettandovi sopra con l'indice. «Dove l'hai presa?»

L'ultima cosa che voglio fare è dirgli che me l'ha regalata Atlas per il mio sedicesimo compleanno. Servirebbe soltanto a toccare un argomento già doloroso, e sono troppo impaziente di fare sesso con lui per raccontargli la verità nuda e cruda.

«Non me lo ricordo. Ce l'ho da una vita.»

Mi fissa in silenzio, poi si raddrizza, facendo due passi verso di me. Indietreggio contro il ripiano, sentendomi mancare il respiro. Mi posa le mani sulla vita e me le fa scivolare tra il fondoschiena e i jeans, avvicinandomi a sé. Mi saccheggia la bocca con una serie di baci impazienti mentre mi abbassa i pantaloni.

Okay. Facciamolo subito.

Mi passa il collo con le labbra mentre mi tolgo le scarpe, poi mi tira via i jeans.

Mangerò più tardi. Ora la mia priorità è battezzare la cucina.

Quando ricomincia a divorarmi la bocca, mi solleva e mi appoggia sul ripiano, insinuandosi tra le mie ginocchia. Fiutando l'odore dello scotch nel suo alito, concludo che mi piace. Ansimo già quando le sue labbra calde esplorano le mie. Afferrando una ciocca dei miei capelli, la strattona dolcemente per costringermi a guardarlo.

«La verità nuda e cruda?» bisbiglia, guardandomi la bocca come se stesse per divorarmi.

Annuisco.

Mi fa scorrere lentamente l'altra mano lungo la coscia finché non ha altro posto in cui andare. Insinua due dita calde dentro di me, tenendo gli occhi fissi sui miei. Sussulto mentre gli avvinghio le gambe intorno alla vita. Inizio a strusciarmi lentamente contro il suo palmo, mugolando piano mentre mi guarda, al culmine dell'eccitazione.

«Dove hai preso la calamita, Lily?»

Cosa?

Ho la sensazione che il mio cuore cambi ritmo.

Perché continua a chiedermelo?

Le sue dita si muovono ancora dentro di me, i suoi occhi sono ancora pieni di desiderio. Ma la mano con cui impugna la ciocca di capelli inizia a tirare più forte, strappandomi una smorfia di dolore.

«Ryle», sussurro, mantenendo un tono calmo anche se comincio a tremare. «Mi fai male.»

Smette di muovere la mano, ma non mi stacca gli occhi di dosso. Estrae le dita, quindi mi afferra la gola, stringendo dolcemente. Le sue labbra incontrano le mie e la sua lingua mi invade la bocca. Lo lascio fare, perché non ho idea di cosa gli passi per la testa e prego di aver avuto una reazione spropositata.

Sento la sua erezione sotto i jeans quando si schiaccia contro di me, ma poi indietreggia. Le sue mani mi lasciano mentre appoggia la schiena al frigorifero, squadrandomi come se volesse possedermi senza esitazione. Il mio battito si calma. *Ho avuto una reazione spropositata.*

Allungando il braccio verso il piano cottura, recupera un giornale. È lo stesso che mi ha mostrato prima, quello con l'articolo sui premi. Lo solleva, poi lo lancia verso di me. «Hai avuto modo di leggerlo?»

Faccio un sospiro di sollievo. «Non ancora.»

«Leggilo ad alta voce.»

Sorrido, ma ho un nodo allo stomaco. C'è qualcosa che non va in lui, nel modo in cui si comporta, ma non capisco cosa.

«Vuoi che legga l'articolo? In questo momento?»

Mi sento strana, seduta sul ripiano della cucina, mezza nuda e con un giornale in mano. «Sì. Vorrei che prima ti togliessi la maglietta e che *poi* lo leggessi ad alta voce.»

Lo studio, decifrando il suo atteggiamento. Forse lo scotch l'ha reso più audace. Spesso, quando facciamo l'amore, facciamo semplicemente l'amore, ma di tanto in tanto i nostri rapporti sono sfrenati. Un po' pericolosi, come lo sguardo nei suoi occhi in questo istante.

Metto giù il quotidiano, mi tolgo la maglietta e lo riprendo. Comincio a leggere l'articolo, ma Ryle avanza. «Non tutto.» Gira il giornale verso la metà del servizio, indicando una frase. «Solo gli ultimi capoversi.»

Sono ancora più confusa ma, se serve a superare questo momento e ad andare a letto…

«L'azienda con il maggior numero di voti non dovrebbe sorprendere nessuno. L'iconico *Bib's* sulla Marketson ha aperto i battenti nell'aprile scorso, diventando ben presto, secondo TripAdvisor, uno dei ristoranti più in voga della città.»

Smetto di leggere. Ryle si è versato altro scotch e ne beve un sorso. «Continua», mi esorta, accennando al quotidiano.

Deglutisco a fatica, con la saliva sempre più densa nella mia bocca. Mi sforzo di controllare il tremore delle mani. «Il proprietario, Atlas Corrigan, è uno chef pluripremiato e anche un marine degli Stati Uniti. Non è un segreto che il nome del suo famosissimo ristorante è un acronimo di *Better In Boston*.»

Sobbalzo.

Ogni cosa è migliore a Boston.

Mi stringo lo stomaco, facendo il possibile per tenere le emozioni sotto controllo mentre riprendo a leggere. «Ma quando è stato intervistato riguardo al suo riconoscimento più recente, lo chef ha rivelato il vero significato del nome. 'È una lunga storia. È un omaggio a una persona che ha avuto un'enorme importanza nella mia vita. Una ragazza a cui tenevo molto, anzi a cui tengo ancora molto.'»

Metto giù il quotidiano. «Non ho più voglia di continuare.» Ho la voce incrinata.

Fa due rapidi passi avanti, afferrandolo. Ricomincia da dove ho interrotto, con voce alta e rabbiosa. «Quando gli hanno chiesto se la ragazza sapesse che le aveva dedicato il ristorante, Corrigan ha fatto un sorriso astuto, rispondendo: 'Prossima domanda'.»

La collera nella sua voce mi dà la nausea. «Smettila», dico in tono calmo. «Hai bevuto troppo.» Superandolo, mi dirigo verso il corridoio che conduce in camera. Stanno succedendo molte cose in questo momento e non sono sicura di averle capite.

L'articolo non precisa a chi si riferisse Atlas. Lui sa che sono io e *io* so che sono io, ma come diavolo è riuscito Ryle a fare due più due?

E la calamita. Come ha scoperto che me l'ha data Atlas leggendo semplicemente il giornale?

Sta avendo una reazione spropositata.

Mi segue. Spalancando la porta della camera, mi fermo di colpo.

Il letto è ingombro di cose. Uno scatolone vuoto con le parole ROBA DI LILY scritte sul lato. E poi l'intero suo contenuto. Lettere… diari… scatole da scarpe vuote. Chiudo gli occhi, inspirando lentamente.

Ha letto il diario.

No.

Ha. Letto. Il. Diario.

Mi circonda la vita da dietro. Mi fa scivolare la mano lungo lo stomaco e mi afferra un seno. Con l'altra mi sfiora la spalla mentre mi sposta i capelli dal collo.

Stringo le palpebre non appena le sue dita mi percorrono la pelle, su fino alla spalla. Mi passa l'indice sopra il cuore, procurandomi un brivido in tutto il corpo. Le sue labbra assaggiano la mia pelle, appena sopra il tatuaggio, quindi i suoi denti affondano nella mia carne talmente forte da farmi urlare.

Provo a divincolarmi, ma mi tiene così saldamente da non muoversi di un millimetro. Il dolore del morso si irradia dalla clavicola alla spalla e lungo il braccio. Inizio a piangere, anzi a *singhiozzare*.

«Lasciami andare», supplico. «Per favore. Allontanati.» Le sue braccia mi stringono in una morsa ferrea.

Mi volta, ma ho gli occhi ancora chiusi. Ho troppa paura per guardarlo. Tenendomi per le spalle, mi spinge verso il letto. Tento di ribellarmi, ma invano. È troppo forte. È arrabbiato. È ferito. *E non è Ryle.*

Quando la mia schiena tocca il letto, mi affretto a rannicchiarmi contro la testiera, cercando di mettere una distanza di sicurezza tra noi. «Perché è ancora qui, Lily?» La sua voce non è pacata come in cucina. Ora è furioso. «È in *ogni cosa*. La calamita sul frigo. Il diario nella scatola che ho trovato nell'armadio. Quel cazzo di *tatuaggio* che era la mia cazzo di *parte preferita di te*!»

Sale sul letto.

«Posso spiegarti.» Le lacrime mi scorrono lungo le tempie e tra i capelli. «Sei fuori di te. Ti prego, non farmi del male, *ti prego*. Va' via e, quando torni, ti spiego tutto.»

Afferrandomi la caviglia, mi strattona finché non sono sotto di lui. «Non sono fuori di me», dice con una calma inquietante. «Credo solo di non averti ancora dimostrato quanto ti amo.» Si abbassa su di me, immobilizzandomi i polsi sopra la testa con una mano e premendoli contro il materasso.

«Ti prego», singhiozzo, provando a respingerlo con qualunque parte del corpo. «Togliti. *Ti prego*.»

No, no, no, no.

«Ti amo», dice contro la mia guancia. «Più di quanto abbia *mai* fatto lui. Perché non lo *capisci*?»

La paura si ripiega su se stessa, mescolandosi alla rabbia.

Quando chiudo gli occhi, vedo soltanto mia madre che piange sul nostro vecchio divano mentre mio padre la stupra. Lacerata dall'odio, comincio a urlare.

Ryle cerca di attutire le grida con la bocca.

Gli morsico la lingua.

Mi sferra una testata.

All'improvviso il dolore si dissolve mentre un velo nero mi scende davanti agli occhi, consumandomi.

Sento il suo alito contro l'orecchio mentre borbotta qualcosa di incomprensibile. Ho il cuore che batte all'impazzata, il corpo che trema, le lacrime che scendono e il respiro in affanno. Le sue parole mi echeggiano nella testa, ma il dolore pulsante è troppo intenso per comprenderle.

Provo ad aprire gli occhi, ma bruciano. Qualcosa mi gocciola nell'occhio destro e capisco all'istante che è sangue.

Il *mio* sangue.

Comincio a capire che cosa dice.

«Scusa, mi dispiace, mi dispiace, mi dispiace...»

È ancora sopra di me, con la mano che imprigiona i miei polsi. Non tenta più di stuprarmi.

«Ti amo. Mi dispiace moltissimo.»

Ha la voce carica di panico. Mi tempesta la guancia e la bocca di baci leggeri.

Capisce che cosa ha fatto. È di nuovo Ryle e sa che cosa ha fatto a me. A noi. Al nostro futuro.

Sfrutto il suo smarrimento a mio vantaggio. «Va tutto bene. Tranquillo. Eri arrabbiato. Non preoccuparti.»

Le sue labbra si posano con avidità sulle mie e il sapore dello scotch mi fa venire voglia di vomitare. Ryle mormora ancora parole di scusa quando mi si annebbia di nuovo la vista.

* * *

Ho gli occhi chiusi. Siamo ancora a letto, ma lui non è più sopra di me. È steso sul fianco, con il braccio stretto intorno alla mia vita e la testa premuta contro il mio petto. Rimango rigida mentre mi guardo intorno.

Ryle non si muove, ma sento i suoi respiri pesanti. Non so se sia svenuto o addormentato. L'ultima cosa che ricordo è la sua bocca sulla mia, il sapore delle mie lacrime.

Resto immobile ancora per diversi minuti. Le fitte alla testa si acuiscono di minuto in minuto. Abbasso le palpebre, provando a riflettere.

Dov'è la borsetta?

Dove sono le chiavi?

Dov'è il mio telefono?

Mi occorrono ben cinque minuti per sgusciare via. Ho troppa paura di fare movimenti bruschi, così mi allontano un centimetro alla volta finché non mi rotolo sul pavimento. Quando non sento più le sue mani su di me, mi lascio sfuggire un singhiozzo. Mi tappo la bocca mentre mi alzo ed esco dalla camera.

Trovo la borsetta e il telefono, ma non ho idea di dove Ryle abbia messo le mie chiavi. Le cerco freneticamente in salotto e in cucina, ma è tutto inutile. Quando mi ha dato la testata, deve avermi aperto uno squarcio sulla fronte, perché ho troppo sangue negli occhi e la vista sfocata.

Colta dalle vertigini, mi affloscio sul pavimento vicino alla porta. Le dita mi tremano così forte che devo fare tre tentativi prima di scrivere correttamente la password del cellulare.

Quando sono pronta per digitare il numero, mi fermo. Il primo pensiero è contattare Allysa e Marshall, ma non posso. Non posso fare loro una cosa simile proprio ora. Lei ha partorito poche ore fa. Non posso.

Potrei chiamare la polizia, ma non riesco neppure a immaginare che cosa comporterebbe. Non voglio fare una segnalazione. Non so se voglio denunciarlo, date le eventuali conseguenze per la sua carriera. Non voglio che Allysa ce l'abbia con me.

Semplicemente non so che cosa fare. Non escludo, prima o poi, di chiamare la polizia. Non ho l'energia per prendere questa decisione ora.

Impugnando il cellulare, mi sforzo di riflettere. *Mia madre.*

Compongo il numero ma, quando penso all'effetto che l'accaduto avrebbe su di lei, ricomincio a piangere. Non posso coinvolgerla in questo casino. Ne ha già passate troppe. E Ryle tenterà di rintracciarmi. Andrà prima da lei. Poi da Allysa e Marshall. Poi da ogni nostro conoscente.

Asciugandomi le lacrime, compongo il numero di Atlas.

In questo istante odio me stessa più di quanto abbia mai fatto in vita mia.

Odio me stessa perché, quando Ryle ha trovato il post-it nella cover del mio telefono, ho mentito dicendo di essermene dimenticata.

Odio me stessa perché, quando Atlas l'ha infilato lì dentro, l'ho tirato fuori e l'ho letto.

Odio me stessa perché, in cuor mio, sapevo che un giorno mi sarebbe potuto servire. *Così l'ho imparato a memoria.*

«Pronto?»

La sua voce è cauta. Diffidente. Non ha riconosciuto il numero. Non appena parla, scoppio a piangere, coprendomi la bocca e sforzandomi di non far rumore.

«Lily?» dice a voce molto più alta. «Dove sei?»

Odio me stessa perché sa che le lacrime sono mie.

«Ho bisogno di aiuto», bisbiglio.

«Dove sei?» ripete. Percepisco il panico nelle sue parole. Lo sento camminare, spostare degli oggetti. Una porta che sbatte all'altro capo della linea.

«Ti invio un messaggio», rispondo, troppo spaventata per continuare a parlare. Non voglio che Ryle si svegli. Riattacco e in qualche modo trovo la forza di controllare il tremore delle mani mentre gli scrivo l'indirizzo e il codice d'accesso per entrare. Infine, mando un secondo messaggio:

Scrivimi quando arrivi. Per favore non bussare.

Strisciando fino in cucina, mi rinfilo i pantaloni. Trovo la maglietta sul ripiano. Quando sono vestita, passo in salotto. Medito di aprire la porta e aspettare Atlas di sotto, ma temo di non riuscire a raggiungere l'androne da sola. La fronte mi sanguina ancora e mi sento troppo debole anche solo per alzarmi e aspettare accanto alla porta. Mi accascio sul pavimento, stringendo il telefono nel pugno tremante e fissandolo in attesa del messaggio di Atlas.

Lo schermo si illumina venti angoscianti minuti dopo.

Arrivato.

Alzandomi, spalanco la porta. Due braccia si avvinghiano intorno a me e il mio viso affonda in qualcosa di morbido. Inizio a piangere e piangere, a tremare e piangere.

«Lily.» Nessuno ha mai pronunciato il mio nome in tono così triste. Mi costringe a guardarlo. I suoi occhi azzurri mi scrutano la faccia, e vedo che cosa accade. Quando Atlas alza la testa di scatto, la sua espressione preoccupata svanisce. «È ancora qui?»

Rabbia cieca.

La sento irradiarsi dal suo corpo e lui fa per entrare. Lo afferro per il giubbotto. «No. *Per favore*, voglio solo andarmene.»

Assalito dal dolore, è indeciso se ascoltarmi o irrompere nell'appartamento. Alla fine, volta le spalle alla porta e mi sorregge, aiutandomi a raggiungere l'ascensore e quindi ad attraversare l'androne. Per miracolo, ci imbattiamo in una sola persona, un uomo che sta parlando al telefono ed è girato dall'altra parte.

Arrivati nel garage, mi tornano le vertigini. Quando gli chiedo di rallentare, mi prende in braccio. Poi saliamo in auto. Infine, l'auto si muove.

So di aver bisogno di punti.

So che mi sta accompagnando in ospedale.

Ma non ho idea del perché le mie parole successive siano: «Non portarmi al Mass General. Portami altrove».

Per qualche ragione non voglio rischiare di incontrare i colleghi di Ryle. Lo odio. In questo istante lo odio più di quanto abbia mai odiato mio padre, ma la preoccupazione per la sua carriera supera gli altri sentimenti.

Quando me ne accorgo, odio me stessa quanto odio lui.

24

Atlas è sul lato opposto della stanza. Non mi ha mai tolto gli occhi di dosso mentre l'infermiera si occupava di me. Dopo aver prelevato un campione di sangue, è tornata immediatamente per medicarmi il taglio. Non mi ha ancora fatto molte domande, ma è ovvio che le mie ferite sono la conseguenza di un'aggressione. Noto la sua espressione compassionevole mentre mi pulisce il sangue dal morso sulla spalla.

Quando ha finito, guarda Atlas. Si sposta a destra, impedendogli la visuale mentre si volta verso di me. «Devo domandarle alcune cose personali. Gli chiedo di uscire, okay?»

In quel momento intuisco che sospetta sia tutta colpa sua. «Non è stato lui. Per favore, non mandatelo via.»

Sollevata, prende una sedia. «Ha altre ferite?»

Scuoto la testa, perché non potrebbe aggiustare la mia anima distrutta.

«Lily?» mi chiama con voce dolce. «È stata violentata?»

Con gli occhi pieni di lacrime, vedo Atlas girarsi e appoggiare la fronte alla parete.

L'infermiera aspetta che la guardi di nuovo e riprende a parlare. «Abbiamo un esame specifico per queste situazioni. Si chiama esame probatorio di violenza sessuale. È facoltativo, naturalmente, ma le consiglio di farlo.»

«Non sono stata violentata. Non ha…»

«È sicura?»

«Non voglio fare questo esame.»

Voltandosi con gli occhi pieni di dolore, Atlas si avvicina. «Ne hai bisogno.» Ha l'espressione supplichevole.

«Giuro che…» Chiudo gli occhi e abbasso la testa. «Questa volta non lo sto coprendo», sussurro. «Ci ha provato, ma poi si è fermato.»

«Se decidi di denunciarlo, ti serve…»

«Non voglio sottopormi all'esame», ribadisco con voce ferma.

Un colpo alla porta e l'ingresso di un medico mi risparmiano altre occhiate imploranti da parte di Atlas. L'infermiera gli fa un breve riassunto delle mie lesioni, quindi si sposta mentre lui mi controlla la testa e la spalla. Mi punta la torcia contro gli occhi. Rilegge la cartella. «Vorrei escludere una commozione cerebrale ma, date le sue condizioni, preferisco evitare la TAC. Vorremmo invece tenerla qui sotto osservazione.»

«Perché preferisce evitare la TAC?» domando.

Il medico si alza. «Non esponiamo le donne incinte alle radiazioni a meno che non sia assolutamente indispensabile. La monitoreremo per escludere complicazioni e, se non ci saranno altri problemi, sarà libera di andarsene.»

Non sento nient'altro.

Niente.

La pressione si accumula nel mio cervello. Nel cuore. Nello stomaco. Afferro i bordi del lettino su cui sono seduta, fissando il pavimento finché entrambi non lasciano la stanza.

Quando si chiude la porta, rimango lì, sospesa in un silenzio gelido. Atlas si avvicina. I suoi piedi quasi toccano i miei. Le sue dita mi sfiorano la schiena. «Lo sapevi?»

Butto fuori l'aria, poi inspiro. Scrollo il capo e, quando mi abbraccia, piango più forte di quanto pensassi di essere capace. Mi stringe mentre fremo d'odio.

Sono stata io a fare tutto questo a me stessa.

Sono stata io a permetterlo.

Sono mia madre.

«Voglio andarmene», dico con un filo di voce.

Si stacca. «Vogliono monitorarti. Secondo me, dovresti rimanere.»

«Ho bisogno di uscire di qui. *Per favore.* Voglio andarmene.»

Mi aiuta a rimettermi le scarpe. Si toglie il giubbotto e me lo avvolge intorno alle spalle, poi usciamo dall'ospedale senza che nessuno se ne accorga.

Guida in silenzio. Io guardo fuori dal finestrino, troppo esausta per piangere. Troppo scioccata per parlare. Mi sento sommersa.

Zitta e nuota.

Atlas non vive in un appartamento, ma in una villetta nel piccolo sobborgo di Wellesley, dove tutte le case sono bellissime, disarmoniche, curate e costose. Prima che imbocchiamo il vialetto, mi chiedo se abbia mai sposato quella ragazza, *Cassie*, e che cosa penserà lei quando vedrà suo marito portare a casa un'ex aggredita dal proprio marito.

Mi compatirà. Vorrà sapere perché non l'ho lasciato e come ho potuto ridurmi così. Si farà tutte le domande che mi facevo su mia madre quando la vedevo nella medesima situazione. Le persone passano molto tempo a chiedersi perché le donne non se ne vadano. Dove stanno quelle che si chiedono perché gli uomini sono violenti? Non sono forse loro gli unici colpevoli?

Atlas parcheggia in garage. Non ci sono altre auto. Senza aspettare che mi aiuti a scendere, apro la portiera e smonto da sola, quindi lo seguo in casa. Inserisce il codice dell'allarme, poi accende alcune luci. Giro lo sguardo sulla cucina, sulla sala da pranzo, sul salotto. Ogni cosa è di legno pregiato e acciaio inossidabile, e la cucina è tinteggiata di un rilassante verde azzurrognolo. Il colore dell'oceano. Se non fossi così sofferente, sorriderei.

Atlas ha continuato a nuotare, e ora guardalo. Ha nuotato fino ai Caraibi, cazzo.

Andando verso il frigorifero, tira fuori una bottiglia d'acqua e torna da me. Stappandola, me la porge. Mentre bevo un sorso, lo guardo accendere la luce in salotto e poi nel corridoio.

«Vivi da solo?»

Annuisce mentre rientra in cucina. «Hai fame?»

Faccio no con la testa. Anche se avessi appetito, non riuscirei a mangiare.

«Ti mostro la tua camera. C'è una doccia, se ti serve.»

Sì. Voglio lavare via il sapore del suo scotch dalla mia bocca, l'odore di disinfettante dell'ospedale, le ultime ore della mia vita.

Lo seguo lungo il corridoio fino alla camera degli ospiti, dove accende la luce. Ci sono due scatoloni su un letto nudo e altri impilati contro le pareti. C'è una poltrona enorme addossata al muro di fronte alla porta. Toglie gli scatoloni dal materasso, sistemandoli insieme agli altri.

«Ho traslocato appena qualche mese fa. Non ho ancora avuto il tempo di tinteggiare.» Apre il cassetto di un comò. «Ti faccio il letto.» Prendendo lenzuola e federa, si mette al lavoro mentre mi chiudo in bagno.

Ci resto per trenta minuti, dedicandone alcuni a fissare il mio riflesso nello specchio, altri sotto la doccia e altri ancora china sopra il water, provocandomi il vomito al solo pensiero delle ultime ore.

Sono avvolta in un asciugamano quando socchiudo la porta. Atlas non è più in camera, ma sul letto ci sono alcuni vestiti piegati. I pantaloni di un pigiama da uomo troppo grande per me e una T-shirt che mi arriva sotto le ginocchia. Tirando il cordoncino al massimo, lo annodo e poi mi sdraio. Spegnendo la lampada, mi infilo sotto le coperte.

Piango così forte da non fare nemmeno rumore.

25

FIUTO il profumo del pane tostato.

Mi stiracchio sorridendo, perché Ryle sa che ne vado matta.

Apro gli occhi e la realtà si abbatte su di me con la forza di un frontale. Stringo le palpebre quando ricordo dove sono e perché sono qui, rendendomi conto che il pane tostato di cui sento l'aroma non è affatto quello che il mio dolce e premuroso marito sta preparando per servirmi la colazione a letto.

Mi viene immediatamente voglia di piangere, così mi costringo ad alzarmi. Mi concentro sul senso di vuoto allo stomaco mentre uso il bagno, ripetendo a me stessa che potrò piangere dopo aver messo qualcosa sotto i denti. Devo mangiare prima di provocarmi di nuovo il vomito.

Quando torno in camera, noto che la poltrona è stata girata in modo da essere di fronte al letto anziché alla porta. C'è una coperta buttata lì a casaccio, ed è evidente che Atlas è rimasto qui la notte scorsa mentre dormivo.

Probabilmente temeva che avessi una commozione cerebrale.

Quando entro in cucina, lo trovo che cammina avanti e indietro tra il frigo, il fornello e il ripiano. Per la prima volta in dodici ore, provo un barlume di qualcosa che non è angoscia, perché ricordo che è uno chef. E *bravo* per giunta. E mi sta preparando la colazione.

Alza gli occhi non appena mi sente arrivare.

«'Giorno», dice, facendo attenzione a non usare un'inflessione troppo allegra. «Spero che tu abbia fame.» Fa scivolare sul ripiano un bicchiere e un contenitore di succo d'arancia, quindi si volta di nuovo verso il fornello.

«Sì.»

Dando un'occhiata alle sue spalle, accenna un sorriso. Mi verso un bicchiere di succo e poi mi sposto sull'altro lato della cucina, dove ci sono una panca e un tavolo con sopra un giornale. Sto per prenderlo ma, quando vedo l'articolo sulle migliori aziende di Boston, lo lascio andare con mani tremanti. Chiudo gli occhi e bevo lentamente un sorso.

Dopo qualche minuto, Atlas mi serve la colazione, quindi si siede di fronte a me con il suo piatto e affonda la forchetta in una crêpe.

Me ne ha preparate tre, spruzzate di sciroppo e guarnite con un ciuffo di panna montata, insieme a fettine di arancia e fragola sul lato destro.

È quasi eccessivamente bello per mangiarlo, ma ho troppo appetito per farci caso. Assaggio un pezzettino di crêpe e chiudo gli occhi, cercando di nascondere che è la colazione più deliziosa della mia vita.

Finalmente ammetto che il suo ristorante meritava il premio. Per quanto io abbia tentato di dissuadere Ryle e Allysa dal tornarci, era il migliore in cui fossi mai stata.

«Dove hai imparato a cucinare?»

Sorseggia il caffè. «Nei Marines.» Rimette giù la tazza. «Ho fatto un po' di pratica durante il primo periodo e poi, quando mi sono riarruolato, ho lavorato in cucina.» Picchietta con la forchetta contro il lato del piatto. «Ti piace?»

«È squisito. Ma ti sbagli. Sapevi cucinare già prima di arruolarti.»

Sorride. «Ti ricordi i biscotti?»

«Altroché. I migliori che abbia mai mangiato.»

«Ho imparato per conto mio le nozioni fondamentali. Mia madre faceva il secondo turno quando ero ragazzino, perciò se la sera volevo cenare, dovevo arrangiarmi. O così o morire di fame, dunque ho comprato un libro di cucina a un mercatino dell'usato e ho provato ogni singola ricetta nell'arco di un anno. Avevo appena tredici anni.»

Sorrido, sorprendendomi di esserne in grado. «La prossima volta che qualcuno ti chiede come hai imparato a cucinare, dovresti raccontargli *questa* storia, non l'altra.»

«Sei l'unica persona che sa qualcosa di me prima dei diciannove anni. Vorrei che le cose restassero così.»

Mi parla di quando faceva lo chef nell'esercito, di come abbia risparmiato il più possibile per poter aprire un ristorante tutto suo dopo il congedo. Ha iniziato con un piccolo caffè che ha funzionato molto bene, poi ha inaugurato il *Bib's* un anno e mezzo fa. «Ha un discreto successo», dice, modesto.

Mi do un'occhiata intorno. «Più che discreto, direi.»

Mangia un altro boccone. Non aggiungo altro mentre finiamo la colazione, perché la mia mente vola al suo ristorante. Al nome che gli ha dato. A ciò che ha dichiarato nell'intervista. Poi, naturalmente, questi pensieri mi ricordano Ryle e la rabbia nella sua voce mentre urlava l'ultima riga dell'articolo.

Credo che Atlas si accorga del mio cambiamento, ma non dice nulla mentre sparecchia.

Non appena si risiede, sceglie la sedia accanto a me e appoggia una mano rassicurante sulla mia. «Devo andare al lavoro per qualche ora. Non voglio che tu te ne vada. Rimani pure finché ne hai bisogno. Ma... per favore, non tornare a casa oggi.»

Avverto la preoccupazione nella sua voce. «Tranquillo. Resto qui. Promesso.»

«Ti serve qualcosa prima che vada?»

«No, me la caverò.»

Alzandosi, prende il giubbotto. «Faccio il prima possibile. Torno dopo pranzo e ti porto qualcosa da mangiare, okay?»

Mi sforzo a sorridere. Aprendo un cassetto, tira fuori carta e penna e scrive un appunto prima di uscire. Rimasta sola, vado verso il ripiano per leggere il biglietto. Mi ha scritto le istruzioni per impostare l'allarme, oltre al suo numero di cellulare – anche se lo conosco a memoria – e del ristorante, all'indirizzo di casa e del ristorante.

In fondo, a caratteri piccoli, ha aggiunto: *Zitta e nuota, Lily.*

Cara Ellen,

ciao. Sono io, Lily Bloom. Be'... tecnicamente ora sono Lily Kincaid.

È passato molto tempo dall'ultima volta che ti ho scritto. Anzi, moltissimo. Dopo tutto quello che era successo con Atlas, non sono più riuscita ad aprire i diari. E nemmeno a seguire il tuo programma, perché mi faceva male guardarlo da sola. In realtà, il solo pensiero di te mi mandava in depressione. Se pensavo a te, pensavo ad Atlas e, a essere sincera, non avevo voglia di pensare a lui, così ho dovuto escludere anche te dalla mia vita.

Mi dispiace. Sono sicura di non esserti mancata quanto tu sei mancata a me, ma a volte le cose che ti stanno più a cuore sono anche quelle che ti fanno soffrire di più, e per superare la sofferenza devi tagliare tutti i fili che ti tengono legata a quel dolore. Tu eri uno di loro, perciò credo di aver fatto proprio questo. Cercavo solo di risparmiarmi un po' di tormento.

Però sono sicura che il tuo programma sia più bello che mai. Ho sentito dire che balli ancora all'inizio di alcune puntate, ma ho imparato ad apprezzare anche questo. Sono convinta che sia uno dei principali segni di maturità in una persona, saper apprezzare le cose che interessano agli altri anche se per te sono insignificanti.

Probabilmente dovrei aggiornarti sulla mia vita. Mio padre è morto. Ormai ho ventiquattro anni. Mi sono laureata, ho lavorato in un'azienda di marketing per un po' e ora ho un'attività tutta mia. Un negozio di fiori. Obiettivi di vita centrati!

Ho anche un marito, e non è Atlas.

E... vivo a Boston.

Lo so. Non te l'aspettavi.

L'ultima volta che ti ho scritto avevo sedici anni. Ero in una situazione orribile ed ero molto preoccupata per Atlas. Ora non lo sono più, ma in questo preciso momento mi trovo in una situazione orribile. Più di allora.

Mi dispiace darti l'impressione di non sentire il bisogno di scriverti quando sto bene. Mi rivolgo a te solo quando sono nella merda, ma è a questo che servono gli amici, giusto?

Non saprei neppure da dove cominciare. Non sai nulla della mia vita attuale e di mio marito, Ryle, ma io e lui facciamo un gioco in cui uno dei due dice: «Verità nuda e cruda», e poi siamo costretti a essere sinceri fino in fondo e a dire ciò che pensiamo davvero.

Così... verità nuda e cruda.

Tieniti forte.

Sono innamorata di un uomo che mi maltratta fisicamente e non ho idea di come io abbia potuto accettarlo.

Quando ero ragazzina, mi domandavo spesso che cosa passasse per la testa di mia madre nei giorni successivi alle botte di mio padre. Come potesse amare un uomo che le metteva le mani addosso. Un uomo che la picchiava continuamente, che le prometteva continuamente di non farlo mai più, per poi picchiarla di nuovo.

Odio dover confessare che ora la capisco.

Sono seduta sul divano di Atlas da più di quattro ore, alle prese con i miei sentimenti. Non riesco a controllarli né a decifrarli. Fatico a elaborarli. E, fedele al mio passato, comprendo che forse avevo solamente bisogno di metterli per iscritto. Ti chiedo scusa, Ellen. Ma preparati a un fiume di parole.

Se dovessi paragonare questa sensazione a qualcosa, la para-

gonerei alla morte. Non la morte di una persona qualunque, bensì di quella persona, quella che ti è più vicina di chiunque altra al mondo, quella che, quando provi semplicemente a immaginare la sua morte, ti fa salire le lacrime agli occhi.

È così che mi sento. Come se Ryle fosse morto.

È una quantità di dolore indicibile. Enorme. È l'impressione di aver perso il mio migliore amico, il mio amante, mio marito, la mia ancora di salvezza. Ma la differenza tra questa sensazione e la morte è la presenza di un'altra emozione, che non emerge necessariamente nel caso di una morte effettiva.

L'odio.

Sono furiosa con lui, Ellen. Le parole non sono in grado di spiegare quanto lo odio. Eppure, la collera non mi ha tolto completamente la razionalità. Comincio a pensare cose come: ma non dovevo conservare la calamita, dovevo dirgli del tatuaggio fin dall'inizio, non dovevo tenere i diari.

La razionalità è la parte più difficile. Mi divora a poco a poco e indebolisce la forza che ricevo dall'odio. Mi costringe a immaginare il nostro futuro insieme e le cose che potrei fare per impedire quel tipo di rabbia. Non lo tradirò mai più. Non gli nasconderò mai più nulla. Non gli darò mai più motivo di reagire in quel modo. D'ora in poi dovremo solo impegnarci entrambi di più.

Nella buona e nella cattiva sorte, giusto?

Di sicuro una volta erano questi i ragionamenti di mia madre, ma la differenza tra noi due è che lei aveva più cose di cui preoccuparsi. Non aveva la mia stessa stabilità finanziaria. Non aveva le risorse per andarsene e offrirmi una casa decorosa. Non voleva portarmi via da mio padre quando ero abituata a vivere con entrambi i genitori. Ho la sensazione che, in una o due occasioni, la razionalità l'abbia fregata.

Non so come metabolizzare l'idea che avrò un figlio con quest'uomo. Dentro di me c'è un essere umano che abbiamo concepito insieme. E qualunque strada sceglierò – se restare o andarmene –, nessuna delle due sarà quella che avrei voluto per mio figlio. Crescere in una famiglia spaccata o violenta? Ho già deluso questo bambino, e so della sua esistenza soltanto da un giorno.

Ellen, vorrei che potessi rispondermi, che potessi dirmi qualcosa di divertente in questo preciso istante, perché il mio cuore ne ha bisogno. Non mi sono mai sentita così sola, così a pezzi, così arrabbiata e ferita.

Le persone che non vivono situazioni come queste si chiedono spesso perché la donna torni dal suo aguzzino. Una volta ho letto da qualche parte che l'ottantacinque per cento delle vittime ha questa tendenza. È stato prima che mi rendessi conto di essere una di loro e, quando ho sentito questo dato, ho concluso che erano tutte stupide e deboli. Avevo pensato le stesse cose di mia madre in più di un'occasione.

Ma a volte la ragione per cui le donne tornano indietro è semplicemente che sono innamorate. Amo mio marito, Ellen. Amo moltissimi aspetti di lui. Vorrei che fosse facile cancellare i sentimenti per la persona che mi ha fatto del male, come credevo. Impedire al proprio cuore di perdonare chi si ama è molto più difficile che perdonarlo e basta.

Ora sono un numero. Le cose che pensavo delle donne come me sono ormai quelle che gli altri penserebbero di me se conoscessero la mia situazione attuale.

Come può amarlo dopo quello che le ha fatto? Come può pensare di riaccoglierlo?

È triste che questi siano i primi pensieri a passarci per la mente quando qualcuno è vittima di violenza. Non dovremmo essere più disgustati dagli aguzzini che da coloro che continuano ad amarli?

Penso a tutte le persone che si sono trovate in questa situazione prima di me, a tutte quelle che vi si troveranno dopo. Ci ripetiamo forse le stesse parole il giorno dopo aver subito abusi da coloro che ci amano? «Nella buona e nella cattiva sorte, in ricchezza e in povertà, in salute e in malattia, finché morte non ci separi.»

Forse queste promesse non andrebbero prese alla lettera come fanno certi coniugi.

Nella buona e nella cattiva sorte?

Vaffanculo.

A.

Queste.

Cazzate.

Lily

26

STESA sul letto nella camera degli ospiti di Atlas, fisso il soffitto. È un letto normale. Comodissimo, a dire il vero. Ma mi sembra di essere su un materasso ad acqua. O forse una zattera, alla deriva in mezzo al mare. E scavalco questi cavalloni giganteschi, ciascuno dei quali trasporta qualcosa di diverso. Alcuni sono onde di tristezza. Altri di rabbia. Altri di lacrime. Altri ancora di sonno.

Di tanto in tanto mi appoggio le mani sullo stomaco e arriva una minuscola onda d'amore. Non ho idea di come possa già amare qualcosa fino a questo punto, ma non riesco a farne a meno. Mi chiedo se sia maschio o femmina e come lo chiamerò. Mi domando se assomiglierà a me o a Ryle, e poi un altro cavallone di rabbia si abbatte su quella minuscola onda d'amore.

Mi sembra di essere stata derubata della gioia che una madre dovrebbe provare quando scopre di essere incinta. Ho la sensazione che Ryle me l'abbia portata via ieri sera e che sia l'ennesima ragione per odiarlo.

L'odio è logorante.

Mi costringo ad alzarmi e a entrare nella doccia. Sono rimasta nella mia camera quasi l'intera giornata. Atlas è rientrato diverse ore fa e, a un certo punto, l'ho sentito aprire la porta per controllarmi, ma ho finto di dormire.

Sono in imbarazzo. Atlas è il motivo per cui Ryle si è infuriato con me ieri sera, ma è colui da cui sono corsa quando avevo bisogno di aiuto. Essere qui mi riempie di rimorso. Forse anche di un pizzico di vergogna, come se la mia telefonata ad Atlas desse credibilità alla sfuriata di Ryle. Ma in questo momento non ho davvero nessun posto dove andare. Ho bisogno di qualche giorno per riflettere e, se mi trasferisco in un hotel, Ryle potrebbe tracciare l'addebito della carta di credito e trovarmi.

Mi troverebbe anche da mia madre, da Allysa e da Lucy. Ha persino incontrato Devin un paio di volte e molto probabilmente andrebbe persino a casa sua.

Però non riesco a immaginare che provi a rintracciare Atlas. Non ancora. Sono sicura che se ignoro le sue chiamate e i suoi messaggi per una settimana, finirà per cercarmi ovunque, ma per ora non penso che si presenterebbe alla sua porta.

Forse è per questo che sono qui. Mi sento più al sicuro che in qualunque altro luogo. E Atlas ha un impianto d'allarme, perciò discorso chiuso.

Prendo il cellulare dal comodino. Salto i messaggi di Ryle, aprendo l'unico di Allysa.

ALLYSA: Ciao, zia Lily! Ci dimettono stasera. Vieni a trovarci domani quando torni dal lavoro.

Ha allegato una foto di sé e Rylee. Mi fa prima sorridere e poi piangere. Vaffanculo alle emozioni.

Aspetto che le lacrime si asciughino prima di andare in salotto. Atlas è seduto al tavolo della cucina, impegnato a lavorare con il portatile. Quando mi vede, sorride e chiude il computer.

«Ciao.»

Sbircio in cucina. «Hai qualcosa da mangiare?»

Si affretta ad alzarsi. «Sì, certo. Siediti. Ti preparo qualcosa.»

Mi siedo sul divano mentre lui armeggia in cucina. La TV è accesa, ma con il volume disattivato. Lo riattivo e seleziono il DVR. Ci sono alcuni programmi registrati, ma a catturare la mia attenzione è *The Ellen DeGeneres Show*. Sorridendo, scelgo la puntata non vista più recente e premo PLAY.

Atlas mi porta un piatto di pasta e un bicchiere d'acqua con il ghiaccio. Lancia un'occhiata allo schermo, quindi si siede accanto a me.

Per le tre ore successive guardiamo le puntate di una settimana intera. Scoppio a ridere per ben sei volte. È una bella sensazione ma, quando vado in bagno e poi torno in salotto, il peso della situazione si fa di nuovo sentire.

Mi risiedo. Atlas è disteso con i piedi sul tavolino. Mi viene naturale appoggiarmi a lui e, come faceva quando eravamo teenager, mi tira contro il suo petto e restiamo in silenzio. Il suo pollice mi sfiora la spalla, un modo implicito per dire che lui è qui per me, che soffre per me. Per la prima volta da quando mi ha presa in braccio ieri sera, ho voglia di parlare. Ho la testa sulla sua spalla e le mani sulle mie ginocchia. Giocherello con il cordoncino dei pantaloni.

«Atlas?» dico con un filo di voce. «Mi dispiace che Ryle se la sia presa con te al ristorante. Avevi ragione. In cuor mio lo sapevo, ma non volevo crederci.» Sollevo la testa e lo guardo con un sorriso mesto. «Ora puoi dire: 'Te l'avevo detto'.»

Aggrotta le sopracciglia, quasi che le mie parole l'avessero in qualche modo ferito. «Non è una cosa su cui volevo avere ragione. Ho pregato ogni giorno di essermi sbagliato.»

Vorrei rimangiarmi l'ultima frase. Dovevo evitarla. Sono certa che Atlas non penserebbe mai qualcosa come: Te l'avevo detto.

Mi stringe la spalla, piegandosi per darmi un bacio sui capelli. Chiudo gli occhi, assorbendo la sua familiarità. Il suo odore, il suo tocco, il suo conforto. Non ho mai capito il modo in cui una persona potesse essere solida come una roccia e insieme rassicurante. Ma è sempre stata questa l'immagine che avevo di lui. Come se potesse resistere a qualunque cosa, ma avvertisse ugualmente il fardello portato da tutti gli altri.

Non mi piace l'idea di non essere mai riuscita a dimenticarlo, per quanto mi sforzassi. Penso al litigio con Ryle per il suo numero di telefono. Alla discussione sulla calamita, sull'articolo, sulle annotazioni del mio diario, sul tatuaggio. Nulla di tutto questo sarebbe successo se avessi semplicemente dimenticato Atlas e buttato via ogni cosa. Ryle non avrebbe avuto nessun motivo per infuriarsi.

Mi copro la faccia con le mani, sconvolta al pensiero di aver provato a imputare la reazione di mio marito all'incapacità di tagliare il cordone ombelicale con il mio ex.

Non ci sono scuse. Nemmeno una.

È solo l'ennesima onda che sono costretta a cavalcare. Un'onda di confusione totale e assoluta.

Atlas si accorge del cambiamento. «Stai bene?»

No.

Non sto bene, perché finora non mi ero resa conto di quanto fossi ancora ferita perché non è mai venuto a cercarmi. Se avesse mantenuto la promessa, non avrei mai conosciuto Ryle e non mi sarei mai trovata in questa situazione.

Sì. Sono sicuramente confusa. Come posso incolpare Atlas dell'accaduto?

«Credo che andrò a dormire», mormoro, staccandomi da lui. Mi alzo e Atlas mi imita.

«Domani starò fuori quasi tutto il giorno», dice. «Ti trovo qui al mio rientro?»

Rabbrividisco. Naturalmente vuole che mi organizzi e trovi un altro alloggio. Che cosa ci faccio ancora qui? «No, no. Posso andare in hotel, nessun problema.» Mi avvio verso il corridoio, ma mi mette la mano sulla spalla, costringendomi a voltarmi.

«Non ti chiedevo di andartene. Volevo soltanto essere sicuro che saresti stata ancora qui. Voglio che ti fermi finché ne hai bisogno.»

I suoi occhi sono sinceri e, se non pensassi che fosse un po' inopportuno, gli getterei le braccia al collo e lo stringerei. Infatti, non sono ancora pronta per andarmene. Ancora un paio di giorni prima di decidere il da farsi.

«Devo andare al lavoro per qualche ora domani. Ci sono alcune cose di cui devo occuparmi. Ma se non ti dispiace, vorrei restare ancora per qualche giorno.»

«Non mi dispiace. Anzi, lo preferisco.»

Mi dirigo verso la camera degli ospiti. Se non altro mi offre una tregua prima che debba affrontare ogni cosa.

Per quanto la sua presenza nella mia vita mi disorienti, non sono mai stata così grata di averlo al mio fianco.

27

Mi tremano le dita quando le allungo verso la maniglia. Non ho mai avuto paura di entrare nel mio negozio prima d'ora, ma non sono nemmeno mai stata così nervosa.

Il locale è buio quando entro, così premo l'interruttore, trattenendo il respiro. Cammino lentamente verso il mio ufficio, spingendo la porta con cautela.

Ryle non c'è, ma è ovunque.

Non appena mi siedo alla scrivania, accendo il cellulare per la prima volta da quando sono andata a letto ieri sera. Volevo riposare senza dovermi preoccupare di sue eventuali telefonate.

Sullo schermo compaiono ventinove messaggi di Ryle. Guarda caso, lo stesso numero delle porte a cui ha bussato per trovare il mio appartamento l'anno scorso.

Non so se ridere o piangere per l'ironia della situazione.

Trascorro il resto della giornata in questo modo. Guardandomi le spalle, controllando la porta ogni volta che si apre. Mi chiedo se mi abbia rovinato la vita, se smetterò mai di avere paura di lui.

Passa mezza giornata senza neppure una sua chiamata mentre mi rimetto in pari con le scartoffie. Allysa mi telefona dopo pranzo e dal suo tono capisco che non ha idea di cosa sia successo. La lascio parlare per un po' della bambina prima di fingere che sia arrivato un cliente e di riagganciare.

Decido di smontare quando Lucy rientra dalla pausa pranzo. Manca mezz'ora.

Ryle varca la soglia tre minuti dopo.

Sono sola.

Non appena lo vedo, mi paralizzo. Sono dietro il bancone, con la mano sulla cassa perché è vicina alla graffettatrice. Sono sicura che una graffettatrice non mi servirebbe a molto contro le braccia di un neurochirurgo, ma userò quello che ho a disposizione.

Si avvicina lentamente. È la prima volta che lo vedo da quando era sopra di me sul letto l'altra sera. Il mio corpo torna immediatamente a quel momento e vengo inghiottita dallo stesso vortice di emozioni. Quando mi raggiunge, fremo di paura e di rabbia.

Sollevando la mano, mi posa davanti un mazzo di chiavi. Le guardo.

«Parto per l'Inghilterra questa sera. Starò via tre mesi. Ho pagato tutte le bollette, così non dovrai preoccupartene in mia assenza.»

Parla con voce calma, ma le vene sul suo collo dimostrano il grande sforzo. «Hai bisogno di tempo.» Deglutisce a fatica. «E voglio concedertelo.» Facendo una smorfia, spinge verso di me le chiavi dell'appartamento. «Torna a casa. Io non ci sarò. Te lo prometto.»

Girandosi, si dirige verso la porta. Mi accorgo che non ha nemmeno cercato di scusarsi. Non me la prendo. Lo capisco. Sa che le scuse non cancelleranno le sue azioni e che per noi, ora, la cosa migliore è separarci.

È consapevole di aver commesso un enorme errore… eppure cedo alla tentazione di affondare un po' di più il coltello nella piaga.

«Ryle.»

Mi guarda da sopra la spalla, ed è come se alzasse uno scudo tra noi. Non si volta del tutto, ma si irrigidisce mentre aspetta che io prosegua, ben sapendo che le mie parole lo feriranno.

«Sai qual è la parte peggiore di questa storia?» domando.

Rimane in silenzio. Si limita a fissarmi, in attesa della risposta.

«Quando hai trovato il mio diario, ti sarebbe bastato chiedermi una verità nuda e cruda. Sarei stata sincera con te. Ma non l'hai fatto. Hai scelto di non chiedermi aiuto e ora dovremo subire entrambi le conseguenze delle tue azioni per il resto della vita.»

Fa una smorfia a ogni parola. «Lily.» Si volta.

Alzo la mano per impedirgli di aggiungere altro. «No. Ora puoi andare. Divertiti in Inghilterra.»

È chiaro che è combattuto. Sa che da me non otterrà nulla in questo momento, per quanto supplichi il mio perdono, e che la sua unica possibilità è uscire da quella porta, nonostante sia l'ultima cosa che voglia fare.

Quando finalmente se ne va, corro a chiudere a chiave. Mi accascio sul pavimento e mi abbraccio le ginocchia, premendovi contro il viso. Tremo così forte che mi battono i denti.

Stento a credere che una parte di quell'uomo stia crescendo dentro di me e che un giorno dovrò dirglielo.

28

Dopo che Ryle mi ha lasciato le chiavi oggi pomeriggio, ero indecisa se tornare nell'appartamento nuovo. Sono persino arrivata in taxi davanti al palazzo, ma non sono riuscita a scendere dall'auto. Sapevo che se fossi rientrata, probabilmente prima o poi avrei visto Allysa. Non sono pronta per spiegarle i punti sulla mia fronte, né per vedere la cucina dove Ryle mi ha vomitato addosso le sue parole dure, né per entrare nella camera dove mi ha completamente distrutta.

Così anziché tornare a casa, mi sono fatta riaccompagnare da Atlas. In questo momento mi sembra l'unica zona sicura. Non devo affrontare le cose quando mi rifugio lì.

Oggi Atlas mi ha già scritto due volte per chiedermi come stavo, perciò quando ricevo un messaggio pochi minuti prima delle sette, do per scontato che sia suo. Invece è di Allysa.

ALLYSA: Sei a casa? Vieni a trovarci, mi sto già annoiando.

Leggendolo, provo una stretta al cuore. Non immagina che cosa sia successo tra me e suo fratello. Mi domando se Ryle l'abbia avvisata che oggi sarebbe partito per l'Inghilterra. Il mio pollice digita e cancella, e poi digita qualcos'altro mentre cerco di inventare una scusa convincente per la mia assenza.

IO: Non posso. Sono al pronto soccorso. Ho sbattuto la testa contro la mensola in magazzino. Mi stanno dando dei punti.

Odio mentirle, ma mi risparmierà la fatica di giustificare il taglio e anche perché non sono a casa in questo istante.

ALLYSA: Oh no! Sei sola? Dato che Ryle non c'è, Marshall può venire a farti compagnia.

Okay, dunque sa che Ryle se n'è andato. Meno male. E pensa che sia tutto a posto. Meno male. Significa che ho almeno tre mesi prima di doverle dire la verità.

Guardami. Spazzo merda sotto il tappeto, proprio come faceva mia madre.

IO: No, sto bene. Avrò finito prima ancora che Marshall riesca ad arrivare. Vengo domani dopo il lavoro. Da' a Rylee un bacio da parte mia.

Blocco lo schermo e appoggio il cellulare sul letto. Ormai fuori è buio, così vedo subito i fari quando qualcuno parcheggia nel vialetto. Capisco immediatamente che non è Atlas, perché lui usa l'accesso laterale e parcheggia in garage. Il cuore mi batte forte mentre la paura si impadronisce di me. È Ryle? Ha scoperto dove vive Atlas?

Di lì a qualche istante, qualcuno bussa alla porta d'ingresso. O meglio, è una tempesta di pugni e suona anche il campanello.

Mi avvicino alla finestra in punta di piedi, spostando impercettibilmente le tendine. Fatico a vedere chi sia, ma c'è un furgone sul vialetto. Non è di Ryle.

Potrebbe essere Cassie?

Prendendo il telefono, mi avvio lungo il corridoio, verso il salotto. I pugni sulla porta e i trilli del campanello continuano in maniera simultanea. Chiunque sia è così spazientito da rasentare il ridicolo. Se è Cassie, la trovo già molto irritante.

«Atlas!» urla un uomo. «Apri questa cazzo di porta!»

Un'altra voce – anch'essa maschile – aggiunge: «Mi si congelano le palle! Si sono ridotte a chicchi di uva passa, amico, apri la porta!»

Prima di accontentarli e comunicare loro che Atlas non è in casa, gli invio un messaggio, sperando che arrivi e che sia lui a occuparsi della questione.

IO: Dove sei? Ci sono due uomini davanti a casa tua e non so se devo farli entrare.

Aspetto mentre proseguono a bussare e a suonare, ma lui non mi risponde. Alla fine, raggiungo la porta, lascio la catena inserita, ma giro la chiave e socchiudo il battente di qualche centimetro.

Uno dei due sconosciuti è alto, un metro e ottanta o giù di lì. Nonostante l'aspetto giovanile del suo volto, ha i capelli brizzolati. Neri con una spruzzata di grigio. L'altro è di qualche centimetro più basso, con i capelli castano chiaro e i lineamenti infantili. Sembrano entrambi sulla trentina. Quello alto fa una faccia confusa. «E tu chi sei?» Sbircia attraverso la fessura.

«Lily. E voi?»

Quello più basso gli passa davanti. «C'è Atlas?»

Non voglio dire loro che non è in casa, perché altrimenti saprebbero che sono sola. Questa settimana non ho molta fiducia nel sesso maschile.

Il cellulare nella mia mano squilla all'improvviso, facendoci sussultare tutti e tre. È Atlas. Accetto la chiamata e mi accosto il telefono all'orecchio.

«Pronto?»

«È tutto a posto. Sono miei amici. Avevo dimenticato che è venerdì, il giorno del poker. Li chiamo subito e dico loro di andarsene.»

Guardo i due uomini, che si limitano a osservarmi. Mi sento in colpa al pensiero che sia costretto ad annullare i suoi impegni soltanto perché è stato così gentile da ospitarmi. Chiudo il battente e tolgo la catenella, quindi riapro la porta, facendo loro segno di entrare.

«Nessun problema. Non devi stravolgere i tuoi piani. Tanto stavo per andare a letto.»

«No, arrivo. Li faccio sloggiare.»

Ho ancora il telefono incollato all'orecchio quando i due entrano in salotto.

«A dopo», dico ad Atlas, riagganciando. Segue qualche secondo di imbarazzo mentre gli uomini studiano me e io studio loro.

«Come vi chiamate?»

«Darin», risponde quello alto.

«Brad», dice quello basso.

«Lily», mi presento, anche se l'ho già fatto prima. «Atlas sarà qui tra poco.» Chiudo la porta e sembrano rilassarsi un po'. Darin va in cucina a curiosare nel frigorifero.

Brad si toglie il giubbotto e lo appende. «Sai giocare a poker?»

«È passato qualche anno, ma giocavo con gli amici al college.»

Si spostano entrambi verso il tavolo della sala da pranzo.

«Che cosa ti sei fatta alla testa?» Darin si siede. Usa un tono disinteressato, come se non gli passasse nemmeno per la mente che possa essere un argomento delicato.

Non so il perché, ma provo l'impulso di dirgli la verità nuda e cruda. Forse voglio semplicemente vedere come reagisce qualcuno quando scopre che il responsabile è mio marito.

«È stato mio marito. Abbiamo litigato due sere fa e mi ha sferrato una testata. Atlas mi ha portata al pronto soccorso. Mi hanno dato sei punti e detto che sono incinta. Ora mi nascondo qui finché non decido che cosa fare.»

Il povero Darin si paralizza, a metà tra la posizione in piedi e quella seduta. Non ha idea di come rispondere. A giudicare dalla sua espressione, penso ritenga che sia pazza.

Brad tira fuori una sedia e si accomoda, indicandomi. «Dovresti provare un rullo massaggiatore per il viso. Fanno miracoli per le cicatrici.»

Scoppio a ridere. In qualche modo.

«Santo cielo!» lo rimprovera Darin, sedendosi. «Sei peggio di tua moglie con queste cazzate da venditore porta a porta. Sembri uno spot pubblicitario ambulante.»

L'altro alza le mani in un gesto difensivo. «Che cosa dici?» replica candidamente. «Non provo a venderle niente. Sono sincero. Quella roba funziona. Lo sapresti se la usassi per la tua cazzo di acne.»

«Vaffanculo.»

«È come se volessi restare adolescente in eterno», borbotta Brad. «L'acne non è fica quando hai trent'anni.»

Brad sposta la sedia lì accanto mentre Darin mescola un mazzo di carte. «Siediti, Lily. Uno dei nostri amici è stato così scemo da sposarsi la settimana scorsa e ora sua moglie non lo fa più venire alle serate del poker. Puoi sostituirlo finché non divorzia.»

Questa sera avevo intenzione di rintanarmi in camera mia, ma questi due sono troppo divertenti. Mi accomodo e allungo il braccio sopra il tavolo. «Dammele», dico a Darin, che mischia le carte come un principiante.

Inarcando un sopracciglio, le spinge nella mia direzione. Non so giocare molto bene, ma mescolo i mazzi come una professionista.

Divido le carte in due pile e le avvicino l'una all'altra, premendo i pollici contro le estremità e guardando mentre si uniscono elegantemente. Darin e Brad mi fissano quando qualcuno bussa alla porta, che si spalanca senza esitazione rivelando un uomo con addosso quella che sembra una giacca di tweed molto costosa. Ha una sciarpa avvolta intorno al collo, e la srotola non appena la porta si richiude sbattendo. Accenna a me mentre si sposta in cucina. «Chi sei?»

È più vecchio degli altri due, probabilmente sui quarantacinque anni.

Senza dubbio Atlas ha degli amici interessanti.

«Questa è Lily», interviene Brad. «È sposata con uno stronzo e ha appena scoperto di aspettare suo figlio. Lily, questo è Jimmy. È borioso e arrogante.»

«Borioso e arrogante sono sinonimi, scemo.» Jimmy prende la sedia accanto a Darin e indica le carte tra le mie mani. «Atlas ti ha messa qui per fregarci? Che razza di giocatore medio sa mischiare un mazzo in quel modo?»

Sorridendo, inizio a distribuire le carte. «Credo che dovremo fare una partita per scoprirlo.»

Siamo al terzo giro quando finalmente arriva Atlas. Chiude la porta e guarda noi quattro. Brad ha fatto una battuta spiritosa poco prima che entrasse, così mi sbellico dalle risate mentre incrocio il suo sguardo. Mi fa cenno di seguirlo in cucina.

«Passo.» Poso le carte sul tavolo mentre mi alzo. Quando lo raggiungo, Atlas è in un punto della stanza da cui non è visibile agli altri. Avvicinandomi, mi appoggio al ripiano.

«Vuoi che li mandi via?»

«No. Mi sto divertendo. Mi aiuta a distrarmi.»

Annuisce e non posso fare a meno di notare che profuma di erbe. Di rosmarino, per la precisione. Mi viene voglia di vederlo in azione al ristorante.

«Hai fame?» chiede.

«Non molta. Ho mangiato un po' di pasta avanzata un paio d'ore fa.»

Ho i palmi appoggiati sul ripiano. Facendo un passo avanti, mette una mano sulla mia, accarezzandomi il dorso con il pollice. Per lui è solo un gesto rassicurante ma, quando mi tocca, sembra molto di più. Colta da una vampata di calore al petto, abbasso immediatamente gli occhi sulle nostre dita. Si ferma per un secondo, come se la sentisse anche lui. Staccando la mano, indietreggia.

«Scusa», borbotta, si volta verso il frigorifero e finge di cercare qualcosa. È ovvio che vuole risparmiarmi l'imbarazzo.

Tornando al tavolo, riprendo le carte per il giro successivo. Di lì a qualche minuto, Atlas si siede accanto a me. Jimmy distribuisce le carte a tutti. «Dimmi, Atlas. Come vi siete conosciuti tu e Lily?»

Lui le raccoglie una alla volta. «Lily mi ha salvato la vita quando eravamo ragazzini», risponde come se niente fosse. Mi fa l'occhiolino, e mi sento terribilmente in colpa per il modo in cui quel gesto mi fa sentire. Soprattutto in un momento simile. *Perché il mio cuore mi sta facendo tutto ciò?*

«Questa sì che è una cosa dolce», commenta Brad. «Lily ti ha salvato la vita, ora tu stai salvando la sua.»

Atlas abbassa le carte, fulminandolo con lo sguardo. «Scusa?»

«Rilassati. Io e Lily siamo in sintonia. Sa che scherzo.» Brad si rivolge a me. «Forse ora la tua vita è un casino totale, ma le cose miglioreranno. Fidati, ci sono passato anch'io.»

Darin ride. «Ti hanno picchiato e messo incinto, costringendoti a nasconderti a casa di un altro uomo?»

Atlas getta le carte sul tavolo, spingendo indietro la sedia. «Cosa diavolo ti prende?» urla a Darin.

Gli stringo il braccio con fare rassicurante. «Calmati. Abbiamo legato prima che tu arrivassi. In realtà, non mi dispiace che scherzino sulla mia situazione. La rende un po' meno pesante.»

Frustrato, si passa la mano tra i capelli. «Sono confuso. Sei rimasta da sola con loro per dieci minuti.»

Scoppio a ridere. «Puoi scoprire molte cose di qualcuno in dieci minuti.» Provo a cambiare argomento. «Come vi siete conosciuti voi quattro?»

Darin indica se stesso. «Io sono il sous chef del *Bib's*.» Punta il dito contro Brad. «Lui è il lavapiatti.»

«Per ora», precisa Brad. «Sto facendo carriera.»

«E tu?» chiedo a Jimmy.

Sorride compiaciuto. «Indovina.»

A giudicare da come è vestito e dal fatto che l'hanno definito arrogante e pomposo, immagino... «Il maître?»

Atlas ride. «No, il parcheggiatore.»

Guardo Jimmy con aria interrogativa. Butta tre *fiches* sul tavolo. «È vero. Parcheggio le auto in cambio di mance.»

«Non lasciarti ingannare», dice Atlas. «Fa il parcheggiatore, ma solo perché è così ricco da annoiarsi a morte.»

Mi ricorda Allysa. «Ho una dipendente così. Lavora solo perché si annoia. Ed è la migliore che ho.»

«Puoi giurarci, cazzo», bofonchia Jimmy.

Quando tocca a me, studio le mie carte e metto tre *fiches* sul tavolo. Sentendo squillare il cellulare, Atlas lo tira fuori dalla tasca. Sto per alzare la posta con un'altra *fiche* quando si allontana per rispondere.

«Passo.» Brad getta le carte sul tavolo.

Fisso il corridoio dove Atlas è sparito in tutta fretta. Mi chiedo se parli con Cassie o se nella sua vita ci sia qualcun altro. So come si guadagna da vivere. So che ha almeno tre amici. Ma non so niente della sua situazione sentimentale.

Darin scopre le carte. Poker. Mostro la mia scala a colore, allungandomi per prendere tutte le *fiches* mentre lui si lascia sfuggire un gemito.

«Di solito Cassie non partecipa alle serate del poker?» domando, cercando di raccogliere altre informazioni su Atlas. Informazioni che ho troppa paura di chiedergli direttamente.

«Cassie?» dice Brad.

Impilo la vincita davanti a me. «Non è così che si chiama la sua ragazza?»

Darin ride. «Atlas non ha una ragazza. Lo conosco da due anni e non ha mai nominato nessuna Cassie.» Comincia a dare le carte, ma sono distratta e prendo le prime due solo quando Atlas torna in salotto.

«Chi diavolo è Cassie, e come mai non ti abbiamo mai sentito parlare di lei?» lo interroga Jimmy.

Cazzo.

Vorrei sprofondare. Stringo le dita intorno alle carte, evitando di alzare gli occhi su Atlas, ma il silenzio è così assoluto che darei più nell'occhio se *non* lo guardassi.

Lui fissa Jimmy. Jimmy fissa lui. Brad e Darin fissano me.

Arricciando le labbra per un momento, Atlas dichiara: «Non c'è nessuna Cassie». I suoi occhi incontrano i miei, ma solo per un breve istante. Un tempo sufficiente, però, per leggergli in faccia che Cassie non è *mai* esistita.

Mi ha mentito.

Si schiarisce la voce. «Ascoltate, ragazzi. Dovevo annullare la serata. Questa settimana è stata un po'...» Si sfrega la mano contro la bocca.

Alzandosi, Jimmy gli stringe la spalla. «Settimana prossima. Casa mia.»

Atlas annuisce con gratitudine. Gli altri tre raccolgono le carte e le *fiches*. Brad mi toglie le carte dalle dita con aria di scusa, perché sono incapace di muovermi mentre le stringo forte.

«È stato un piacere conoscerti, Lily», dice. In qualche modo, trovo la forza di sorridere e di alzarmi. Li saluto tutti con un abbraccio e, dopo che la porta d'ingresso si è richiusa alle loro spalle, nella stanza rimaniamo solo io e Atlas.

Niente Cassie.

Non è mai stata in questa stanza, perché non esiste.

Cosa cazzo significa?

Atlas non si è mosso di un millimetro. Nemmeno io. Resta saldo, con le braccia incrociate. Ha la testa leggermente abbassata, ma mi punta addosso uno sguardo penetrante.

Perché mi ha mentito?

Io e Ryle non stavano neppure insieme ufficialmente la prima volta che mi sono imbattuta in Atlas al ristorante. Cavolo, se quella sera mi avesse dato motivo di credere che tra noi ci fosse una chance, senza ombra di dubbio avrei preferito lui a Ryle, che era ancora quasi uno *sconosciuto*.

Ma Atlas non ha detto nulla. Mi ha mentito dicendo che aveva una relazione da ben un anno. Perché? Perché avrebbe dovuto farlo, se non per spingermi a credere di non avere la minima possibilità con lui?

Forse mi sono sbagliata per tutto il tempo. Forse non mi ha mai amata e sapeva che una Cassie immaginaria mi avrebbe tenuta lontana per sempre.

Eppure, eccomi qui. Dormo in camera sua. Gioco a carte con i suoi amici. Mangio il suo cibo. Uso la sua doccia.

Ho le lacrime agli occhi e l'ultima cosa che voglio in questo momento è piangere davanti a lui. Girando intorno al tavolo, gli passo accanto di corsa. Non vado lontano prima che mi afferri il polso. «Aspetta.»

Mi fermo, ancora voltata nell'altra direzione.

«Parlami, Lily.»

Ora è dietro di me, con la mano chiusa intorno alla mia. Mi sciolgo dalla sua stretta, andando verso il lato opposto del salotto.

Mi giro di scatto mentre la prima lacrima mi scorre lungo la guancia. «Perché non sei mai tornato a cercarmi?»

Sembrava pronto a qualunque cosa sarebbe uscita dalla mia bocca, tranne queste parole. Lisciandosi i capelli, va a sedersi sul divano. Dopo aver fatto un lungo respiro per calmarsi, mi guarda cautamente.

«Sì che sono tornato.»

Smetto di respirare.

Assolutamente immobile, rifletto sulla sua risposta.

È tornato a cercarmi?

Giunge le mani. «Quando mi sono congedato dai Marines la prima volta, sono andato nel Maine, sperando di trovarti. Chiedendo in giro, ho scoperto quale college frequentassi. Non sapevo cosa aspettarmi quando mi fossi fatto vivo, perché ormai eravamo due persone diverse. Non ci vedevamo da quattro anni. Sapevo che in quel periodo molte cose erano cambiate per entrambi.»

Ho le ginocchia che tremano, così mi siedo sulla poltrona accanto a lui. *È tornato a cercarmi?*

«Ho vagato l'intera giornata per il campus. Finalmente, nel tardo pomeriggio, ti ho vista. Eri seduta in cortile con un gruppo di amici. Ti ho osservata a lungo, senza avere il coraggio di avvicinarmi. Ridevi. Sembravi contenta. Eri vitale come non ti avevo mai vista prima. Non sono mai stato così felice per un'altra persona come lo sono stato per te quel giorno. Sapere che stavi bene...»

Si prende una pausa. Mi tengo lo stomaco, perché fa male sapere di essergli stata così vicina senza saperlo.

«Mi sono incamminato verso di te quando qualcuno è arrivato alle tue spalle. Un ragazzo. Si è inginocchiato accanto a te e, quando l'hai visto, hai sorriso e gli hai gettato le braccia intorno al collo. Poi l'hai baciato.»

Chiudo gli occhi. Era solo un tipo con cui sono uscita per sei mesi. *Non mi ha mai fatto sentire neanche un briciolo di ciò che avevo sentito per Atlas.*

«Me ne sono andato. Quando ho capito che eri felice, è stata insieme la migliore e la peggiore sensazione che una persona possa provare. A quel punto, però, mi sono convinto che la mia vita non fosse ancora abbastanza serena per te. Non avevo nulla da offrirti a parte l'amore e, per me, meritavi di più. L'indomani mi sono riarruolato nei Marines. E ora...» Agita pigramente la mano nell'aria, come se la sua vita non fosse niente di speciale.

Mi prendo un momento, nascondendomi la faccia con le mani. Rimpiango in silenzio ciò che avrebbe potuto essere. Ciò che è. Ciò che non è stato. Mi sfioro la clavicola con i polpastrelli, chiedendomi se un giorno riuscirò a colmare quel vuoto.

Mi domando se Atlas si senta mai come mi sono sentita io

quando mi sono fatta fare il tatuaggio. Come se il suo cuore si sgonfiasse.

Continuo a non capire perché mi abbia mentito dopo avermi incontrata al ristorante. Se provava davvero le cose che io provavo per lui, perché inventare una storia del genere?

«Perché mi hai mentito dicendo che avevi una ragazza?»

Si strofina il viso con la mano e leggo il pentimento nella sua espressione prima ancora di riconoscerlo nella sua voce. «Perché… sembravi felice quella sera. Quando ti ho vista salutare Ryle, ho sofferto come un cane, ma allo stesso tempo ero sollevato al pensiero che fossi in ottime mani. Non volevo che ti preoccupassi per me. E non so… forse ero un po' geloso. Non lo so. Me ne sono pentito subito.»

Mi porto la mano alla bocca, con la mente in subbuglio e il cuore impazzito. Mi chiedo come si sarebbe potuta evolvere la situazione. *E se fosse stato sincero con me? E se mi avesse detto cosa provava, dove saremmo ora?*

Vorrei domandargli perché l'ha fatto. Perché non ha lottato per me. Ma non è necessario, perché conosco già la risposta. Pensava di avermi dato ciò che volevo, perché l'unica cosa che ha sempre voluto per me è la felicità. E per qualche stupida ragione non ha mai creduto che potessi trovarla con lui.

Il premuroso Atlas.

Più rifletto, e più diventa difficile respirare. Penso ad Atlas. A Ryle. A stasera. A due sere fa. È troppo.

Alzandomi, mi avvio verso la camera degli ospiti. Dopo aver recuperato telefono e borsetta, torno in salotto. Lui non si è mosso.

«Oggi Ryle è partito per l'Inghilterra», dico. «Forse dovrei tornare a casa. Puoi accompagnarmi?»

Notando il suo sguardo triste, capisco che andarmene è la scelta giusta. Nessuno dei due ha mai dimenticato l'altro. Non so se ci riusciremo. Credo che sia impossibile, e restare qui mentre sto ancora metabolizzando quanto è accaduto nella mia vita può soltanto peggiorare la situazione. Devo eliminare tutte le cause della mia confusione e, in questo momento, i sentimenti per Atlas sono al primo posto della lista.

Stringendo le labbra per un momento, annuisce e afferra le chiavi.

Rimaniamo in silenzio per l'intero tragitto. Anziché lasciarmi davanti al palazzo, entra nel parcheggio e scende dall'auto. «Sarei più tranquillo se mi lasciassi salire.»

Acconsento e, sempre senza fiatare, prendiamo l'ascensore fino al settimo piano. Mi segue fino all'appartamento. Frugo nella borsetta in cerca delle chiavi, accorgendomi che mi tremano le mani al terzo tentativo fallito di aprire la porta. Atlas me le sfila con calma dalle dita e io mi sposto per lasciar fare a lui.

«Vuoi che controlli che non ci sia nessuno?»

Faccio sì con la testa. Sono sicura che Ryle non sia in casa perché è in viaggio per l'Inghilterra, ma sinceramente ho ancora un po' paura di entrare da sola.

Precedendomi, Atlas accende le luci. Prosegue, girando tutti gli interruttori e ispezionando ogni stanza. Quando torna in salotto, si infila le mani nelle tasche del giubbotto, con un profondo respiro. «Non ho idea di che cosa succederà ora.»

Sì, invece. Lo sa eccome. Però non vuole che succeda, perché sappiamo entrambi quanto sia doloroso dirsi addio.

Distolgo lo sguardo perché la sua espressione mi procura una fitta al cuore. Incrociando le braccia, fisso il pavimento. «Ho molte cose da risolvere. Anzi, *moltissime*. E temo che non ci riuscirò con te nella mia vita.» Lo guardo negli occhi. «Spero che tu non ti offenda, perché semmai è un complimento.»

Mi studia in silenzio per un attimo, per nulla stupito dalle mie parole, ma intuisco che vorrebbe dire molte cose. Vale lo stesso anche per me, ma siamo consapevoli che parlare di noi in questo momento non sarebbe opportuno. Io sono sposata e aspetto un figlio da un altro uomo. E lui si trova nel salotto di un appartamento che quell'uomo ha comprato per me. Direi che non sono le condizioni ottimali per tirare fuori tutte le cose che avremmo dovuto dirci molto tempo fa.

Lancia un'occhiata alla porta, quasi fosse indeciso se andarsene o parlare. «Se mai avrai bisogno di me, voglio che mi chiami», dichiara infine. «Ma unicamente se è un'emergenza. Non riesco a essere equilibrato quando si tratta di te.»

Il suo discorso mi coglie alla sprovvista, ma appena per un istante. Nonostante non mi aspettassi che lo ammettesse, ha assolutamente ragione. Dal giorno in cui ci siamo conosciuti non c'è mai stato nulla di equilibrato nella nostra relazione. O tutto o niente. È per questo che ha tagliato i ponti quando si è arruolato. Sapeva che un'amicizia equilibrata non avrebbe mai funzionato tra noi. Sarebbe stata troppo dolorosa.

A quanto pare, le cose non sono cambiate.

«Addio, Atlas.»

Ripetere queste parole mi riempie gli occhi di lacrime quasi come la prima volta che ho dovuto pronunciarle. Sobbalza, quindi si dirige verso la porta come se avesse una fretta tremenda. Quando esce, giro la chiave e appoggio la testa al battente.

Due giorni fa mi chiedevo come la mia vita potesse andare meglio di così. Oggi mi chiedo come potrebbe andare peggio.

Sussulto quando qualcuno bussa all'improvviso. Sono passati solo dieci secondi, dunque sono certa che sia Atlas. Aprendo, mi ritrovo schiacciata contro qualcosa di soffice. Lui mi stringe disperatamente, stampandomi un bacio sulla tempia.

Chiudo gli occhi e scoppio a piangere. Negli ultimi due giorni ho versato così tante lacrime per Ryle che mi sorprendo di averne ancora per Atlas. Ma ne ho, perché mi scendono sulle guance come pioggia.

«So che è l'ultima cosa che hai bisogno di sentirti dire in questo momento. Ma devo dirla, perché mi sono allontanato da te troppe volte senza dirti ciò che avrei voluto davvero», sussurra, sempre stringendomi forte.

Si stacca e, vedendo le mie lacrime, mi mette le mani sulle guance. «In futuro… se per qualche miracolo avessi voglia di innamorarti di nuovo… innamorati di me.» Mi preme le labbra sulla fronte. «Sei ancora la mia persona preferita. Lo sarai sempre.»

Mi lascia e se ne va senza nemmeno aspettare la mia risposta.

Quando richiudo la porta, mi affloscio sul pavimento. Il mio cuore è sul punto di darsi per vinto. Non gliene faccio una colpa. È stato vittima di due profondi dolori nel giro di due giorni.

E ho la sensazione che passerà molto tempo prima che le ferite comincino anche solo a rimarginarsi.

29

ALLYSA si lascia cadere sul divano accanto a me e a Rylee. «Mi manchi da morire. Sto meditando di tornare al lavoro uno o due giorni la settimana.»

Rido, un po' scioccata dal suo commento. «Vivo al piano di sotto e vengo a trovarti quasi tutti i giorni. Come fai a sentire la mia mancanza?»

Mette il broncio, rannicchiando le gambe sotto di sé. «D'accordo, non sei tu a mancarmi, ma il lavoro. E certe volte voglio unicamente uscire da questa casa.»

Sono passate sei settimane da quando è nata la bambina, perciò sono sicura che il medico le permetterebbe di tornare in negozio. Ma sinceramente non credevo che avrebbe espresso questo desiderio, ora che ha Rylee. Do alla piccola un bacino sul naso. «La porteresti con te?»

«No, tu mi tieni troppo occupata. Marshall può accudirla mentre lavoro.»

«Vuoi dire che non hai delle *persone* per questo?»

Marshall, che sta attraversando il salotto, sente la mia domanda. «*Sssh!* Non parlare come una ragazza ricca davanti a mia figlia. È un'eresia.»

Rido. È per questo che vengo a trovarli diverse sere la settimana, perché sono gli unici momenti in cui mi diverto. È trascorso un mese e mezzo da quando Ryle è partito, e nessuno sa cosa sia successo. Lui non l'ha raccontato ad anima viva e nemmeno io. Tutti, compresa mia madre, credono che stia semplicemente studiando a Cambridge e che tra noi non sia cambiato nulla.

Non ho ancora detto a nessuno della gravidanza.

Sono stata due volte dal medico. È saltato fuori che ero già di dodici settimane la sera in cui ho scoperto di essere incinta, dunque ora sono alla diciottesima. Non me ne capacito ancora. Prendo la pillola da quando avevo diciotto anni. A quanto pare, sto scontando qualche occasionale dimenticanza.

Inizia a notarsi, ma fuori fa freddo, dunque è facile camuffarlo. Non desti sospetti quando indossi un maglione sformato e un giubbotto.

Presto dovrò dirlo a qualcuno, ma dovrò informare Ryle per primo, e non voglio farlo con una chiamata internazionale. Torna tra un mese e mezzo. Se in qualche modo lo nasconderò fino ad allora, poi deciderò come procedere.

Rylee mi sorride. Faccio delle smorfie buffe per farla divertire. Ci sono state moltissime occasioni in cui avrei voluto raccontare ad Allysa della gravidanza, ma sarebbe complicato confidarmi con lei e costringerla a tenere il segreto con suo fratello. Anche se sono impaziente di darle la notizia, non voglio metterla in una situazione di questo tipo.

«Come te la cavi senza Ryle?» domanda. «Sei pronta per il suo ritorno?»

Annuisco in silenzio. Quando menziona Ryle, cerco sempre di svicolare.

«È ancora entusiasta di Cambridge?»

«Sì.» Faccio la linguaccia a Rylee, che sorride. Mi domando se il mio bambino sarà come lei. Lo spero. È davvero tenerissima, ma potrei essere poco imparziale.

«Ha capito come funziona la rete della metropolitana?»

Allysa ride. «Giuro, ogni volta che gli parlo si perde. Non sa se prendere la linea A o B.»

«Sì. Ce l'ha fatta.»

«Marshall!»

Lui entra in salotto e Allysa mi toglie Rylee dalle braccia, porgendola a suo marito. «Ti dispiace cambiarle il pannolino?»

Non capisco perché l'abbia chiamato. Gliel'ho appena cambiato io.

Arricciando il naso, Marshall la prende. «Sei una bambina puzzolente?»

Indossano tutine uguali.

Allysa mi afferra le mani e mi tira su dal divano così rapidamente che lancio un gridolino.

«Dove stiamo andando?»

Non mi risponde. Si dirige verso la camera matrimoniale, sbattendo la porta una volta entrate. Cammina avanti e indietro, quindi si ferma e mi guarda.

«Ti conviene dirmi subito cosa diavolo succede!»

Faccio un passo indietro, scioccata. *A cosa si riferisce?*

Mi porto automaticamente le mani alla pancia, perché temo che forse se ne sia accorta, ma non si concentra sul mio addome. Venendo avanti, mi punta l'indice contro il petto. «Non c'è nessuna rete della metropolitana a Cambridge, scema!»

«Cosa?» Sono confusa.

«Me lo sono inventato! È da molto tempo che hai qualcosa che non va. Sei la mia migliore amica, e conosco mio fratello. Gli telefono ogni settimana e non è più lo stesso. Tra voi è successo qualcosa, e voglio sapere subito cosa!»

Cazzo. Immagino che prima o poi dovesse capitare.

Mi metto lentamente le mani davanti alla bocca, non sapendo che cosa dirle. *Quanto* dirle. Finora non mi ero resa conto di quanto fosse logorante non potergliene parlare. Provo quasi un pizzico di sollievo vedendo che mi conosce così bene.

Vado a sedermi sul letto. «Siediti», sussurro.

L'accaduto le farà male quasi quanto ne ha fatto a me. Mi raggiunge, prendendomi le mani tra le sue.

«Non so neppure da dove cominciare.»

Mi stringe le dita, ma resta in silenzio. Nei quindici minuti successivi le racconto ogni cosa. Il litigio. Atlas che è venuto a prendermi. L'ospedale. La gravidanza.

Dico che, da sei settimane, piango tutte le sere fino a addormentarmi perché mi sento molto sola e spaventata.

Quando finisco, siamo entrambe in lacrime. Per tutto il tempo ha limitato i commenti a un «oh, Lily!» ogni tanto.

Non è necessario che aggiunga altro. Ryle è suo fratello. Sono sicura che voglia consigliarmi di tenere in considerazione il suo passato come l'ultima volta, che voglia suggerirmi di risolvere le cose con lui perché gli vuole bene. Dobbiamo essere una grande famiglia felice. So esattamente cosa sta pensando.

Tace a lungo, riflettendo sul mio resoconto. Alla fine, alza gli occhi, stringendomi le mani. «Mio fratello ti *ama*. Ti ama moltissimo. Gli hai cambiato la vita e l'hai trasformato in un uomo che non avrei mai creduto potesse diventare. Come sorella, desidero più di qualunque altra cosa che tu trovi il modo di perdonarlo ma, come amica, devo dirti che se torni con lui, non ti rivolgerò mai più la parola.»

Impiego un momento per decifrare il significato del suo discorso, ma poi inizio a singhiozzare.

Lei inizia a singhiozzare. Mi abbraccia e piangiamo insieme per l'amore e per l'odio che proviamo verso Ryle.

Dopo diversi minuti di lacrime patetiche, Allysa recupera una scatola di fazzolettini dal comò.

Asciugandoci gli occhi, tiriamo su con il naso. «Sei la migliore amica che abbia mai avuto», dico.

«Lo so. E ora sarò la migliore delle zie.» Sorride. «Stai per avere un *bambino*.» Usa un tono entusiasta, ed è la prima volta che riesco a condividere con qualcuno la gioia della gravidanza.

«Detesto dirlo, ma avevo notato che eri ingrassata. Pensavo che fossi depressa e che ti abbuffassi per la nostalgia di Ryle.»

Comincia a tirare fuori degli abiti dall'armadio. «Ho moltissimi vestiti pré-maman da regalarti.»

Li passiamo in rassegna e Allysa tira giù una valigia e la apre, lanciandovi dentro gli abiti fino a riempirla.

«Non potrei mai indossarli», protesto, sollevando una camicia che ha ancora il cartellino attaccato. «Sono tutti firmati. Li sporcherei.»

Ridendo, li infila ugualmente nella valigia. «Non devi restituirmeli. Se rimanessi di nuovo incinta, incaricherò le mie persone di comprarmene altri.» Togliendo una camicia dall'omino, me la porge. «Tieni, prova questa.»

Liberandomi della T-shirt, la accontento e mi guardo allo specchio.

Sembro… incinta. *Inequivocabilmente* incinta.

Mettendomi la mano sulla pancia, fissa il mio riflesso. «Sai già se è maschio o femmina?»

«In realtà preferisco non saperlo.»

«Spero sia femmina. Le nostre figlie saranno migliori amiche.»

«Lily?»

Girandoci di scatto, vediamo Marshall sulla soglia, con lo sguardo puntato sul mio addome. O meglio, sulla *mano* di Allysa, posata sul mio addome. Inclina la testa e mi indica.

«Sei…» dice, incredulo. «C'è un… Ti sei accorta di essere incinta?»

Allysa va con calma alla porta, stringendo le dita intorno alla maniglia. «Ci sono cose che non dovrai mai e poi mai spifferare, se vuoi che continui a essere tua moglie. Questa è una di quelle. Capito?»

Marshall indietreggia con aria interrogativa. «Sì. Okay. Capito. Lily non è incinta.» Le dà un bacio sulla fronte e mi guarda. «Non ti faccio le congratulazioni. Non ce n'è motivo.»

Allysa lo spinge fuori, chiudendo la porta.

«Dobbiamo organizzare una festa per il bambino.»

«No, devo prima dirlo a Ryle.»

Agita la mano con fare noncurante. «Non abbiamo bisogno di lui per organizzare una festa. Fino ad allora resterà tra noi.»

Tira fuori il portatile e, per la prima volta da quando ho scoperto di aspettare un bambino, sono felice.

30

È MOLTO comodo dover solo prendere l'ascensore per tornare a casa dopo essere stata da Allysa, anche se a volte ho una voglia matta di abbandonare il mio appartamento. È ancora strano vivere lì. Avevamo traslocato appena da una settimana prima del litigio e della partenza di Ryle. Non ho neppure avuto la possibilità di sentirmi a casa e non mi sono ancora sbarazzata del senso di disagio. Da quella sera non sono più riuscita a dormire in camera nostra, così ho optato per il mio vecchio letto nella stanza degli ospiti.

Allysa e Marshall sono ancora gli unici a sapere della gravidanza. Sono passate unicamente due settimane da quando l'hanno scoperto, dunque ormai sono alla ventesima. Dovrei dirlo a mia madre, ma Ryle torna tra un mese circa. È giusto informare prima lui di chiunque altro. Se solo riuscissi a nascondere il pancione alla mamma fino al suo rientro negli Stati Uniti!

Probabilmente dovrei rassegnarmi al fatto che dovrò avvisarlo al telefono.

Non vedo mia madre da quindici giorni. È il periodo più lungo che abbiamo passato senza incontrarci da quando si è trasferita a Boston, dunque se presto non succederà qualcosa, si presenterà alla mia porta quando meno me l'aspetto.

Giuro che il pancione è raddoppiato nelle ultime due settimane. Sarà impossibile nasconderlo a chi mi conosce bene. In negozio, finora nessuno ha fatto domande. Credo di essere ancora nella fase «È incinta, oppure solo grassoccia?»

Faccio per girare la chiave nella toppa, ma la porta si apre dall'interno. Prima che possa camuffare la pancia sotto il giubbotto, Ryle mi fissa. Indosso una delle camicie pré-maman di Allysa, con l'addome sporgente in bella vista.

Ryle.

Ryle è qui.

Il cuore mi martella nel petto. Il collo comincia a prudermi, così mi porto la mano alla gola, sentendo il battito contro il palmo.

Reagisco così perché sono terrorizzata.

Perché lo odio.

Perché mi è mancato.

Alza lentamente gli occhi sul mio viso con espressione addolorata, quasi l'avessi pugnalato al cuore. Sbalordito, indietreggia.

Deduco che si senta tradito quando pronuncia a fatica il mio nome.

«Lily?»

Mi paralizzo, con una mano sull'addome in un gesto protettivo e l'altra ancora sul petto. Sono troppo spaventata per muovermi o dire qualcosa. Non voglio reagire finché non so esattamente come reagirà *lui*.

Quando nota il terrore nei miei occhi e i miei respiri affannosi, alza un palmo con fare rassicurante.

«Non voglio farti del male. Sono qui per parlare con te.» Spalanca la porta, indicando il salotto. «Guarda.» Si sposta, rivelando qualcuno dietro di sé.

Ora sono *io* a sentirmi tradita.

«Marshall?»

Mio cognato si giustifica immediatamente. «Non avevo idea che sarebbe tornato in anticipo. Mi ha inviato un messaggio chiedendomi aiuto. Mi ha pregato di non dire niente a te e a Issa. Per favore, non permetterle di divorziare da me. Sono innocente.»

Sconcertata, cerco di capire che cosa stia succedendo.

«L'ho invitato in modo che ti sentissi più a tuo agio parlando con me», spiega Ryle. «Marshall è qui per te, non per me.»

Lancio un'occhiata a Marshall, che annuisce. Mi sento abbastanza al sicuro per entrare nell'appartamento. Ryle è ancora un po' sotto choc, il che è comprensibile. Continua a fissarmi il pancione e poi a distogliere lo sguardo, come se posare gli occhi su di me fosse doloroso. Si passa le mani tra i capelli, quindi indica il corridoio rivolgendosi a Marshall.

«Andiamo in quella camera. Se mi senti... se mi metto a urlare...»

L'altro capisce al volo. «Non vado da nessuna parte.»

Mentre seguo Ryle, mi domando come debba essere non sapere che cosa potrebbe farti esplodere o quanto sarà violenta la tua reazione, non avere il minimo controllo sulle tue emozioni.

Per un secondo provo una minuscola punta di compassione, che tuttavia svanisce quando vedo il nostro letto e ricordo quella sera.

Ryle lascia la porta socchiusa. Sembra invecchiato di un anno nei due mesi passati dall'ultima volta che l'ho visto. Le borse sotto gli occhi, la fronte corrugata, le spalle curve. Se il pentimento avesse una forma umana, sarebbe identico a lui.

Abbassa di nuovo gli occhi sul pancione, facendo un lento passo avanti. Poi un altro. È cauto, come è giusto che sia. Allunga una mano timorosa, chiedendomi il permesso di toccarmi. Faccio sì con la testa.

Avanza ancora, quindi mi mette il palmo fermo sulla pancia.

Sento il suo calore attraverso la camicia e chiudo gli occhi. Nonostante il risentimento che ho accumulato nei suoi confronti, le emozioni ci sono ancora. Il semplice fatto che qualcuno ti ferisca non significa che tu possa semplicemente smettere di amarlo. A farti più male non sono le azioni di una persona, ma l'amore. Se l'azione fosse priva di amore, il dolore sarebbe un po' più sopportabile.

Mi accarezza e riapro gli occhi. Scrolla il capo quasi non capisse che cosa sta succedendo. Lo osservo mentre si inginocchia lentamente davanti a me.

Mi cinge la vita con le braccia, premendomi le labbra sulla pancia. Mi stringe le mani appena sopra il sedere, posando la fronte contro di me.

È difficile descrivere che cosa sento per lui in questo istante. Da madre, è bellissimo vedere l'amore che Ryle prova già per il bambino. È stato tutt'altro che facile non condividere questa esperienza con nessuno. Nonostante il rancore, è stato difficile non poterla condividere con *lui.*

Gli passo le mani tra i capelli. Una parte di me vorrebbe urlargli addosso e chiamare la polizia come avrei dovuto fare quella sera. Un'altra prova pena per il bambino che ha tenuto suo fratello tra le braccia guardandolo morire. Un'altra ancora vorrebbe non averlo mai conosciuto. Infine, un'altra vorrebbe riuscire a perdonarlo.

Mi lascia, affondando la mano nel materasso. Si tira su e si siede sul letto, con i gomiti sulle ginocchia e le mani sulla bocca.

Mi siedo anch'io, sapendo che questa conversazione è necessaria anche se non ho la minima voglia di affrontarla. «Verità nude e crude?»

Annuisce.

Non so chi debba parlare per primo. In realtà non ho molto da dirgli a questo punto, così aspetto che sia lui a cominciare.

«Non so nemmeno da dove iniziare.» Si strofina la faccia con le mani.

«Cosa ne dici di: 'Mi dispiace di averti aggredita'?»

Ha gli occhi pieni di determinazione. «Non puoi immaginare. Mi dispiace moltissimo. Non hai idea di cosa abbia passato in questi due mesi sapendo ciò che ti avevo fatto.»

Stringo i denti, chiudendo le dita intorno alla coperta.

Non ho idea di cosa *lui* abbia passato?

«Sei *tu* a non avere idea.»

Mi alzo, non riuscendo più a trattenere la rabbia e l'odio. Mi giro e gli punto contro l'indice. «Sei *tu* a non avere idea! *Non* hai idea di cosa significhi passare ciò che mi hai fatto passare! Temere per la tua vita a causa dell'uomo che ami? Avere la nausea al solo pensiero di cosa ti ha fatto? Sei *tu* a non avere idea! *Nemmeno* un po'! *Vaffanculo! Vaffanculo* per avermi fatto questo!»

Inspiro a fondo, scioccata da me stessa. La rabbia è arrivata come un'onda. Mi asciugo le lacrime e gli volto le spalle, incapace di guardarlo.

«Lily. Io non...»

«No!» urlo, tornando a guardarlo. «Non ho finito! Non puoi dire la tua verità finché io non ho detto la mia!»

Si massaggia la mandibola per allentare lo stress. Abbassa gli occhi sul pavimento perché non sopporta la collera nel mio sguardo. Faccio tre passi avanti e mi lascio cadere in ginocchio. Gli metto le mani sulle gambe, costringendolo a guardarmi mentre parlo.

«Sì, ho conservato la calamita che Atlas mi aveva regalato quando eravamo adolescenti. Sì, ho conservato i diari. No, non ti ho detto del tatuaggio. Sì, probabilmente dovevo farlo. E sì, lo amo ancora. Lo amerò fino all'ultimo dei miei giorni, perché è stato una parte importante della mia vita. E sì, sono sicura che questo ti faccia soffrire. Ma niente di tutto ciò ti dava il diritto di fare quanto hai fatto. Anche se fossi entrato in camera e ci avessi sorpresi insieme, non avresti *comunque* avuto il diritto di mettermi le mani addosso, schifoso figlio di puttana!»

Mi rialzo. «*Adesso* tocca a te!» urlo.

Continuo a camminare avanti e indietro, con il cuore che mi batte così forte da uscirmi quasi dal petto. Magari lo facesse. Se potessi, libererei questo bastardo una volta per tutte.

Passano diversi minuti. Alla fine, il silenzio di Ryle e la mia ira si fondono nella sofferenza.

Le lacrime mi hanno sfinita. Sono stanca di provare emozioni. Cado disperata sul letto, piangendo nel cuscino. Premo il viso così forte contro la federa da non riuscire quasi a respirare.

Sento che Ryle si stende al mio fianco. Mi posa una mano delicata sulla nuca, tentando di alleviare il dolore che mi ha procurato. Appoggia dolcemente la testa accanto alla mia.

«La mia verità è che non ho assolutamente nulla da dire», mormora. «Non potrò mai cancellare ciò che ti ho fatto. E non mi crederesti se ti promettessi che non succederà mai più.» Mi dà un bacio sui capelli. «Tu sei il mio mondo. *Il mio mondo.* Quando mi sono svegliato su questo letto quella notte e tu non c'eri, ho capito che non ti avrei più riavuta. Sono venuto a dirti che mi dispiace, che voglio accettare quell'offerta di lavoro nel Minnesota. Sono venuto a dirti addio. Ma...» Fa un lungo respiro. «Non posso. Hai una parte di me dentro di te, e amo già questo bambino più di quanto abbia mai amato qualcosa in vita mia.» Parla con voce incrinata, stringendomi ancora più forte. «Ti prego, non portarmelo via. *Ti prego.*»

Il suo dolore mi contagia e, quando sollevo il viso bagnato, mi bacia disperatamente sulle labbra e si tira indietro. «Per favore, Lily. Ti amo. *Aiutami.*»

Mi sfiora di nuovo la bocca con la sua. Vedendo che non lo respingo, torna alla carica per la terza volta.

E per la quarta.

La quinta non si allontana più.

Mi circonda con le braccia, tirandomi a sé. Il mio corpo è stanco e debole, ma si ricorda di lui. Si ricorda come il suo corpo sappia lenire ogni sofferenza, come abbia una dolcezza che bramo da due mesi.

«Ti amo», sussurra contro la mia bocca.

La sua lingua solletica delicatamente la mia, trasmettendomi una sensazione insieme sbagliata, piacevole e dolorosa. Senza rendermene conto, sono stesa sulla schiena, con Ryle che mi sale sopra. Il suo tocco è tutto ciò di cui ho bisogno e di cui non dovrei aver bisogno.

La sua mano si avvolge intorno ai miei capelli, e torno immediatamente a quella sera.

Sono in cucina e lui mi strattona i capelli così forte da farmi male.

Mi sposta una ciocca dalla faccia, e torno immediatamente a quella sera.

Sono sulla soglia e Ryle mi percorre la spalla con le dita, quindi mi morsica con tutta la forza che ha.

La sua fronte si appoggia dolcemente alla mia, e torno immediatamente a quella sera.

Sono su questo stesso letto sotto di lui quando mi sferra una testata così violenta da richiedere sei punti di sutura.

Il mio corpo non reagisce più al suo. La rabbia si reimpossessa di me. La sua bocca smette di muoversi quando Ryle sente che mi irrigidisco.

Quando si stacca e mi guarda, non ho nemmeno bisogno di parlare. I nostri occhi si fissano, dicendo più verità nude e crude di quanto ne abbiano mai pronunciate le nostre bocche. I miei comunicano ai suoi che non sopporto più di essere toccata da lui. I suoi dicono ai miei che lui lo sa già.

Annuisce lentamente.

Striscia via fino a raggiungere il bordo del materasso, voltandomi le spalle. Sta ancora annuendo quando si alza, consapevole che stasera non otterrà il mio perdono. Si dirige verso la porta.

«Aspetta», dico.

Si gira a metà, guardandomi dalla soglia.

Alzo il mento, parlando in tono fermo. «Vorrei che questo bambino non fosse tuo. Vorrei con ogni fibra del mio essere che non fosse parte di te.»

Se pensavo che il suo mondo non potesse sgretolarsi di più, mi sbagliavo.

Esce dalla camera e io nascondo il viso nel cuscino. Mi ero illusa che se l'avessi ferito quanto lui ha ferito me, avrei pareggiato i conti.

Mi sbagliavo.

Piuttosto, mi sento meschina e vendicativa.

Mi sembra di essere mio padre.

31

MAMMA: Mi manchi. Quando ci vediamo?

FISSO il messaggio. Sono trascorsi due giorni da quando Ryle ha scoperto che sono incinta. È tempo di dirlo a mia madre. Non sono nervosa all'idea di annunciarle che sono incinta. L'unica cosa che mi spaventa è discutere con lei della mia situazione matrimoniale.

IO: Anche tu. Vengo domani pomeriggio. Riesci a preparare le lasagne?

Non appena premo INVIO, ricevo un messaggio a mia volta.

ALLYSA: Sali a cena da noi stasera. Pizza fatta in casa.

Non le faccio visita da qualche giorno, da prima che Ryle tornasse. Non so dove alloggi, ma immagino da loro. L'ultima cosa che voglio in questo momento è stare nello stesso appartamento con lui.

IO: Chi c'è?

ALLYSA: Non ti farei mai una cosa simile. È in ospedale fino alle 8 di domattina. Siamo solo noi tre.

Mi conosce fin troppo bene. Le rispondo scrivendo che li raggiungo non appena finisco di lavorare.

«Cosa mangiano i bambini a quest'età?»

Siamo seduti a tavola. Rylee dormiva quando sono arrivata, ma l'ho svegliata per giocare con lei. Allysa non aveva nulla in contrario; non vuole che sia troppo vispa quando è il momento di andare a letto, ha spiegato.

«Latte materno», dice Marshall con la bocca piena. «Ma ogni tanto immergo il dito nell'acqua tonica e glielo metto in bocca per fargliela assaggiare.»

«Marshall!» urla Allysa. «Stai scherzando, mi auguro.»

«Certo», assicura lui, anche se non ci scommetterei.

«Ma quando iniziano a mangiare gli omogeneizzati?» Immagino di dover imparare questa roba prima di partorire.

«A quattro mesi circa», sbadiglia Allysa. Posando la forchetta, si sfrega gli occhi.

«Volete che la tenga io questa notte, così potete dormire?»

Allysa risponde: «No, figurati» nello stesso momento in cui Marshall dice: «Sarebbe magnifico».

Rido. «Senza complimenti. Vivo al piano di sotto. Domani non lavoro, perciò se non dormo questa notte, posso riposare domattina.»

Allysa riflette per un momento. «Potrei lasciare il cellulare acceso in caso tu abbia bisogno di me.»

Sorrido a Rylee. «Hai sentito? Sei invitata a un pigiama party da zia Lily!»

* * *

Con tutto ciò che Allysa sta mettendo nella borsa, sembra che io stia per portare Rylee a fare un viaggio all'altro capo del Paese. «Ti farà capire quando ha fame. Non usare il microonde per riscaldare il latte, mettilo nel...»

«Lo so», la interrompo. «Le ho preparato cinquanta biberon da quando è nata.»

Va verso il letto e mette la borsa accanto a me. Marshall è in salotto, impegnato a dare l'ultima poppata alla bambina, così Allysa si stende mentre aspettiamo, appoggiandosi la testa sulla mano.

«Sai che cosa significa?»

«No. Cosa?»

«Questa notte riuscirò a fare sesso. Sono passati quattro mesi dall'ultima volta.»

«Non era necessario che me lo dicessi.»

Ridendo, si lascia cadere sul cuscino, ma poi si alza a sedere di scatto. «Cazzo. Probabilmente dovrei depilarmi le gambe. È da quattro mesi che non faccio neppure questo.»

Scoppio a ridere, ma poi sussulto, mettendomi le mani sul pancione. «Oddio! Ho sentito qualcosa!»

«Davvero?» Mi posa il palmo sulla pancia e restiamo in silenzio per i cinque minuti successivi, aspettando che succeda di nuovo. Succede, ma è così lieve da essere quasi impercettibile. Rido ancora.

«Non ho sentito niente.» Allysa è delusa. «Credo che dovrà passare qualche altra settimana prima che si senta dall'esterno. È la prima volta che si muove?»

«Sì, temevo di avere in grembo il bambino più pigro della storia.» Lascio le mani sul pancione, sperando di sentirlo nuovamente. Attendiamo qualche altro minuto, e non posso fare a meno di rimpiangere che le circostanze non siano diverse. Ryle dovrebbe essere qui. È lui che dovrebbe essere seduto accanto a me con il palmo sul mio addome. Non Allysa.

Questo pensiero quasi offusca la gioia che provo. Lei deve

essersene accorta, perché mi stringe la mano. Quando la guardo, ha un'espressione seria.

«Vorrei dirti una cosa.»

Oddio. Non mi piace il tono della sua voce.

«Cosa?»

Sospirando, fa un sorriso mesto. «So che sei triste perché stai affrontando tutto questo senza mio fratello. A prescindere dalla sua presenza, devi sapere che questa sarà la migliore esperienza della tua vita. Sarai una madre fantastica. Questo bambino è *molto* fortunato.»

Sono contenta che qui ci sia solo lei, perché le sue parole mi fanno ridere, piangere e tirare su col naso come una teenager in preda a una tempesta ormonale. La abbraccio e la ringrazio. È straordinario come il suo discorso mi restituisca la gioia di prima.

«Ora va' a prendere mia figlia e portala via, così posso fare sesso con quel riccone di mio marito.»

Rotolandomi giù dal letto, mi alzo. «Sicuramente sai alleggerire le situazioni. Direi che è il tuo punto di forza.»

«È per questo che sono qui. Ora fuori dai piedi.»

32

Tra tutti i segreti che ho tenuto negli ultimi mesi, aver nascosto la gravidanza a mia madre è quello che mi rattrista di più. Non so come la prenderà. Di sicuro sarà entusiasta, ma non ho idea di come reagirà alla separazione tra me e Ryle. Adora mio marito e, data la sua esperienza con questo tipo di situazioni, probabilmente troverà molto facile giustificare il suo comportamento e tenterà di convincermi a tornare con lui. In tutta sincerità, questa è una delle ragioni per cui ho rinviato questa conversazione: temo ci sia il rischio che mia madre riesca nel suo intento.

Sono quasi sempre forte, quasi sempre così furiosa con Ryle che il pensiero di perdonarlo mi sembra ridicolo. Ma in altre occasioni ho talmente tanta nostalgia da non riuscire a respirare. Mi manca divertirmi con lui, mi manca fare l'amore con lui, mi manca sentire la sua *mancanza*. Lavorava così tante ore che quando rientrava la sera attraversavo la stanza di corsa e mi gettavo tra le sue braccia perché mi era mancato da morire. Mi manca persino la sua gioia quando lo accoglievo in quel modo.

È nei momenti di debolezza che vorrei aver raccontato ogni cosa a mia madre. A volte ho la tentazione di andare a casa sua e accoccolarmi sul divano mentre lei mi infila i capelli dietro l'orecchio dicendomi che andrà tutto bene. Ogni tanto anche le donne adulte hanno bisogno di conforto materno per fare una pausa dal dovere di essere sempre forti.

Rimango seduta in auto sul vialetto per cinque minuti buoni prima di trovare il coraggio di entrare. Mi ripugna doverlo fare, perché sono sicura che spezzerò anche il suo cuore. Odio quando è triste, e scoprire che forse ho sposato un uomo simile a mio padre la riempirà di amarezza.

Quando varco la soglia, è in cucina, impegnata a stendere strati di pasta in una pirofila. Per ovvi motivi, non mi tolgo subito il cappotto. Non indosso una camicia pré-maman, ma senza giubbotto è impossibile nascondere il pancione. Soprattutto a una madre.

«Ciao, tesoro!» mi saluta.

Entrando in cucina, la abbraccio mentre aggiunge il formaggio alle lasagne. Una volta che ha infornato la pirofila, ci sediamo al tavolo della sala da pranzo, dove beve un sorso di tè freddo.

Sorride. Odio ancora di più che abbia un'aria così serena.

«Devo dirti una cosa», annuncia.

Non mi piace. Sono venuta per *dire* io una cosa a lei. Non sono pronta a *ricevere* notizie.

«Cosa?» chiedo, esitante.

Stringe il bicchiere con entrambe le mani. «Esco con una persona.»

Resto a bocca aperta.

«Davvero?» Sono incredula. «È...» Sto per dire *magnifico*, ma poi vengo assalita dalla paura che si sia messa in una situazione analoga a quella che aveva con mio padre. Leggendo la preoccupazione sul mio viso, mi prende le mani.

«È una brava persona. Una bravissima persona. Te lo assicuro.»

Mi sento pervadere dal sollievo, perché capisco che dice la verità. Vedo la felicità nei suoi occhi. «Wow», replico, stupita. «Sono contenta per te. Quando posso conoscerlo?»

«Stasera, se vuoi. Posso invitarlo a mangiare con noi.»

«No», sussurro. «Questo non è il momento giusto.»

Mi stringe più forte le mani non appena intuisce che sono qui per dirle una cosa importante. Comincio dalla novità migliore.

Alzandomi, mi tolgo il cappotto. All'inizio non ci fa caso, dando per scontato che mi stia solo mettendo comoda, ma poi le prendo la mano e gliela premo contro la mia pancia. «Diventerai nonna.»

Fa tanto d'occhi, ammutolendo per diversi secondi. Poi le salgono le lacrime agli occhi. Saltando su, mi abbraccia. «Oddio!» Si stacca, sorridendo. «Avete fatto in fretta. Ci stavate provando? Non siete sposati da molto tempo.»

«No. È stato uno choc. Credimi.»

Dopo un altro abbraccio, ci risediamo. Mi sforzo di continuare a sorridere, ma non è il sorriso gioioso di una donna in dolce attesa. Se ne accorge quasi subito. «Tesoro.» Si passa una mano sulla bocca. «Che cosa c'è?»

Finora ho fatto il possibile per essere forte. Mi sono imposta di non compatirmi troppo quando sono con gli altri. Ma ora desidero ardentemente la debolezza. Voglio solo arrendermi per un po'. Voglio che mia madre prenda il controllo della situazione, mi stringa a sé e mi prometta che andrà tutto bene. E per i quindici minuti successivi, mentre piango tra le sue braccia, accade esattamente questo. Smetto di combattere per me stessa perché ho bisogno che qualcun altro lo faccia al mio posto.

Le risparmio gran parte dei dettagli, ma le racconto le cose principali. Che Ryle mi ha fatto del male in più di un'occasione e che non so che cosa fare. Che ho paura di avere il bambino da sola, di prendere la decisione sbagliata, di essere troppo debole. Che avrei dovuto farlo arrestare. Che temo di essere troppo sensibile e che non so se la mia reazione sia esagerata. In sostanza, le dico tutto ciò che non ho avuto il coraggio di ammettere con me stessa.

Va a prendere alcuni tovagliolini in cucina e torna al tavolo. Dopo che ci siamo asciugate gli occhi, si appallottola il fazzolettino tra i palmi, rotolandolo in cerchio mentre lo fissa.

«Vuoi tornare con lui?»

Non rispondo sì, ma nemmeno no.

Da quando è successo, questo è il primo momento in cui sono totalmente sincera. Con lei *e* con me stessa. Forse perché mia madre è l'unica donna di mia conoscenza che abbia vissuto una situazione simile e dunque sia in grado di capire la mia enorme confusione.

«Una parte di me pensa che non riuscirò mai più a fidarmi di Ryle, ma un'altra rimpiange quanto avevo con lui. Stavamo benissimo insieme, mamma. Il periodo che ho trascorso con lui è stato tra i migliori della mia vita. E a volte non sono del tutto sicura di voler mandare ogni cosa a rotoli.» Mi tampono gli occhi, asciugando altre lacrime. «Certe volte... quando mi manca davvero... dico a me stessa che forse non era così male. Forse potrei sopportare Ryle nei momenti peggiori per averlo in quelli migliori.»

Posando la mano sulla mia, muove il pollice avanti e indietro. «Capisco esattamente ciò che intendi, ma l'ultima cosa da fare è perdere di vista il tuo limite. Per favore, non permettere che succeda.»

Non ho idea di cosa voglia dire. Notando la mia espressione perplessa, si spiega meglio.

«Tutti abbiamo un limite. Ciò che siamo disposti a sopportare prima di andare a pezzi. Quando ho sposato tuo padre, sapevo bene quale fosse il mio, ma a poco a poco... un episodio dopo l'altro... l'ho spostato un po' più in là. E poi ancora un po'. La prima volta che tuo padre mi ha picchiata, si è pentito immediatamente. Ha giurato che non l'avrebbe rifatto. La seconda volta si è pentito ancora di *più*. La terza è stata più di un ceffone. È stata un pestaggio vero e proprio. E ogni singola volta l'ho perdonato. Ma la quarta è stata appena uno schiaffo, così mi sono sentita sollevata. Ricordo di aver pensato: Se non altro oggi non mi ha picchiata. Non è andata troppo male.» Si asciuga gli occhi. «Ogni episodio erode il tuo limite. Se oggi scegli di restare, domani troverai molto più difficile allontanarti. Alla fine, perdi completamente di vista il tuo limite, perché pensi: Ormai resisto da cinque anni. Che differenza fanno altri cinque?» Mi tiene le mani mentre piango. «Non agire come me, Lily. Credi che Ryle ti ami, e sono sicura che sia così, ma non ti ama nel modo giusto. Non ti ama nel modo in cui meriti di essere amata. Se ti amasse veramente, non ti permetterebbe di tornare con lui. Deciderebbe di lasciarti per essere certo di non poterti più fare del male. È questo il tipo di amore che una donna merita.»

Vorrei con tutto il cuore che non sapesse queste cose per esperienza. La abbraccio.

Per qualche ragione credevo che avrei dovuto giustificarmi con lei quando fossi venuta qui. Non ho pensato nemmeno per un minuto di poter imparare da lei. Dovevo immaginarlo. In passato la consideravo una donna debole ma, in realtà, è una delle più forti che conosca.

«Mamma?» Mi sciolgo dalla sua stretta. «Quando divento grande, voglio essere te.»

Ridendo, mi sposta i capelli dalla faccia. Capisco dal suo sguardo che non esiterebbe a prendere il mio posto. Prova più dolore per me in questo istante di quanto ne abbia mai provato per se stessa. «Voglio dirti una cosa», ricomincia, riprendendomi le mani. «Ricordi il giorno in cui dovevi fare l'elogio funebre di tuo padre? Non ti sei bloccata. Sei salita sul podio e ti sei rifiutata di dire anche solo una cosa bella di lui. Non sono mai stata più orgogliosa di te. Sei l'unica persona nella mia vita ad aver preso le mie difese. Sei stata forte quando io ero spaventata.» Una lacrima le riga la guancia. «Sii *quella* ragazza. Coraggiosa e audace.»

33

«CHE cosa me ne faccio di tre seggiolini?»

Sono seduta sul divano di Allysa, fissando i regali. Oggi si è tenuta la festa per il bambino. C'era la mamma. C'era persino la madre di Ryle, che però ora è nella camera degli ospiti a smaltire il jet lag. C'erano le ragazze del negozio, alcune ex colleghe e persino Devin. È stato molto divertente, anche se, in realtà, il pensiero di questa giornata mi terrorizzava da settimane.

«È per questo che ti avevo detto di scrivere una lista in modo da non ricevere doppioni», mi rimprovera Allysa.

Sospiro. «Chiederò a mia madre di restituire il suo. Mi ha già comprato abbastanza roba.»

Alzandomi, raccolgo ogni cosa. Marshall si è offerto di aiutarmi a portarli nel mio appartamento, così Allysa mi dà una mano a buttare tutto in alcuni sacchi della spazzatura. Li tengo aperti mentre lei raccoglie gli oggetti dal pavimento. Ormai sto per entrare nella trentesima settimana, dunque le tocca il compito più faticoso.

Abbiamo sistemato tutto nei sacchi e Marshall sta facendo il secondo viaggio al piano di sotto quando apro la porta d'ingresso, pronta a trascinare un altro carico di regali fino all'ascensore, e mi trovo davanti Ryle, che mi guarda dalla soglia. Sembriamo entrambi scioccati dall'incontro, considerando che non ci parliamo dal litigio di tre mesi fa.

Tuttavia, era inevitabile. Non posso essere la migliore amica di mia cognata e vivere nello stesso palazzo di mio marito senza mai incrociarlo.

Sono sicura che sapesse della festa, perché sua madre è arrivata apposta dall'Inghilterra, ma sembra ugualmente un po' sorpreso quando vede la roba dietro di me. Mi domando se il fatto che si sia presentato proprio mentre me ne sto andando sia fortuito o intenzionale. Mi sfila il sacco dalle dita. «Lascia fare a me.»

Accetto. Lo porta nel mio appartamento insieme a un altro carico mentre io recupero le mie cose. Lui e Marshall entrano quando sto per uscire.

Ryle afferra l'ultimo sacco e si dirige di nuovo verso la porta. Mentre lo seguo, Marshall mi lancia un'occhiata silenziosa, chiedendomi se me la sento di scendere con lui. Annuisco. Non posso continuare a evitarlo in eterno, perciò un momento vale l'altro per discutere del futuro.

Normalmente il viaggio in ascensore è breve, ma questo sembra il più lungo che abbia mai fatto. Sorprendo Ryle a fissarmi il pancione un paio di volte e mi piacerebbe sapere se, dopo tre mesi di lontananza, mi trovi cambiata.

La porta non è chiusa a chiave, così la spingo e lui mi segue nell'appartamento. Porta gli ultimi sacchi nella cameretta e lo sento spostare oggetti e aprire scatoloni. Resto in cucina a pulire cose già pulite. Ho il cuore in gola, sapendo che Ryle è in casa. In questo istante non ho paura di lui. Sono soltanto nervosa. Avrei voluto essere più preparata per questa conversazione, perché odio gli scontri. Ma so che dobbiamo discutere del bambino e del futuro. Solo che non ne ho voglia. Non ancora, almeno.

Ryle mi raggiunge. Lo pizzico a sbirciarmi il pancione, ma si affretta a distogliere lo sguardo. «Vuoi che monti il lettino, già che ci sono?»

Probabilmente dovrei dire no, ma è corresponsabile della

creatura che cresce dentro di me. Se mi offre manodopera, la accetto, a prescindere da quanto sia arrabbiata con lui. «Sì. Sarebbe un grande aiuto.»

Indica la lavanderia. «La cassetta degli attrezzi è ancora lì?»

Faccio sì con la testa e lui si avvia da quella parte. Apro il frigorifero per non essere costretta a guardarlo mentre torna indietro attraversando la cucina. Non appena è di nuovo in cameretta, chiudo lo sportello e vi premo contro la fronte, stringendo la maniglia. Inspiro ed espiro mentre cerco di capire cosa stia succedendo dentro di me.

Ryle è bellissimo. Dall'ultima volta che l'ho visto, è passato così tanto tempo che avevo dimenticato quanto fosse attraente. Ho la tentazione di lanciarmi lungo il corridoio e gettarmi tra le sue braccia. Voglio sentire la sua bocca sulla mia. Voglio che mi dica quanto mi ama, che si sdrai accanto a me e mi metta la mano sul pancione come ho immaginato moltissime volte.

Sarebbe facile. Ora la mia vita sarebbe molto più semplice se lo perdonassi e ci rimettessimo insieme.

Chiudendo gli occhi, mi ripeto le parole di mia madre. *Se ti amasse veramente, non ti permetterebbe di tornare con lui.*

Questa frase è l'unica cosa che mi impedisce di precipitarmi lungo il corridoio.

Nell'ora successiva mi tengo occupata in cucina mentre Ryle è in cameretta. Alla fine, devo passare lì davanti per prendere il caricatore del cellulare in camera mia. Mentre torno indietro, mi fermo sulla soglia.

Il lettino è montato. Ci sono persino le lenzuola e la copertina. Ryle, chino, è aggrappato alla ringhiera e fissa l'interno vuoto. È così silenzioso e immobile da assomigliare a una statua. Assorto nelle sue riflessioni, non si accorge nemmeno della mia presenza. Mi chiedo a cosa stia pensando.

Al bambino? Al figlio con cui non vivrà nemmeno?

Fino a questo momento non ero certa che avrebbe voluto far parte della vita del bambino, ma la sua espressione dice il contrario. Non ho mai visto una faccia così triste, e non lo sto neppure guardando direttamente. Ho la sensazione che la sua amarezza di questo istante non abbia nulla a che vedere con me e tutto a che vedere con il pensiero del bambino.

Alzando gli occhi, mi vede e, staccandosi dal lettino, si riscuote dalla trance. «Finito», annuncia, mentre agita la mano in quella direzione. Comincia a riporre gli utensili nella cassetta. «Ti serve qualcos'altro?»

Scrollo il capo mentre mi avvicino per ammirare il suo lavoro. Siccome non so se il bambino sia maschio o femmina, ho optato per una fantasia ispirata alla natura. Le lenzuola sono marroni e verdi, punteggiate di immagini di piante e alberi. Si abbinano alle tendine e, prima o poi, anche a un murale che ho intenzione di dipingere sulla parete. Voglio anche portare qualche pianta viva dal negozio. Non posso fare a meno di sorridere, vedendo finalmente che le mie idee prendono forma. Ryle ha persino appeso la giostrina. La accendo, ed ecco le prime note della ninnananna di Brahms. La fisso mentre gira, quindi sbircio Ryle che mi osserva da un paio di metri di distanza.

Rifletto su quanto sia facile per noi esseri umani esprimere giudizi quando siamo solo spettatori di una situazione. Io, per esempio, ho passato anni a giudicare mia madre.

È facile, dall'esterno, illudersi che ci allontaneremmo senza esitazione se una persona ci maltrattasse. È facile dire che non potremmo continuare ad amare qualcuno che ci maltratta quando non siamo noi a sentire l'amore di quella persona.

Quando lo provi sulla tua pelle, non è così facile odiare chi ti maltratta se, il più delle volte, questa persona è un dono del cielo.

Ryle sembra ritrovare un po' di speranza, e detesto che veda le mie difese temporaneamente abbassate. Avanza verso di me. Sapendo che sta per abbracciarmi, indietreggio rapidamente.

Le difese si rialzano all'istante.

Permettergli di entrare in casa è già stato un enorme progresso per me. Deve rendersene conto.

Nasconde il disappunto dietro un'espressione stoica. Infilandosi la cassetta sotto il braccio, recupera lo scatolone che conteneva il lettino, pieno di imballaggi ormai inutili. «Lo butto nel cassonetto.» Si avvia verso la porta. «Se ti serve aiuto con qualcos'altro, fammi sapere, okay?»

«Grazie», borbotto.

Quando sento chiudersi la porta d'ingresso, mi volto verso il lettino. Ho gli occhi pieni di lacrime, e questa volta non è per me né per il bambino.

Piango per Ryle. Perché anche se è responsabile della situazione in cui si trova, so quanto è addolorato e, quando ami qualcuno, vederlo triste rattrista anche *te*.

Non abbiamo toccato l'argomento della separazione o della vaga possibilità di una riconciliazione. Non abbiamo neanche parlato di cosa succederà quando il bambino nascerà tra dieci settimane.

Non sono ancora pronta per questa conversazione, e il minimo che Ryle possa fare per me in questo momento è essere paziente.

La pazienza che mi deve dopo tutte le volte che non ne ha avuta.

34

FINISCO di sciacquare i pennelli, quindi mi sposto sull'altro lato della cameretta per ammirare il murale.

Ho dedicato gran parte della giornata di ieri e tutta quella di oggi a dipingerlo.

Sono trascorse due settimane da quando Ryle ha montato il lettino. Ora che il murale è finito e che ho portato alcune piante dal negozio, ho la sensazione che la stanza sia pronta.

Guardandomi intorno, provo una punta di tristezza perché non posso condividere questo momento con nessuno. Prendendo il cellulare, invio un messaggio ad Allysa.

IO: Murale finito! Scendi a vederlo.

ALLYSA: Non sono a casa. Sto facendo delle commissioni. Vengo domani.

Delusa, decido di provare con mia madre. Domani deve lavorare, ma sono sicura che sarà entusiasta di vedere la mia opera d'arte.

IO: Hai voglia di venire in centro stasera? Finalmente la cameretta è pronta.

MAMMA: Non posso. Recita scolastica. Torno tardi. Ma non vedo l'ora di vederla! Passo domani!

Mi accomodo sulla sedia a dondolo e sono consapevole che non dovrei fare ciò che sto per fare, ma lo faccio ugualmente.

IO: La cameretta è finita. Vuoi venire a dare un'occhiata?

Ogni nervo del mio corpo si tende non appena premo INVIO. Tengo gli occhi incollati al telefono finché non ricevo la risposta.

RYLE: Certo. Scendo subito.

Mi alzo immediatamente, facendo gli ultimi ritocchi. Sprimaccio i cuscini sul divanetto e raddrizzo un telo da parete. Non sono ancora arrivata alla porta quando sento bussare. Apro e... *cazzo. Ha la divisa chirurgica.*

Mi sposto per farlo entrare.

«Allysa mi aveva detto che stavi dipingendo un murale.»

Lo seguo lungo il corridoio.

«Ci ho messo due giorni. Mi sembra di aver corso una maratona, quando invece sono salita e scesa qualche volta da una scala.»

Mi guarda da sopra la spalla, preoccupato perché ho fatto tutto da sola. Non è necessario. Ho la situazione sotto controllo.

Quando arriviamo alla cameretta, si ferma sulla soglia. Sulla parete opposta ho dipinto un orto, con tanto di frutta e ortaggi. Non sono una pittrice, ma è straordinario cosa si può fare con un proiettore e un po' di carta trasparente.

«Wow», dice Ryle.

Sorrido, perché percepisco lo stupore nella sua voce e so che è sincero. Entra e si guarda intorno, scuotendo la testa. «È... Wow!»

Se fosse Allysa, batterei le mani e saltellerei. Ma è Ryle e, dato il modo in cui sono andate le cose tra noi, sarebbe un po' imbarazzante.

Si avvicina alla finestra, dove ho collocato un'altalena. Le dà una piccola spinta, facendola dondolare da una parte all'altra.

«Si muove anche avanti e indietro.» Non ho idea se sappia qualcosa di altalene, ma questa funzione mi ha colpita particolarmente.

Va al fasciatoio e tira fuori un pannolino dal contenitore. Aprendolo, lo solleva. «È minuscolo. Non ricordo che Rylee fosse così piccola.»

Sentirlo menzionare mia nipote mi mette un po' di malinconia. Viviamo separati dalla notte in cui è nata, perciò non ho mai avuto la possibilità di vederlo interagire con lei.

Piegando il pannolino, lo rimette al suo posto. Quindi fa un gesto che abbraccia l'intera stanza. «È fantastica. Fin nel minimo dettaglio. Te la stai cavando…» Si lascia cadere le mani lungo i fianchi, rabbuiandosi. «Te la stai cavando egregiamente.»

L'aria sembra addensarsi. All'improvviso ho difficoltà a riempirmi i polmoni perché ho voglia di piangere. Apprezzo molto questo momento e mi rattrista non aver avuto una gravidanza piena di istanti analoghi. È bello condividere questa gioia con lui, ma temo di alimentare false speranze.

Ora che è qui e che ha visto la cameretta, non so cosa fare. È lampante che dobbiamo discutere di molti argomenti, ma non ho idea da dove iniziare. O come.

Mi siedo sulla sedia a dondolo. «Verità nuda e cruda?»

Espirando a fondo, si accomoda sul divano. «*Ti prego*, dimmi che sei pronta a parlare della nostra situazione.»

La sua reazione mi calma un pochino, perché mi fa capire che è disposto ad affrontare l'argomento. Abbracciando il pancione, mi piego in avanti. «Prima tu.»

Giunge le mani tra le ginocchia, guardandomi con così tanta sincerità che devo distogliere lo sguardo.

«Non so che cosa ti aspetti da me né che ruolo vuoi che svolga. Sto provando a darti tutto lo spazio di cui hai bisogno, ma allo stesso tempo vorrei aiutarti più di quanto tu creda. Voglio far parte della vita di nostro figlio. Voglio essere un bravo marito per te, ma non ho idea di cosa ti passi per la testa.»

Le sue parole mi riempiono di rimorso. Nonostante ciò che è accaduto tra noi in passato, è pur sempre il padre di questo bambino. Ha il diritto legale di fare il padre, a prescindere dalla mia opinione. E io *voglio* che faccia il padre, che sia un *buon* padre. Ma in cuor mio nutro una delle mie più grandi paure, e gliene devo parlare.

«Non ti terrei mai lontano da tuo figlio. Sono felice che tu voglia essere presente, ma…»

Si nasconde la faccia tra le mani.

«Che razza di madre sarei se una piccola parte di me non fosse preoccupata per la tua irascibilità? Per il modo in cui perdi il controllo? Come faccio a sapere che non esploderai mentre sei solo con il bambino?»

Sull'orlo delle lacrime, scuote vigorosamente la testa. «Non potrei mai…»

«Lo so. Non gli faresti mai del male intenzionalmente. Non credo che tu l'abbia fatto apposta nemmeno con me, ma è successo. E fidati, vorrei credere che non faresti mai nulla del genere. Mio padre era violento unicamente con mia madre. Ci sono molti uomini – e persino *donne* – che picchiano la moglie o il marito senza mai perdere le staffe con nessun altro. Voglio credere alle tue parole con tutto il mio cuore, ma devi capire la mia esitazione. Non ti negherò mai un rapporto con tuo figlio, ma concedimi il tempo di ritrovare la fiducia nei tuoi confronti.»

Sembra consapevole che gli sto dando molto più di quanto meriti. «Certo. Sarai tu a dettare le condizioni. Faremo ogni cosa come decidi tu, okay?»

Giunge di nuovo le mani, mordicchiandosi nervosamente il labbro. Intuisco che vorrebbe aggiungere altro, ma è indeciso se dirlo oppure no.

«Di' pure ciò che pensi, finché sono in vena di parlare.»

Rovescia la testa, guardando il soffitto. Di qualunque cosa si tratti, non è facile per lui. Forse perché la domanda è difficile da fare, o forse perché ha paura della mia risposta.

«E noi?» sussurra.

Sospiro. Mi aspettavo che me l'avrebbe chiesto, ma non so che cosa rispondere. Il divorzio e la riconciliazione sono le uniche due opzioni che abbiamo, ma non voglio scegliere nessuna delle due.

«Non voglio illuderti. Se dovessi decidere oggi... probabilmente opterei per il divorzio ma, in tutta sincerità, non so se farei questa scelta perché sono sovraccarica di ormoni o perché è ciò che desidero davvero. Penso che non sarebbe giusto per nessuno dei due se decidessi prima della nascita del bambino.»

Fa un respiro tremolante, poi si porta la mano alla nuca, stringendo forte. Infine, si alza. «Grazie per avermi invitato e per questa conversazione. Volevo venire a trovarti da quando sono stato qui un paio di settimane fa, ma non sapevo se per te andasse bene.»

«Non lo so nemmeno io», dico onestamente. Cerco di tirarmi su ma, per qualche ragione, nell'ultima settimana è diventato più difficile. Ryle mi tende la mano per aiutarmi.

Non so come resisterò fino al parto quando non riesco neanche ad alzarmi da una sedia senza sbuffare.

Una volta in piedi, non mi lascia subito la mano. Tra noi c'è solo qualche centimetro e sono certa che se lo guardassi proverei emozioni che non voglio provare.

Mi prende l'altra mano, tenendomele entrambe lungo i fianchi. Intreccia le dita con le mie e il suo tocco mi arriva fino al cuore. Appoggio la fronte al suo petto, chiudendo gli occhi. La sua guancia si posa sulla mia testa e restiamo assolutamente immobili, entrambi troppo spaventati per muoverci. Io ho paura di essere troppo debole per impedirgli di baciarmi, lui di essere respinto.

Rimaniamo così per cinque minuti buoni.

«Puoi promettermi una cosa?» chiedo alla fine.

Lo sento annuire.

«Fino alla nascita del bambino, per favore, non cercare di

convincermi a perdonarti. E *per favore*, non provare a baciarmi.» Staccandomi dal suo petto, alzo gli occhi. «Voglio affrontare una cosa alla volta, e in questo momento la mia unica priorità è avere il bambino. Non voglio aggiungere stress o confusione a tutto quello che sta già succedendo.»

Mi stringe le mani in modo rassicurante. «Una cosa alla volta. Ho capito.»

Sorrido, contenta di aver finalmente avuto questa conversazione. Non ho ancora preso una decisione definitiva per noi, ma ho la sensazione di riuscire a respirare più liberamente ora che siamo sulla stessa lunghezza d'onda.

Mi lascia. «Sono in ritardo per il turno.» Indica con il pollice sopra la spalla. «Devo andare al lavoro.»

Lo accompagno all'uscita. Soltanto dopo aver chiuso la porta ed essere rimasta sola nell'appartamento, mi rendo conto di avere un sorriso stampato in faccia.

Sono ancora molto arrabbiata con lui per aver creato questa situazione, dunque il sollievo dipende semplicemente dai piccoli progressi che abbiamo fatto. A volte i genitori devono superare le divergenze e dimostrare maturità per il bene dei figli.

È esattamente ciò che stiamo facendo: imparare a gestire la situazione prima di accogliere il bambino nella nostra vita.

35

Fiuto il profumo del pane tostato.

Mi stiracchio sorridendo, perché Ryle sa che ne vado matta. Rimango a letto per un po' prima di tentare anche solo di alzarmi. Ci vorrebbe la forza di tre uomini per tirarmi su. Alla fine, con un profondo respiro, sposto i piedi oltre il bordo, facendo leva sul materasso.

La prima cosa che faccio è pisciare. Ormai è la mia unica occupazione. Dovrei partorire tra due giorni, ma il medico dice che potrebbe volerci ancora una settimana. Sono andata in maternità la settimana scorsa, così è questa la mia vita ora. Piscio e guardo la TV.

Quando entro in cucina, Ryle sta preparando delle uova strapazzate. Sentendomi arrivare, si gira di scatto. «Buongiorno. Ancora niente bambino?»

Mi poso la mano sul pancione. «No, ma la notte scorsa ho fatto pipì nove volte.»

Ride. «È un nuovo record.» Trasferisce una parte delle uova su un piatto, quindi aggiunge pancetta e pane tostato. Mi porge il tutto, dandomi un rapido bacio sulla tempia. «Devo andare. Sono già in ritardo. Lascio il telefono acceso l'intera giornata.»

Guardo la colazione. *Okay, in effetti mangio anche. Piscio, mangio e guardo la TV.*

«Grazie», dico allegramente. Porto il piatto verso il divano e accendo il televisore. Ryle corre qua e là in salotto, recuperando la sua roba.

«Vengo a controllarti all'ora di pranzo. Forse stasera lavorerò fino a tardi, ma Allysa ha detto che può portarti la cena.»

Faccio una smorfia spazientita. «Sto *bene*. Il medico ha detto riposo, non immobilità assoluta.»

Apre la porta, ma si ferma come se avesse dimenticato qualcosa. Tornando indietro di corsa, mi stampa un bacio sul pancione. «Ti raddoppio la paghetta se decidi di nascere oggi», dice al bambino.

Parla spesso con il piccolo. Un paio di settimane fa mi sono sentita abbastanza a mio agio per fargli percepire i suoi calci, e da allora a volte fa lunghi discorsi al mio addome senza quasi degnarmi di una parola. Mi piace, però. Sono contenta che sia così entusiasta di diventare padre.

Prendendo la coperta con cui ha dormito sul divano la notte scorsa, me la avvolgo intorno al corpo. Ryle alloggia qui da una settimana, in attesa del travaglio. All'inizio non ero sicura, ma questa soluzione si è rivelata davvero utile. Io dormo ancora nella camera degli ospiti. La terza camera funge da cameretta, perciò la matrimoniale è libera, ma per qualche ragione Ryle preferisce il divano. Credo che i ricordi di quella stanza lo tormentino quanto tormentano me, così nessuno dei due ha voglia di entrare lì dentro.

Le ultime settimane sono state magnifiche. A parte il fatto che a questo punto non c'è il minimo rapporto fisico tra noi, le cose sembrano quasi tornate come una volta. Ryle lavora ancora molto ma, quando ha la serata libera, ho cominciato a cenare di sopra con lui, Allysa e Marshall. Non mangiamo mai da soli, però. Evito tutto ciò che possa sembrare un appuntamento o un *tête-à-tête*. Cerco ancora di concentrarmi su una cosa alla volta e, finché non avrò partorito e gli ormoni non si saranno riequilibrati, mi rifiuto di prendere decisioni sul mio matrimonio. Sicuramente uso la gravidanza come pretesto per rinviare l'inevitabile, ma essere incinte permette di essere un po' egoiste.

Mi squilla il cellulare e, sprofondando la testa nel divano, mando un lamento. L'ho lasciato in cucina, cioè a circa quattro metri e mezzo da qui.

Uffa.

Mi do una spinta, ma non serve a niente.

Ci riprovo. *Sono ancora seduta.*

Aggrappandomi al bracciolo della poltrona, mi tiro su. *La terza volta è quella buona.*

Quando sono in piedi, mi rovescio addosso il bicchiere d'acqua. Faccio un gemito... ma poi trasalisco.

Non avevo in mano nessun bicchiere d'acqua.

Cazzo.

Abbassando gli occhi, vedo il liquido che mi gocciola lungo la gamba. Il telefono continua a suonare sul ripiano della cucina. Lo raggiungo con la mia andatura dondolante.

«Pronto?»

«Ciao, sono Lucy! Una domanda al volo. Le rose rosse che abbiamo ordinato sono rimaste danneggiate durante la spedizione, ma oggi c'è il funerale dei Levenberg e avevano chiesto espressamente delle rose rosse per la bara. Abbiamo un piano B?»

«Sì, chiama il fiorista sulla Broadway. Mi deve un favore.»

«Okay, grazie!»

Sto per riagganciare in modo da chiamare Ryle, ma Lucy dice: «Aspetta!»

Mi avvicino di nuovo il telefono all'orecchio.

«Per le fatture, vuoi che le paghi oggi o che aspetti...»

«Puoi aspettare, nessun problema.»

Ancora una volta, sto per riattaccare, ma lei urla il mio nome e parte con un'altra domanda.

La interrompo in tono calmo. «Ti richiamo domani. Credo che mi si siano rotte le acque.»

Una pausa. «Oh! OH! VAI!»

Chiudo proprio quando la prima fitta di dolore mi lacera l'addome. Sobbalzo e faccio il numero di Ryle. Risponde al primo squillo.

«Devo tornare indietro?»

«Sì.»

«Oddio. Davvero? Sta succedendo?»

«Sì.»

«Lily!» esclama, emozionato. Poi cade la linea.

Dedico i minuti successivi a recuperare quanto mi serve. Ho una borsa già pronta, ma mi sento sporca, così mi do una sciacquata sotto la doccia. Il secondo spasmo arriva dieci minuti dopo il primo. Mi piego e mi tengo la pancia, lasciando che l'acqua mi sferzi la schiena. Quando la fine della contrazione si avvicina, sento spalancarsi la porta del bagno.

«Stai facendo la *doccia*?» dice Ryle. «Esci subito. Andiamo!»

«Passami l'asciugamano.»

La sua mano compare da dietro la tendina. Cerco di avvolgermi nel telo prima di uscire. È strano nascondere il tuo corpo a tuo marito.

L'asciugamano è troppo corto. Mi copre le tette, ma poi si apre sull'addome come una V capovolta.

Una nuova contrazione inizia mentre esco dalla doccia. Ryle mi afferra la mano, aiutandomi ad attenuare il dolore con la respirazione, quindi mi accompagna in camera. Scelgo i vestiti con calma e gli lancio un'occhiata.

Mi fissa il pancione con un'espressione indecifrabile.

I suoi occhi incrociano i miei e mi fermo.

C'è un momento in cui non capisco se voglia aggrottare le sopracciglia o sorridere. Il suo viso si contrae in entrambe le smorfie, e butta fuori rapidamente l'aria, guardandomi di nuovo la pancia. «Sei bellissima», sussurra.

Lo spasmo che mi attraversa il petto non dipende dalle doglie. Mi rendo conto che è la prima volta che vede il pancione nudo, che vede come sono mentre suo figlio cresce dentro di me.

Avvicinandomi, gli prendo la mano e me la poso sull'addome. Sorride, accarezzandomi con il pollice. È un momento magico. Uno dei nostri momenti migliori.

«Grazie, Lily.»

Lo capisco dal modo in cui mi tocca, dal modo in cui mi guarda. Non mi ringrazia per questo istante o per quelli precedenti, bensì per tutto il tempo che gli permetto di trascorrere con il bambino.

Mando un gemito, piegandomi in due. «Cazzo.»

Il momento è finito.

Dopo avermi aiutata a vestirmi, prende le cose che gli indico e poi ci dirigiamo verso l'ascensore. Lentamente. Ho una contrazione a metà strada.

«Devi chiamare Allysa», dico quando usciamo dal garage.

«Sto guidando. Le telefono dall'ospedale. E anche a tua madre.»

Approvo. Sono certa che potrei avvisarle subito, ma prima preferisco arrivare in ospedale, perché ho l'impressione che il bambino sia così impaziente da voler fare il suo ingresso nel mondo in questa auto.

Raggiungiamo l'ospedale, ma ormai le contrazioni si susseguono a meno di un minuto l'una dall'altra. Prima che il medico si lavi le mani e mi assegnino un letto, sono dilatata di nove centimetri. Appena cinque minuti dopo mi dicono di spingere. Accade tutto così velocemente che Ryle non ha il tempo di chiamare nessuno.

Gli stringo la mano a ogni spinta. A un certo punto, penso a quanto quella mano sia importante per la sua carriera, ma lui non protesta, permettendomi di stringerla con tutte le mie forze.

«La testa è quasi fuori», annuncia il medico. «Ancora qualche spinta.»

Non riesco neppure a descrivere i minuti successivi. Sono una macchia sfocata di dolore, affanno e ansia, oltre che di pura e inequivocabile euforia. E di pressione. Una pressione così enorme che mi sembra di implodere. Poi: «È una bambina!» esclama Ryle. «Abbiamo una figlia!»

Aprendo gli occhi, vedo il medico che la solleva. Riesco a distinguere solo i suoi contorni, perché ho gli occhi pieni di lacrime. Quando me la posano sul petto, è il momento più indimenticabile della mia vita. Le sfioro immediatamente le labbra rosse, le guance e le manine. Ryle taglia il cordone ombelicale e, quando la portano via per lavarla, mi sento vuota.

Di lì a qualche minuto è di nuovo sul mio petto, avvolta in una coperta.

Non faccio altro che guardarla.

Ryle, seduto sul letto accanto a me, le abbassa la coperta sotto il mento per studiare meglio il suo visetto. Le contiamo le dita delle mani e dei piedi. La piccola prova ad alzare le palpebre, e pensiamo che sia la cosa più buffa del mondo. Sbadiglia, e ci innamoriamo di lei ancora di più.

Dopo che l'ultima infermiera è uscita lasciandoci finalmente soli, Ryle mi chiede se può prenderla in braccio. Solleva la testiera del letto per stare più comodi. Gli passo la bambina, quindi gli appoggio il capo sulla spalla e ricominciamo ad ammirarla.

«Verità nuda e cruda?» sussurra Ryle.

Annuisco.

«È molto più carina di Rylee.»

Ridendo, gli do una gomitata.

«Sto scherzando», dice.

Però so esattamente cosa intende. Rylee è stupenda, ma nessuna neonata reggerà mai il confronto con nostra figlia.

«Come la chiamiamo?» domanda Ryle. Durante la gravidanza, il nostro rapporto non è stato come tutti gli altri, dunque non abbiamo ancora discusso del nome.

«Mi piacerebbe chiamarla come tua sorella», propongo. «O magari come tuo fratello?»

Non so che cosa ne pensi. Personalmente, ritengo che dare a nostra figlia il nome di suo fratello potrebbe aiutarlo a guarire le vecchie ferite, ma lui potrebbe essere di diversa opinione.

«Emerson? È un bel nome per una bambina. Potremmo chiamarla Emma. O Emmy.» Sorride orgoglioso. «Anzi, è perfetto.» Le dà un bacio sulla fronte.

Dopo un po' mi raddrizzo per guardarlo mentre la tiene in braccio. È una scena meravigliosa, vederlo interagire con lei in questo modo. È evidente che la ama già moltissimo e che farebbe qualunque cosa per proteggerla, qualunque cosa al mondo.

È solo in questo istante che finalmente prendo una decisione su di lui.

Su di noi.

Su quanto sia meglio per la nostra famiglia.

Ryle è straordinario per molti versi. Compassionevole. Affettuoso. Intelligente. Carismatico. Determinato.

Anche mio padre aveva alcune di queste caratteristiche. Non era molto compassionevole, ma in alcune occasioni ero sicura che mi volesse bene. Era intelligente. Carismatico. Determinato. Ma lo odiavo molto più di quanto lo amassi. Ero cieca ai suoi pregi grazie a tutte le volte che metteva in mostra i suoi difetti. Neanche cinque anni di pregi avrebbero potuto compensare cinque minuti di difetti.

Guardo prima Emerson e poi Ryle, e capisco che devo fare ciò che è meglio per lei, per il rapporto che spero costruisca con suo padre. Non prendo questa decisione per me o per Ryle.

La prendo per Emmy.

«Ryle?»

Quando alza gli occhi, sorride. Ma quando vede la mia espressione, torna serio.

«Voglio il divorzio.»

Batte due volte le palpebre. Le mie parole l'hanno folgorato.

Facendo una smorfia, torna a concentrarsi su nostra figlia, con le spalle curve. «Per favore, non farmi questo», dice scuotendo la testa.

Usa un tono supplichevole, e odio l'idea che si sia aggrappato alla speranza di tornare con me. In parte è colpa mia, lo so, ma non ho deciso quale scelta fare finché non ho tenuto Emerson tra le braccia per la prima volta.

«Dammi ancora una possibilità. *Ti prego.*» Ryle ha la voce rotta.

L'ho ferito nel momento meno opportuno. Gli spezzo il cuore in quello che dovrebbe essere il giorno più bello della sua vita. Ma se non lo facessi ora, forse non riuscirei più a convincerlo del perché non posso correre altri rischi.

Inizio a piangere, perché soffro quanto lui. «Cosa faresti?» dico dolcemente. «Se un giorno questa bambina ti guardasse e ti dicesse: *Papà, il mio ragazzo mi ha picchiata*, cosa le diresti?»

Si stringe Emerson al petto, affondando il viso nella coperta. «Smettila», implora.

Mi raddrizzo sul letto, mettendo la mano sulla schiena della bambina e cercando lo sguardo di Ryle. «E se venisse da te e ti dicesse: *Papà? Mio marito mi ha spinta giù dalle scale. Ha detto che è stato un incidente. Che cosa devo fare?*»

Gli tremano le spalle e, per la prima volta da quando lo conosco, scoppia in lacrime. Lacrime vere che gli scendono lungo le guance mentre abbraccia forte sua figlia. Piango anch'io, ma non mi fermo. Per il bene di Emerson.

«E se...» Mi si incrina la voce. «E se venisse da te e dicesse: *Mio marito ha tentato di stuprarmi, papà. Mi ha immobilizzata mentre lo supplicavo di smettere. Ma ha giurato che non lo farà mai più. Cosa devo fare, papà?*»

La bacia sulla fronte, una volta dopo l'altra, continuando a piangere.

«Che cosa le risponderesti, Ryle? Dimmelo. Devo sapere cosa

diresti a tua figlia se mai l'uomo che ama con tutto il cuore le facesse del male.»

Si lascia sfuggire un singhiozzo. Chinandosi verso di me, mi mette il braccio intorno alle spalle. «La implorerei di piantarlo.» Mi dà un bacio disperato sulla fronte e sento le sue lacrime cadermi sulle guance. Mi avvicina la bocca all'orecchio e ci stringe entrambe. «Le direi che lei vale *molto* di più e la *pregherei* di non tornare da lui, a prescindere da quanto suo marito dice di amarla. Lei vale molto di più.»

Diventiamo un groviglio di lacrime, cuori spezzati e sogni infranti. Ci aggrappiamo l'uno all'altra e a nostra figlia. Per quanto sia difficile, rompiamo lo schema prima che lo schema rompa noi.

Mi restituisce Emerson, asciugandosi gli occhi. Si alza, sempre piangendo, sempre tentando di riprendere fiato. Negli ultimi quindici minuti ha perso l'amore della sua vita. Negli ultimi quindici minuti è diventato padre di una bellissima bambina.

Ecco cosa quindici minuti possono fare a una persona. Possono distruggerla.

Possono salvarla.

Indica il corridoio per segnalarmi che ha bisogno di ricomporsi. Mentre esce, è più triste di quanto l'abbia mai visto, ma so che mi ringrazierà per questa giornata. Prima o poi capirà che ho fatto la scelta giusta per sua figlia.

Quando la porta si chiude, guardo Emmy. Sono consapevole di non poterle dare la vita che sognavo per lei. Una casa con due genitori che la amano e la crescono insieme. Ma non voglio che viva come ho vissuto io. Non voglio che veda il proprio padre nella sua veste peggiore. Non voglio che lo veda quando perde le staffe con me al punto di diventare irriconoscibile. Perché, per quanti bei momenti possa condividere con Ryle nella vita, so per esperienza che alla fine ricorderà solo quelli brutti.

I cicli esistono perché sono strazianti da interrompere. Occorrono un dolore e un coraggio inimmaginabili per distruggere uno schema famigliare. A volte sembra più facile semplicemente continuare a correre in cerchio, anziché affrontare la paura di saltare e magari di non atterrare sulle proprie gambe.

Mia madre ci è passata.

Io ci sono passata.

Che mi venga un colpo se permetterò che ci passi anche mia figlia.

Dandole un bacio sulla fronte, le faccio una promessa. «Finisce qui. Con me e con te. Siamo noi a dire basta.»

Epilogo

SPINGENDO il passeggino, mi faccio largo tra la folla di Boylston Street finché raggiungo la via laterale. Rallento, per poi fermarmi sul bordo del marciapiede. Tirando indietro la cappottina, guardo Emmy. Sgambetta e sorride come al solito. È una bambina molto felice. Emana un'energia calma che dà dipendenza.

«Quanto ha?» chiede una donna sul passaggio pedonale, fissando Emerson estasiata.

«Undici mesi.»

«È stupenda. Le assomiglia come una goccia d'acqua. Bocche identiche.»

«Grazie. Ma dovrebbe vedere il padre. Ha sicuramente i suoi occhi.»

Scatta il verde e cerco di attraversare battendo sul tempo gli altri pedoni. Sono in ritardo di mezz'ora e Ryle mi ha già scritto due volte. Non ha ancora assaporato la gioia delle carote, però. Oggi scoprirà quanto siano ingestibili, perché ne ho messe molte nella borsa di Emmy.

Me ne sono andata dall'appartamento quando la bambina aveva tre mesi. Ne ho trovato uno più vicino al negozio, in modo da andare al lavoro a piedi, il che è fantastico. Lui è tornato a vivere lì ma, tra le visite ad Allysa e le giornate di Ryle con

Emerson, ho la sensazione di passare tanto tempo nel loro palazzo quanto nel mio.

«Ci siamo quasi, Emmy.» Svolto a destra e cammino così spedita che un uomo deve spostarsi e incollarsi al muro per evitare di essere travolto. «Mi scusi», borbotto, piegando la testa e schivandolo.

«Lily?»

Mi fermo.

Mi giro lentamente, perché la voce mi risuona in tutto il corpo. Ce ne sono soltanto due che abbiano mai avuto questo effetto su di me, e ormai quella di Ryle non ci riesce più.

Quando lo guardo, stringe le palpebre contro il sole, sollevando la mano per schermarsi gli occhi. «Ciao.»

«Ciao.» Il mio cervello in subbuglio si sforza di rallentare per permettermi di realizzare quanto accade.

Indica il passeggino. «Questa è... la tua bambina?»

Annuisco e si avvicina. Accovacciandosi, fa un gran sorriso alla piccola. «Wow! È splendida. Come si chiama?»

«Emerson. A volte la chiamiamo Emmy.»

Le infila il dito nella manina e lei comincia a scalciare, agitandolo avanti e indietro. Lui la fissa incantato per un attimo, quindi si rialza.

«Ti trovo in ottima forma», osserva.

Cerco di non squadrarlo in modo troppo esplicito, ma è difficile. È bello come sempre, ma questa è la prima volta che lo vedo senza provare a negare quanto sia diventato strepitoso. Molto diverso dal senzatetto in camera mia. Eppure... per certi versi ancora lo stesso ragazzo.

Il cellulare mi vibra di nuovo nella tasca, segnalando l'arrivo di un messaggio. *Ryle.*

Accenno alla via. «Siamo in terribile ritardo. Ryle ci aspetta da mezz'ora.»

Quando pronuncio il suo nome, Atlas ha gli occhi che si riempiono di tristezza, ma si sforza di dissimularla. Si fa lentamente da parte per farci passare.

«È il suo giorno per stare con lei», preciso, dicendo più con quelle otto parole di quanto potrei dire in una conversazione completa.

Con un lampo di sollievo nello sguardo, indica dietro di sé. «Sì, anch'io sto facendo tardi. Ho aperto un nuovo ristorante sulla Boylston il mese scorso.»

«Wow. Congratulazioni. Dovrò portarci mia madre.»

«Certo. Avvisami, e cucinerò per voi di persona.»

Una pausa imbarazzata, poi: «Dobbiamo proprio...»

«Andate pure.»

Piegando la testa, proseguo. Non so perché abbia reagito così, come se non sapessi sostenere una normale conversazione. Dopo aver percorso diversi metri, mi volto. Atlas non si è mosso. Mi sta ancora seguendo con lo sguardo mentre mi allontano.

Giriamo l'angolo, e noto Ryle che ci aspetta accanto all'auto davanti al mio negozio. Si illumina quando ci vede arrivare. «Hai ricevuto la mia e-mail?» Comincia a liberare Emerson dalle cinghie.

«Sì, quella sul ritiro dal commercio dei box per bambini?»

Tira fuori la bambina. «Non gliene avevamo comprato uno?»

Premo i pulsanti per piegare il passeggino, quindi lo spingo verso il bagagliaio. «Sì, ma si è rotto un mese fa. L'ho buttato via.»

Apre il baule, quindi sfiora il mento di Emmy. «Hai sentito, tesoro? La tua mamma ti ha salvato la vita.» Lei sorride, dando una serie di schiaffetti scherzosi alla sua mano. Baciandola sulla fronte, Ryle prende il passeggino e lo carica in macchina. Chiudo il bagagliaio e mi piego per darle un bacetto.

«Ti voglio bene. Ci vediamo stasera.»

Ryle apre la portiera posteriore per metterla nel seggiolino. Lo saluto, quindi mi affretto a tornare indietro.

«Dove vai?» urla.

Sicuramente si aspettava che entrassi in negozio, perché sono già in ritardo sull'orario di apertura. Non ha tutti i torti, ma la sensazione fastidiosa nelle mie viscere non accenna a sparire. Devo fare qualcosa. Girandomi, cammino a ritroso. «Mi sono dimenticata di sbrigare una faccenda! Ci vediamo quando vengo a prendere Emmy stasera!»

Ryle solleva la manina di Emerson e mi fanno ciao. Subito dopo la svolta mi metto a correre. Evito i passanti, ne urto alcuni e mi attiro gli insulti di una signora, ma ne vale la pena quando intravedo la nuca di Atlas.

Lo chiamo. Va nella direzione opposta, così continuo ad aprirmi un varco tra la folla. «Atlas!»

Si ferma, ma senza voltarsi. Inclina la testa come se non si fidasse delle proprie orecchie.

«Atlas!»

Questa volta, quando si gira, lo fa con determinazione. I suoi occhi incontrano i miei e c'è una pausa di tre secondi, durante la quale ci fissiamo a vicenda. Ma poi iniziamo a camminare l'uno verso l'altra, accelerando a poco a poco. Tra noi ci sono venti metri.

Dieci.

Cinque.

Uno.

Nessuno dei due fa l'ultimo passo.

Sono trafelata e nervosa. «Ho dimenticato di dirti il secondo nome di Emerson.» Mi metto le mani sui fianchi, espirando. «È Dory.»

Non ha una reazione immediata, ma poi increspa gli angoli degli occhi, cercando di trattenere un sorriso. «È perfetto per lei.»

Resto immobile.

Non so che cosa fare. Avevo bisogno che lo sapesse ma, ora che gliel'ho detto, non ho idea di come comportarmi.

Mi do un'occhiata intorno, puntando il pollice sopra la spalla. «Be'... credo che...»

Mi afferra, tirandomi contro il suo petto. Chiudo gli occhi

quando mi stringe tra le braccia. Mi posa la mano sulla nuca, tenendomi ferma sulla strada affollata, tra macchine strombazzanti e pedoni frettolosi. Mi dà un tenero bacio sui capelli, e il mondo circostante svanisce.

«Penso che ora la mia vita sia abbastanza serena per te. Quando sei pronta…»

Aggrappandomi al suo giubbotto, tengo la faccia premuta contro di lui. D'un tratto mi sembra di avere quindici anni, perché le sue parole mi fanno comparire delle chiazze rosse sul collo e sulle guance.

Ma *non* ho quindici anni.

Sono una donna adulta, con una serie di responsabilità e una bambina. Non posso permettere ai miei sentimenti adolescenziali di prendere il sopravvento. Non senza qualche rassicurazione, almeno.

Mi sciolgo dall'abbraccio. «Fai donazioni agli enti di beneficenza?»

Ride, confuso. «A più di uno. Perché?»

«Vuoi avere figli, un giorno?»

«Certo.»

«Hai in programma di lasciare Boston?»

«No. Mai. Ogni cosa è migliore qui, ricordi?»

Le sue risposte sono rassicuranti quanto basta. «Okay, sono pronta.»

Mi stringe forte e scoppio in una risata. Con tutto ciò che è successo dal giorno in cui è entrato nella mia vita, non mi sarei mai aspettata questo risultato. Ci ho sperato molto, ma finora non ero sicura che sarebbe mai successo.

Chiudo gli occhi quando sento le sue labbra sulla clavicola. Mi dà un bacio delicato, identico al primo che mi ha dato in quel punto anni fa. «Ora puoi smettere di nuotare. Finalmente abbiamo raggiunto la riva», mi sussurra all'orecchio.

Nota dell'autrice

Si consiglia di leggere questa parte dopo aver finito il libro, perché contiene spoiler.

Il mio primo ricordo risale a quando avevo due anni e mezzo. La mia camera non aveva la porta, ma appena un lenzuolo inchiodato in cima allo stipite. Rammento di aver sentito mio padre urlare, così ho sbirciato fuori e l'ho visto prendere il televisore e scaraventarlo contro mia madre, che è caduta a terra.

Lei ha divorziato prima che compissi tre anni. Ogni ricordo che ho di mio padre da quel momento in poi è positivo. Non ha mai dato in escandescenze con me o con le mie sorelle, anche se prima l'aveva fatto in numerose occasioni con la mamma.

Sapevo che il loro era un matrimonio conflittuale, ma mia madre non ne parlava mai. Discuterne avrebbe significato sparlare di mio padre, ed è una cosa che non ha mai fatto. Voleva che il mio rapporto con lui fosse libero dalle tensioni esistenti tra loro. Per questa ragione nutro il massimo rispetto per i genitori che non coinvolgono i figli nella fine delle loro relazioni.

Una volta ho chiesto al papà perché picchiasse la mamma. È stato molto sincero. Negli anni in cui era stato sposato con lei, ha detto, era un alcolista ed era stato il primo ad ammettere che non la trattava bene. Anzi, ha aggiunto, avevano dovuto ricostruirgli due nocche perché l'aveva colpita così forte da fratturarsele contro il suo cranio.

Si era pentito amaramente del proprio comportamento, ha proseguito. Maltrattare mia madre era stato l'errore più grave che avesse mai commesso, e avrebbe continuato ad amarla follemente fino all'ultimo dei suoi giorni.

Penso sia una punizione molto lieve per ciò che la mamma ha subito.

Quando ho deciso di scrivere questa storia, prima ho chiesto il permesso a mia madre. Le ho detto che volevo pubblicarla per le donne come lei, e anche per le persone che non capivano fino in fondo le donne come lei.

Io ero una di quelle persone.

La mamma che conosco non è debole. Non è il tipo da perdonare un uomo che l'ha picchiata in molteplici occasioni. Ma mentre scrivevo questo libro e imparavo a conoscere la mentalità di Lily, ho compreso che non è tutto bianco o tutto nero come sembra dall'esterno.

In più di un'occasione avrei voluto cambiare la trama. Non volevo che Ryle fosse chi era destinato a diventare, perché mi ero innamorata di lui fin dai primi capitoli. Come Lily, e come mia madre si era innamorata di mio padre.

Il primo episodio di violenza tra Ryle e Lily in cucina riprende ciò che è accaduto la prima volta che il papà ha picchiato la mamma. Lei stava cucinando lo sformato e lui, dopo aver bevuto un po' troppo, ha tirato fuori la pirofila dal forno senza usare le presine. Mia madre l'ha trovato divertente ed è scoppiata a ridere. D'un tratto mio padre l'ha colpita così forte da scagliarla sul pavimento.

Lei decise di perdonarlo, perché le sue scuse e il suo rimorso le erano sembrati credibili. O almeno credibili abbastanza, perché dargli una seconda possibilità era meno doloroso che andarsene con il cuore spezzato.

Nel tempo si sono susseguiti episodi simili al primo. Il papà si mostrava sempre pentito e prometteva di non farlo mai più. Alla fine, mia madre ha capito che le sue promesse erano vuote, ma ormai aveva due figlie e zero soldi. A differenza di Lily, inoltre, non aveva nessuno a cui appoggiarsi. Nella nostra zona non esistevano rifugi per donne maltrattate e all'epoca gli aiuti governativi scarseggiavano. Andarsene significava rischiare di restare senza un tetto, ma per lei era meglio dell'alternativa.

Mio padre è morto diversi anni fa, quando ne avevo venticinque. Non è stato il migliore dei padri, e sicuramente nemmeno il migliore dei mariti. Ma grazie a mia madre sono riuscita ad avere un rapporto molto stretto con lui, perché lei ha fatto tutto il necessario per rompere lo schema prima che lo schema rompesse noi. Non è stato facile. L'ha mollato prima che io avessi tre anni e mia sorella cinque. Abbiamo vissuto a lungo di fagioli e maccheroni al formaggio. Era una madre single non laureata, costretta a crescere due figlie da sola, praticamente senza aiuto. Ma l'amore per noi le ha dato la forza di cui aveva bisogno per compiere quel passo spaventoso.

Non ritengo affatto che la situazione di Ryle e Lily sia una descrizione esauriente delle violenze domestiche, né che il personaggio di Ryle riassuma in sé le caratteristiche di tutti gli uomini violenti. Ogni caso è diverso. Ogni risultato è diverso. Io ho scelto di ispirarmi alla storia dei miei genitori. Ryle assomiglia a mio padre da molti punti di vista. Come lui, è bello, compassionevole, simpatico e brillante, ma con momenti di comportamento imperdonabile.

Lily invece è molto simile a mia madre. Come lei, è una donna forte, premurosa e intelligente, ma innamorata di un uomo che non la merita.

Due anni dopo aver divorziato dal papà, la mamma ha conosciuto il mio patrigno, l'incarnazione del bravo marito. I ricordi che ho di loro sono diventati il modello per il matrimonio che desideravo per me stessa.

Quando finalmente stavo per sposarmi, la cosa più difficile che abbia mai dovuto fare è stata dire al mio padre biologico che non sarebbe stato lui ad accompagnarmi all'altare, bensì il mio patrigno.

Ho sentito la necessità di questa scelta per molte ragioni. A differenza di papà, il mio patrigno era un ottimo marito e contribuiva economicamente al ménage famigliare. Inoltre, aveva cresciuto me e mia sorella come se fossimo sue, senza mai ostacolare il rapporto con nostro padre.

Un mese prima delle nozze ero seduta nel salotto di papà. Gli ho detto che gli volevo bene, ma che avrei chiesto al mio patrigno di accompagnarmi all'altare. Ero pronta a rispondere per le rime a qualunque sua obiezione, ma ha avuto una reazione inaspettata.

Annuendo, ha replicato: «Colleen, è stato lui a crescerti. Merita di svolgere questo ruolo. Non sentirti in colpa, perché è la cosa giusta da fare».

Sapevo che la mia decisione l'aveva devastato, ma era abbastanza altruista non solo da rispettare la mia scelta, ma da volere che la rispettassi *anch'io*.

Durante la cerimonia si è seduto tra gli invitati e ha guardato un altro uomo camminare accanto a me lungo la navata. Sapevo che le persone si stavano domandando perché non fossero entrambi al mio fianco ma, ripensandoci, ho capito di aver preso quella decisione per rispetto verso mia madre.

Mio padre e il mio patrigno non c'entravano nulla. Il motivo della mia scelta era lei. Volevo che ad avere l'onore di dare in sposa sua figlia fosse un uomo capace di trattarla come meritava.

In passato, ho sempre affermato di scrivere a puro scopo di intrattenimento, non per istruire, persuadere o informare.

Questo libro è diverso. Per me non è stato una passeggiata, bensì la storia più straziante che abbia mai scritto. Certe volte avrei voluto premere CANC ed eliminare i maltrattamenti inflitti da Ryle a Lily, riscrivere le scene in cui lei lo perdonava e sostituirla con una donna più forte, un personaggio che prendesse la decisione giusta al momento giusto. Ma non erano quelli i personaggi di cui stavo scrivendo.

Non era quella la storia che stavo raccontando.

Volevo scrivere qualcosa di realistico sulla situazione in cui si era ritrovata mia madre, una situazione in cui si ritrovano molte donne. Volevo esplorare l'amore tra Lily e Ryle per provare ciò che aveva provato la mamma quando era stata costretta a lasciare mio padre, l'uomo che amava con tutto il cuore.

Di tanto in tanto mi domando come sarebbe stata la mia vita se mia madre non avesse fatto quella scelta. Ha piantato la persona di cui era innamorata perché le sue figlie non credessero mai che quel tipo di relazione fosse accettabile. Non è stata salvata da un altro uomo, da un cavaliere senza macchia e senza paura. Ha preso l'iniziativa da sola, consapevole che avrebbe dovuto combattere una battaglia totalmente diversa, con l'ulteriore problema di essere una madre single. Per me era importante che il personaggio di Lily incarnasse questa stessa responsabilizzazione. Lily prende la difficilissima decisione di lasciare Ryle per il bene di sua figlia. Anche se ci fosse una vaga possibilità che Ryle cambi in meglio, non vale mai la pena correre determinati rischi, soprattutto quando si sono rivelati disastrosi in passato.

Prima di scrivere questo libro, provavo molto rispetto per mia madre. Ora che l'ho finito e che ho compreso in minima parte il dolore e la fatica che lei ha affrontato per arrivare dov'è oggi, ho solo una cosa da dirle.

Quando divento grande, voglio essere te.

Ringraziamenti

ANCHE se sulla copertina di questo libro compare solo il mio nome, non sarei riuscita a scriverlo senza le persone elencate qui sotto.

Le mie sorelle. Vi amerei entrambe nello stesso modo anche se non lo foste. Condividere uno o due genitori con voi è soltanto un valore aggiunto.

I miei figli. Siete il più grande successo della mia vita. Per favore, non fatemi mai pentire di averlo detto.

Weblich, CoHorts, TL Discussion Group, Book Swap e tutti gli altri gruppi a cui posso rivolgermi online quando ho bisogno di energia positiva. Siete una delle principali ragioni per cui riesco a guadagnarmi da vivere scrivendo, perciò grazie.

Tutto il team della Dystel & Goderich Literary Management. Grazie per il sostegno e l'incoraggiamento instancabili.

Tutto lo staff di Atria Books. Grazie per aver reso indimenticabili i giorni dell'uscita di questo romanzo, che sono stati tra i migliori della mia vita.

La mia editor Johanna Castillo. Grazie per aver appoggiato me e questo progetto. Grazie per avermi dato la possibilità di svolgere il lavoro dei miei sogni.

Ellen DeGeneres, una delle quattro persone che spero di non

conoscere mai. Sei una luce nel buio. Lily e Atlas ti sono grati per il tuo splendore.

I miei lettori beta e i sostenitori iniziali di ogni mio singolo libro. Il vostro riscontro, incoraggiamento e la vostra amicizia costante sono più di quanto io meriti. Vi voglio bene.

Mia nipote. Ti conoscerò da un giorno all'altro e non sono mai stata così emozionata. Sarò la tua zia preferita.

Lindy. Grazie per le lezioni di vita e gli esempi di altruismo. E anche per una delle citazioni più profonde che mi resteranno dentro per sempre: «Le persone cattive non esistono. Siamo semplicemente persone che a volte fanno cose cattive». Sono felice che la mia sorellina ti abbia come madre.

Vance. Grazie per essere il marito che mia madre meritava e il padre che non eri tenuto a essere.

Mio marito Heath. Sei un uomo buono fino in fondo all'anima. Non avrei potuto scegliere persona migliore come padre dei miei figli e compagno di vita. Siamo molto fortunati ad averti.

Mia madre. Sei tutto per tutti. Questo a volte può essere un fardello, ma in qualche modo tu vedi i fardelli come benedizioni. La nostra famiglia ti ringrazia.

E ultimo ma non meno importante, Eddie, il mio vecchio papà. Non sei qui ad assistere alla pubblicazione di questo libro, ma sono sicura che saresti stato il suo più grande fan. Mi hai insegnato molte cose nella vita, la più importante delle quali è che non dobbiamo restare per sempre la stessa persona che eravamo un tempo. Prometto di non ricordarti nei tuoi momenti peggiori, ma solo nei migliori, e ce ne sono stati tanti. Ti ricorderò come un uomo che è stato capace di superare ciò da cui molti non riescono a uscire indenni. Grazie per essere diventato uno dei miei migliori amici, e per avermi appoggiata nel giorno delle mie nozze come pochi padri avrebbero saputo fare. Ti voglio bene. Mi manchi.

PEFC
PEFC/18-31-226
Certificato PEFC
Questo prodotto è realizzato con materia prima da foreste gestite in maniera sostenibile e da fonti controllate
www.pefc.it

GRAFICA VENETA CARBON NEUTRAL

Questo libro è fabbricato da Grafica Veneta S.p.A.
con un processo di stampa e rilegatura certificato 100% carbon neutral
in accordo con PAS 2060 BSI

Finito di stampare presso Grafica Veneta S.p.A.
Via Malcanton, 2 – Trebaseleghe (PD)
su carta HOLMEN
con fibra vergine proveniente da foreste sostenibili holmen.com/paper
Printed in Italy